お茶と探偵⑫

オーガニック・ティーと黒ひげの杯

ローラ・チャイルズ　東野さやか 訳

Scones & Bones

by Laura Childs

コージーブックス

挿画／後藤貴志

アール・グレイのモデルとなった、いまは亡き愛犬のエルモに捧ぐ。

謝辞

サム、トム、ニティ、ボブ、ジェニー、ダンにたくさんの感謝を。デザイン、宣伝、コピーライティング、書店やギフトショップへの営業を担当してくれたバークリー出版のすばらしき方々にも同様に感謝します。また、インディゴ・ティーショップの仲間が繰り広げる数々の冒険を楽しんでくださるすべてのお茶愛好家、ティーショップ経営者、図書館員、書評家、雑誌記者、ウェブサイト、ラジオ局には特大級の感謝を捧げます。

本書で十二作めとなるシリーズですが、物語はまだまだつづきますし、絶品ものお茶もたくさん、出番を待っています！

オーガニック・ティーと黒ひげの杯

登場人物

セオドシア・ブラウニング……インディゴ・ティーショップのオーナー
ドレイトン・コナリー……同店のティーブレンダー
ヘイリー・パーカー……同店のシェフ兼パティシエ
アール・グレイ……セオドシアの愛犬
ティモシー・ネヴィル……ヘリテッジ協会の理事長
カミラ・ホッジス……ヘリテッジ協会のスタッフ
ロブ・コマーズ……ヘリテッジ協会の研修生
マックス・スコフィールド……ギブズ美術館の広報部長
アーウィン・マンシー……チャールストン・カレッジの歴史学教授
ピーター・グレイス……マンシー教授の研究室の大学院生
シドニー・プルーエット……髑髏杯の寄贈者
ニック・ヴァン・ビューレン……《ポスト&クーリア》の記者
ビル・グラス……《シューティング・スター》紙の記者
ドゥーガン・グランヴィル……弁護士。セオドシアの隣人
トマス・ハッセル……骨董業者
スカーレット・バーリン……画商。ドレイトンの知人
デレイン・ディッシュ……ブティックのオーナー
ナディーン……デレインの姉
バート・ティドウェル……刑事

1

空洞の眼窩《がんか》とひいでた額《ひたい》の人間の頭蓋骨《ずがいこつ》が、セオドシアに向かって不気味な笑いを浮かべている。もうひとつの頭蓋骨は、苦痛に顔をゆがめるように不揃《ふぞろ》いの歯を食いしばっていて、あまりひょうきんには見えない。

「少しおどろおどろしい感じがするものもあるわね」セオドシアはドレイトンに耳打ちした。

「海賊旗《ジョリー・ロジャー》は相手を威嚇《いかく》するためのものだからだ」ドレイトンが答えた。「こういう旗を掲げる海賊は、恐怖をイメージさせるデザインを好んだのだよ」

セオドシアは一歩さがって、浅いガラスケースに吊された古い海賊旗の数々をながめた。髑髏《どくろ》と交差した二本の大腿骨《だいたいこつ》、骸骨の全身像、骸骨がダンスを踊っている柄《がら》まである。

「たしかに」セオドシアはこみあげる笑いに口の端《はし》を小さく震わせた。「現代のグラフィックデザイナーやタトゥー・アーティストお気に入りの図柄よね」

日曜の夜の今宵《こよい》、サウス・カロライナ州チャールストンにあるヘリテッジ協会は、大海賊展のオープン初日を迎えていた。インディゴ・ティーショップを経営するセオドシア・ブラウニングがこのイベントに顔を出したのは、店のマスター・ティーブレンダーであり、ヘリ

テッジ協会の熱心な応援団でもあるドレイトン・コナリーに誘われてのことだった。

「そこのカップをごらん」

ドレイトンはツイードのジャケットに包まれた肩で彼女を軽く押した。

「何日か前、《チャールストン・ポスト&クーリア》紙の文化・芸能欄で紹介されたものだ」

セオドシアはガラスのショーケースに歩み寄り、一風《いっぷう》変わった骨董品《こっとうひん》——本物の人間の頭蓋骨で作ったカップ——に目をこらした。頭頂部分が取り払われた髑髏は全面が網目状の銀で覆われ、同じく銀でできた持ち手が突き出ている。しかし、主役は髑髏の顎《あご》におさまった大ぶりのダイヤモンドだった。好奇心旺盛なセオドシアの見るところ、破格の十二カラットとまではいかないが、少なくとも十カラットはありそうだ。

「これも海賊のものだったの？」

セオドシアは乱れた鳶色《とびいろ》の髪をうしろに払い、よく見ようと顔を近づけた。黒いビロードのクッションに鎮座した髑髏の杯はグロテスクでおどろおどろしく、と同時に荘厳《そうごん》でもあった。

「この風変わりな逸品も海賊が所有していたようだな」ドレイトンは言った。「もっとも、これほどりっぱなダイヤモンドだ。海を渡る旅に出た高貴な婦人のネックレスだかイヤリングだかからむしり取ったものにちがいない」

「〝みごとなダイヤモンド《キラー》〟とはよく言ったものね」

セオドシアはイギリス帆船の甲板に立つ自分を想像した。目指すはチャールズ・タウンと新世界での生活。灰色の霧が切れた瞬間、巨大な黒いガリオン船が現われ、海賊たちが大声をあげながら襲いかかる。鉤縄《かぎなわ》が舷側の手すりをとらえ、荒くれ者たちがこっちの船に飛び移り……。

空想のしすぎで、血湧き肉躍《おど》る冒険の世界に入りこんでしまったようだ。セオドシアは思わずかぶりを振った。とはいうものの、彼女の風貌《ふうぼう》は数世紀前からタイムスリップしてきたと言ってもおかしくない。かのラファエロの絵心をも刺激しそうな豊かな鳶色の髪。ソールズベリー平原に降る冷たい雨に洗われたかのような色白の肌。きらきらと光る青い瞳はバイタリティにあふれ、高い頬骨とふっくらした唇が特徴の顔は、見るからに聡明で表情豊かだ。セオドシアは怒りにしろ喜びにしろ、感情を無理に抑えこむたちではない。心のうちをおもてに出し、全力で人生に立ち向かうほうを好む。

ドレイトンが鼈甲縁《べっこうぶち》の半眼鏡をかけ、気品ある白髪交じりの頭を傾けて、もごもごとつぶやいた。

「この風変わりな一品の説明書きを読んでみるとしよう」

六十の坂を越えた歴史マニアの彼は、未知の品の来歴を調べることがなによりも好きなのだ。

「なんて書いてある？」

ドレイトンの手放しのはしゃぎように、セオドシアは思わず笑みを洩らした。彼は共同経営者も同然の存在であり、大の親友であり、ちょっと癖《くせ》のある相棒でもある。順番は必ずしもこのとおりではないけれど。

「たまげたな」

ドレイトンはなるほどと言うようにうなずいた。

「これは海賊が所有していたというだけじゃない。海賊そのものだ！」

「どういうこと？」

「黒ひげの頭蓋骨とされていると、ここに書いてある」

ドレイトンは一歩さがり、呆然《ぼうぜん》と目をしばたたいた。

「信じられん」

「本当なの？」

黒ひげと言ったら、海賊界でも大物中の大物だ。おぞましい逸話は数かぎりなくあり、その強烈ながら憎めないキャラクターは、およそ二世紀にわたって人々の心を惹《ひ》きつけ、インスピレーションをあたえてきた。

チャールストンおよび周辺の低地地方で育ったセオドシアは、十九世紀までカロライナの沿岸を繰り返し襲撃していた命知らずの海賊にまつわる話を、耳にたこができるほど聞かされてきた。その多くは南アメリカからカナダまでを縄張りとし、商船や客船をおびやかし、わがもの顔で外洋を荒らしまわっていた。一部は合衆国海軍に捕らえられ、ここから数ブロック離れたホワイト・ポイント庭園近くの堤防で絞首刑に処された。もちろん、絞首台はとうの昔に撤去され、現在の庭園にはマグノリアやハナミズキが咲き誇っている。

「ティモシーが海賊にまつわる品をこんなに集めていたなんて、全然知らなかった」

ティモシー・ネヴィルはヘリテッジ協会の理事長だ。気むずかしい八十代の彼は強引に寄贈を迫《せま》るすべにたけ、チャールストン市内のどの家の屋根裏に、どんな古いお宝が中途半端に保管されているかを正確に思い出せるしたたかな記憶力を誇っている。

「若干《じゃっかん》の品はヘリテッジ協会の所蔵だが、実をいうと大半は借り物なのだよ」ドレイトンは説明した。「骨董商や収集家をうまいこと言いくるめたわけだ」

「見応え満点だわ」

セオドシアはそう言うと身を乗り出し、古い木箱からこぼれんばかりのダブロン金貨、カロライナの沿岸や難破船の場所を記した羊皮紙の地図、いまも宝物が眠るとされている場所をほのめかす地図に見入った。もちろん、数々の海賊旗もそこかしこに展示されている。

「もうひとつ聞いた話だが」ドレイトンは言った。「今回の展示会は、ここの学芸員の発案によるものだそうだ。なんでも地下の収蔵庫に海賊がらみの興味深い品々が眠っていたのを見つけたらしい。協会自体も所蔵を把握していなかった品々だ」

「この内容なら博物館好きに広く受けることまちがいなしだわ。だって、海賊が嫌いな人なんているわけないもの」

「たしかに思わず見入ってしまうな」ドレイトンは相づちを打った。

「黒ひげに赤ひげ。それからジャック・スパロウ船長」

セオドシアは周囲を見まわし、含み笑いを洩らした。わたしは一瞬にして海賊伝説に魅了されてしまったというのに、今夜の客の大半は、広い玄関ホールでタキシード姿のウェイターが給仕するシャンパンとオードブルに目を奪われている。

それを強調するかのように、ほとんどひと気のない展示室にけたたましい声が突如《とつじょ》として響きわたった。

「まさか！」ドレイトンが言った。

セオドシアとドレイトンが同時に振り返ると、デレイン・ディッシュと変わり者の姉ナディーンが、嬉々《きき》として走り寄って来るところだった。ナディーンのすぐうしろをついてくるのはビル・グラス。《シューティング・スター》なる下劣な週刊タブロイド紙を発行している下劣な男だ。

「セオド～シア！」

デレインが〝あたしを見て〟と言わんばかりのキンキン声をあげた。

「いちばんおもしろいところを見逃しちゃうわよ！」

デレインは〈コットン・ダック〉というブティックのオーナーであり、自他ともに認める社交好きだ。ハート形の顔に黒い巻き毛、射貫くような目をしたデレインははっとするほど美しい。しかしそれほどの魅力も、不愉快なふるまいと、なんでもかんでも知らなければ気がすまない性格のせいでだいなしだった。

「そっちこそショーを見逃しているぞ」ドレイトンがすげない口調で言い返した。

デレインはぎこちなく肩をすくめた。その拍子に、淡い黄色のスーツにシャンパンが数滴こぼれてしまった。

「あら、やだ。あたしとしたことが」

彼女は明らかに少しばかり酔っていた。

あざやかな紫色のスーツを着たナディーンが派手な笑い声をあげた。

「簡単にレクチャーをしてくださらないこと、ドレイトン。だって、このヘリテッジ協会の理事さんなんでしょう？」

「賛成だ」ビル・グラスが展示品のひとつをぞんざいにしめした。「そこに並んでる、妙ちくりんな白黒の旗について教えてくれよ」

「ジョリー・ロジャーというのは」ドレイトンは背筋をのばした。「真っ赤を意味するジョリー・ルージュというフランス語に由来する」

しかし、三人はまともに聞いていなかった。デレインなどはガラスの陳列ケースに鼻を強く押しつけ、まばゆく光るダブロン金貨を目をきらきらさせながら見つめている。

「海賊の略奪品」彼女の口からつぶやきが洩れた。

するとビル・グラスがナディーンの腰に腕をまわし、粗野《そや》な笑みを浮かべた。

「おれの略奪品はこいつだ！」

とたんにデレインとナディーンが、悲鳴ともつかないけたたましい笑い声をあげた。

ドレイトンの堪忍袋《かんにんぶくろ》の緒が切れた。ヘリテッジ協会の神聖なる広間で大声をあげ、きわどい言葉遊びをするとは許しがたい蛮行だ。筋肉がぶるぶる震えるほど歯を食いしばり、両の眉を吊りあげた。彼は平静をよそおいながらも青ざめた顔でセオドシアに向きなおった。

「飲み物でももらいに行くかね？」

セオドシアは一も二もなくうなずいた。

「わたしもちょうどそう思ってたところ」

「すばらしい展示会だわ」セオドシアはカミラに告げた。

「たいしたものだ」ドレイトンも声をかける。

ヘリテッジ協会で事務局長、秘書、会員募集担当を兼務するカミラ・ホッジズは、感謝するようにほほえんだ。

「ありがとう。実現に漕《こ》ぎ着けるにはいろいろと苦労したのよ」

カミラは五十代、ふんわりとした青みがかった髪の持ち主で、スパンデックスの下着で一年じゅう下半身を補正している。また、いつも必ず香水の香りをただよわせているが、ゲランのシャリマーやジャンパトゥのジョイなど、判で押したように古めかしい香りばかりだ。

「しかもこんなにたくさんの注目を浴びてる」セオドシアは言った。

ビジネスというメリーゴーラウンドを降りてインディゴ・ティーショップの皿洗い主任兼経営者になる前、セオドシアはチャールストンの大手広告会社で顧客担当主任をつとめていた。それなりの宣伝効果と新聞掲載を実現するため、戦争のような日々を送っていたから、《ポスト&クーリア》紙に写真付きの宣伝記事が掲載されたことがヘリテッジ協会にとってどれほど大きな意味があったか、よくわかる。

「ありがとう」

カミラは言い、手にしていたシャンパングラスを掲げ、セオドシアとドレイトンのグラスに触れ合わせた。

「予算がますます逼迫《ひっぱく》してきてるから、宣伝部長の肩書きも押しつけられそう。すでにたくさんの責任ある仕事をになってるのに」

「たしかに、すばらしい仕事ぶりだ」ドレイトンが言った。

カミラはすぐ近くに立っていた若者の腕をつかみ、会話の輪に引っ張りこんだ。

「彼はロブ・コマーズ。歴史部門の研修生で、わたしの右腕として活躍してくれた、折り紙つきの好青年よ」

二十歳そこそこだろうか、ひょろひょろっとしたまじめ学生風のロブが顔を真っ赤にした。

「歴史を専攻しているの？」セオドシアは尋ねた。

「そうなんです」ボブは黒髪を短く刈りこみ、セオドシアが喉から手が出るほどほしい長いまつげをしていた。「ここで研修を始めてから、自分がいかに無知だったかを思い知らされましたよ」そう言うと、自嘲《じちょう》するような薄笑いを浮かべた。「つまり、修士課程に進むしかないということです」

「けっこうなことじゃないか」ドレイトンが言った。

「展示会の準備では、ロブがとても力になってくれてね」カミラは話をつづけた。「メーリングリストや案内状の送付をてきぱきとこなしてくれたのよ」

「それが功を奏したのね」セオドシアは言った。「だって客足が順調だもの」

実際、玄関ホールは身動きがとれないほどの混雑ぶりだった。

「できれば、展示をちゃんと見てくれる人がもっといるといいんだけど」

カミラは眉根を寄せて顔をしかめ、肩をすくめた。

「これはかりはどうしようもないわ」

「残念ながら、顔合わせの場になっちゃってるわね」セオドシアは言った。

彼女はチャールストンを心から愛しているが、この街には社交好きがとにかく多い。外に出かけて他人と袖をすり合わせるのが好きな目立ちたがりで、新聞の社交面に自分の写真が掲載されますようにと願うような人たちだ。もちろん、それ自体は悪いことではないが、問題は、毎週のように同じような人たちと袖をすり合わせてばかりいる点だ。

「展示室をのぞいてみるよう、わたしが少しけしかけてみてもいいが」ドレイトンが言った。

「デレインとナディーンが出るまで待ったほうがいいわ」セオドシアは言った。そう言ったとたん、デレインのハート形の顔ときらきらした紫色の目が見えた。

「ほうら、出てきた」

「展示室の照明を少し暗くしてみましょうか？」ロブが提案した。「ほんの少しあやしい感じにするんです」

「悪くないわね。上からのスポットライトだけにするといいわ」

セオドシアはシカゴのフィールド博物館で見た見事な翡翠《ひすい》の展示を思い出した。あそこの照明もカクテル・ラウンジ並みの暗さだった。それでもムードたっぷりの艶《なま》めかしい雰囲気に、来館者がこれでもかと集まっていた。

カミラがロブの肘をつかんだ。「さっさと行ってきましょう。可変抵抗器を見つけに」

「きみの分のロブスター・ロールを取っておいてあげるよ」ウェイターが前菜をあふれんばかりに盛りつけたトレイを手に近づいてくるのを見て、ドレイトンは言った。

「クリームチーズのワンタンもね」セオドシアが言うと、ウェイターは足をとめ、トレイをふたりのほうに傾けた。

「すばらしい！」ドレイトンは大声をあげると、小さなキツネ色のロールをひとつ取った。

「それもいいけど」セオドシアは明るいブルーの楊枝《ようじ》を一本つまんだ。「わたしはそっちのきれいなピンク色のエビをいただくわ」

しかし、大ぶりのエビに楊枝を突き刺した瞬間、ガラスが派手に割れる音が聞こえ、つづいて血も凍るような悲鳴が響きわたった。

2

セオドシアは驚きのあまりエビを取り落とし、持っていたシャンパングラスをドレイトンが差し出した手に押しつけた。それからすばやく向きを変えると、展示室に向かって走り出した。入口まで来たところで、飛び出してきたナディーンと正面からぶつかった。ナディーンは金切り声をあげながら、悪魔に取り憑《つ》かれたように体を激しく痙攣《けいれん》させていた。

「か、か、彼女が……！」まともな言葉が出て来ない。

なにがあったの？

セオドシアはいぶかりながら、ナディーンの肩を両手でぐっとつかんでわきに押しやった。非常口の扉がいきおいよく閉まったのと、防犯ベルがけたたましく鳴り出したのが聞こえた気がした。

「だ、だめ、入っちゃ！」ナディーンは言うと、床に両膝をついた。

さっきより暗くなった展示室内に目をこらすと、おぞましい光景が広がっていた。カミラ・ホッジズが床に倒れ、うめき声を洩らし、スローモーションで走っているかのように脚を力なく動かしていた。

その奥には、力なくうずくまるロブの姿が！

「大変！」

セオドシアはすぐさまカミラに駆け寄り、その手を取って脈をはかった。脈はあるが、目をしきりにしばたたき、いつ意識不明になってもおかしくない状態だ。

「救急車を呼んで！」大声で言ってから振り返ると、十人以上の怯《おび》えた顔が呆然《ぼうぜん》と見つめていた。「早く救急車を呼んで！」大声で繰り返した。「救急車を呼んで！」そこでロブを見やった。「二台お願い！」

警報ベルが荒々しく鳴り響くなか、すべてがゆっくりとした混沌に落ちていった。ありがたくもないウサギ穴に突然落ちたような感じをおぼえながら、セオドシアはのろのろと立ちあがってロブのもとに急ぎ、手早く容態を確認した。はるか昔、ガールスカウトの救急法コースで学んだことを思い出しながら。

というのも、楽観できる状況でなかったからだ。

ロブは虫の息で、わき腹からおびただしい量の血が流れていた。

刺されたの？　ロブは刺されたの？

過剰な刺激を受けたセオドシアの脳が、その考えをようやくのみこんだ。

「この人、刺されてる！」

即座にドレイトンが隣にしゃがみ、締めていたブルックスブラザーズのネクタイをはずしはじめた。

「これを使いたまえ。血をとめるんだ」

セオドシアは渡されたネクタイを丸め、ロブのわき腹に強く押しつけた。「救急車は？」

歯をカタカタいわせながら尋ねる。

「いま向かっている」ドレイトンは答えた。

血はまだ流れつづけていた。

「まずいわ。そうとうまずい」

ぶつぶつひとりごとを言っているのは自分でもわかっていた。

「強く押さえつづけないと。押さえつづけな……救急車は本当に来るんでしょうね？」

「向かっているところだ」ドレイトンがまた答えた。まるで自分が怪我をしたみたいに顔色が悪く、怯えている。

セオドシアは丸めたネクタイをロブの傷口にさらに強く押しつけた。「カミラは？」

「ほかの人が介抱している」

「こっちの子はほとんど息をしてないわ。血がものすごいいきおいで流れてる！」

ドレイトンのネクタイはいまや血で生温かくなり、ぐっしょりしていた。

「これじゃもう間に合わない。もっといいものがないかしら。タオルかなにか……」

誰かから黒いパシュミナを渡され、セオドシアは急いでそれを小さく丸めて、ロブに押しつけた。

しかし、砂時計を落ちる砂のように、血は傷ついたロブの体からじくじくとにじみ出る一方だった。十五秒後、セオドシアは真っ青な顔と長くて柔らかいまつげを見おろしながら、若者の体から命が消えていくのを感じた。

「だめ！」セオドシアはうめき、膝立ちのままのけぞった。「だめよ！」悲痛な叫び声が洩れたとき、警報ベルが突然、ありがたいことに鳴りやんだ。

ドレイトンがセオドシアの肩に手を置き、軽く力をこめた。

「その若者はもう助からんよ、セオ。きみはできるかぎりのことをした。やるべきことをちゃんとやったんだ」

「でも救急隊が来れば……」セオドシアはあきらめきれずに大声で反論した。「救命士ならそれなりの訓練を受けてるから……」

ドレイトンは手をのばし、ロブ・コマーズの目をそっと閉じてやった。

「本当にもうだめなの？　なにをしても助からない？」感情が高ぶるあまり声が割れ、涙で顔がぐしょぐしょだった。

ドレイトンは無言でうなずいた。

「でも、どうして？」セオドシアは涙声で訴えた。

「それのせいだ」

ティモシー・ネヴィルのこの世のものとは思えないかすれ声が、頭上にただよった。ヘリテッジ協会で剛腕《ごうわん》をふるうティモシーだが、さすがに意志や権力を総動員しても、このおぞましい所業をなかったことにはできなかった。彼は衰弱した老人のような足どりで、よろよろと展示室に入ってきた。

「大変だ！」ドレイトンがセオドシアに叫んだ。「ティモシーの言うとおりだ。展示ケースのなかを見たまえ」

カミラへの襲撃とロブのおぞましくて早すぎる死に打ちのめされていたセオドシアははっとなって顔をあげ、ガラスのケースに目をやった。

四角い展示ケースが鈍器で壊されたかのように粉々に砕けていた。下の棚にガラスの破片が散乱している。

そして、大きなダイヤモンドを埋めこんだ髑髏杯がなくなっていた！

セオドシアのまわりに人が次々と押し寄せ、ひそひそ声や不安そうなつぶやきが聞こえてきた。彼女はドレイトンに目を向けた。

「まずいわね」

ドレイトンは同感だというように首を縦に振った。

「だって」彼女はもごもごと言った。「ここは犯行現場だもの。この人たちを外に出さないと」

すると、セオドシアが命令したかのように、三人の制服警官が突如として駆けこんできた。

「やれやれ、助かった」警官がその場を仕切り、野次馬を押し戻すのを見ながらドレイトンはつぶやいた。

「カミラ！」

セオドシアは出し抜けに叫んだ。しゃがんだまま振り返ると、女性がカミラのわきで手を握り、しきりにささやきかけていた。

「カミラは……カミラは無事？」

「意識が朦朧《もうろう》としてるようね」女性が言った。「頭をひどく殴られたみたい。わたしは看護師なの。救急車が到着するまでこうやって付き添ってるわ」

セオドシアはロブを見おろした。警官のひとりがセオドシアの向かいで片膝をつき、脈や呼吸などの生命徴候を調べている。「助からなかった」警官はぽつりと言った。

セオドシアはすがるような目をドレイトンに向けた。「救急車はどうしたの？」

彼は立ちあがると、セオドシアに手を貸して立たせてやった。「そろそろ到着するはずだ」

そこへ突然、けたたましいサイレンが鳴り響き、ティモシーが言った。

「来たぞ。やっと来た」

彼はすっかりまいった様子でおろおろとし、いまにも気を失いそうに見えた。

展示室に残っていた十人ほどが、やきもきした様子で息を詰めている。サイレンが三度甲高く鳴って接近を知らせたかと思うと、次の瞬間、キーッとブレーキのかかる鋭い音がしたのにつづき、金属同士がこすれ合う音が響いた。

「大変だ！」ドレイトンが大声をあげた。

セオドシアは自分の胸に手をあててみると、心臓がティンパニのように激しく脈打っていた。お願い、もうこれ以上、誰かが傷つくのは見たくない！　ふらつく足で二歩ほど進んだところでためらっていると、デレインが展示室に飛びこんできた。

「事故よ！」デレインは叫んだ。「三台が衝突する事故！」

「なんてこと」セオドシアは口のなかでつぶやいた。

「今度はいったいなんだね？」ドレイトンが訊いた。

それから数分ほど、蜂の巣をつついたような大騒ぎがつづいたが、やがて救急隊員がふたり、ストレッチャーをカチャカチャいわせながら駆けこんできた。全員が固唾《かたず》をのんで見守るなか、片方の救急隊員がロブの胸に聴診器をあて、すぐに首を横に振った。ふたりは浅い息をしているカミラのところに移動し、大急ぎで顔に酸素マスクを装着すると、彼女を慎重にストレッチャーに乗せて運び出した。

気の毒なロブは、倒れた場所に残された。

「もう一台──」セオドシアは去っていく隊員に呼びかけたものの、ふいに口をつぐんだ。

バート・ティドウエル刑事が、不作法な乱暴者よろしく、つんのめるように展示室に現われた。気象観測用気球かと思うほどふくらんだおなかと銃弾形の頭をした、クマのような大男だ。ぼさぼさの眉の下から、出っ張り気味の居丈高な目がのぞいている。強盗殺人課を率いる彼は短気でぶっきらぼう、ピットブル犬並みのしつこさを誇る捜査官だ。

しかし今夜のティドウエル刑事は、かなり動揺した様子で展示室内を見まわしていた。両脚は立っていられないほどに震え、目の焦点がさだまっていない。広い額の片側がざっくりと切れ、真っ赤な血がぽたぽたと垂れていた。

「なにがあったの?」セオドシアは思わず大声を出した。

「そっちこそなにがあったんです?」刑事も強い口調で訊いた。彼はよろけながらうしろに二歩さがると、ぎょろりとした目でロブの死体と粉々になった展示ケースを見てとった。

「殺人があったんです」セオドシアは言った。

「それに窃盗《せっとう》も」ドレイトンが横から言い添えた。

「ティドウェル刑事」いくらか落ち着きを取り戻したティモシー・ネヴィルが刑事に歩み寄った。「事故に遭《あ》われたので?」

刑事は肩をすくめ、肉づきのいい手をひらひらと振った。

「すれちがいざまに車の横っ腹にぶつかられましてね……たいしたことはない。つまらん事故です。救急車、わたしの車……それに、帰ろうとした客の車」

セオドシアは前に進み出た。ティドウェル刑事のことはよく知っているし、好感を抱いている。尊敬すらしている。だけどいまはやせがまんをするべきじゃない。血がひどく出ていて、いつ気を失ってもおかしくない顔をしているのだから。

「刑事さん」セオドシアは声をかけた。「お医者様に診てもらったほうがいいわ」

「ばかばかしい」刑事はぶっきらぼうだが、震え声で答えた。

しかし、刑事の顔は一秒経過するごとに青くなるばかりだった。

「救急車をもう一台呼んだほうがいいですよね?」セオドシアはティモシーに訊いた。

ティモシーはうなずき、くるりと向きを変えた。

「たいしたことありません」刑事は腹立たしそうに繰り返した。「ささいな、どうということのない事故ですよ」

刑事は一歩進み出ると、ロブ・コマーズの死体に目をやった。それから上着の内ポケットに手を入れ、白いハンカチを出した。それで少しのあいだ自分の側頭部を押さえてから、離した。赤く、ねばねばした血がハンカチについていた。

「こうしたらどう？」セオドシアは言った。「べつの殺人課刑事の方に来てもらうの。しばらくのあいだだけでも」

体をふらつかせている刑事の大きな顔に、苛立ちと同意の表情が入り交じった。やがて彼はかすれ声で言った。「そうですな……あなたの言うとおりだ」

数分後、あらたな救急車が到着した。救急隊員は先にティドウェル刑事の傷を調べ、その間、ふたりの鑑識係員が証拠を袋におさめ、ラベルをつけ、ロブの死体とこなごなになった展示ケースを写真におさめた。セオドシア、ドレイトン、ティモシーの三人は廊下から黙ってそれを見守った。ようやく救急隊員が展示室に入るのを許され、命の絶えたロブの体をストレッチャーに乗せた。大勢の野次馬が見守るなか、救急車までゆっくりと無言で押していった。

「大変な夜になった」ドレイトンは展示室に背を向けた。

「最悪だ」ティモシーがため息をついた。「きっと支援者の方々が……」

セオドシアはそのあとティモシーがなにを言ったか聞いていなかった。その場に立ちつくし、ひと気のなくなった展示室を沈鬱《ちんうつ》な顔でのぞきこんでいた。その前を人々が次々と引きあげていく。声が完全に聞こえなくなると、いま一度展示室に入った。足がぎくしゃくとし、心が重く沈んでいる。壊れたケース、血に染まったカーペット、それに彼女に向かっていたずらっぽくウィンクしている海賊旗に目をこらした。

「ひどい」彼女はつぶやき、引きあげようと向きを変えた。頭上からのピンポイント照明が、足元に散らばる何百というガラスの破片をまばゆいクリスタルに変貌させている。

それに小さなオレンジ色のものもひとつ見えた。

なにかしら？

セオドシアはかがんで、小さな紙切れをさっと拾いあげた。それをじっと見つめ、顔をしかめる。チケットのようだ。

チケット？　誰のものかしら？　いったい誰が落としたの？

そのとき突然、荒野をつらぬく光のごとく、頭におぞましい可能性が浮かんだ。まさか、犯人のもの？

3

「えらいことになった」

ティモシー・ネヴィルがか細く尖《とが》った声でつぶやいた。

「とんでもない事態だ」

月曜の朝のチャールストンはすっきり晴れあがり、まぶしいほどの青空が広がっていた。アシュレー川から吹きこむ微風が、春の暖かさをほんのりただよわせながら、歴史あるチャーチ・ストリートに連なるヤシの葉を揺らしている。しかし、インディゴ・ティーショップの雰囲気は暗かった。

「お茶のおかわりはどうかね？」ドレイトンは尋ねたものの、答えを待たずに中国製の赤いティーポットを持ちあげ、琥珀《こはく》色の液体をティモシーのカップにていねいに注いだ。「台湾の文山包種茶《ブンサンホウシュ》といってね」彼は穏《おだ》やかな声で言った。「神経を鎮《しず》め、気分を引き立たせてくれる」

「たしかにきょうは、気分を引き立ててくれるものが必要ね」セオドシアは相づちを打った。

ティモシーは朝いちばんに店に現われた。いつもと変わらぬ、鳩羽鼠《はとばねずみ》色のスーツに黄色のヴ

エルサーチのネクタイという一分《いちぶ》の隙《すき》もない恰好《かっこう》で。悲嘆と落胆のあいだをさまよっている顔をしていたが、話がしたくてたまらない様子でもあった。かくしてセオドシアとドレイトンは、多忙な月曜の朝の準備をしながら今週も忙しくなりそうだとわくわくするかわりに、石造りの暖炉の横にある小さな丸テーブルを囲み、昨夜のおそろしい出来事について、ああでもないこうでもないとやっているのだった。

ティモシーは節《ふし》くれだった手をおでこにやり、精神的なストレスかひどい偏頭痛に襲われたかのように、そっと揉んだ。

「理事たちになんと言われることか」彼は口をへの字にした。「この数年で寄付のペースが落ち、ぽつりぽつりという状態になっている。そこへ持ってきてゆうべの事件だ……」彼はせつなそうなため息を大きくひとつ洩らした。

セオドシアは理事会の意見などあまり気にならなかった。理事は入れ替わるものだし、そもそも組織が大きく変化することはないからだ。それより、ロブが死んだこととカミラがひどく殴られたことのほうがよっぽど気がかりだった。

「ロブのご遺族はどんな様子なの？」セオドシアは少し意地悪な口調で訊いた。「カミラは全快しそう？」

ドレイトンはうなずいた。「セオの言うとおりだ。まずはあのふたりを思いやるべきだ」

「そのくらいわかっておる」ティモシーは不機嫌な声を出した。「わたしはただ、全体像を把握しようとしているだけだ」

「それはわたしたちも同じだ」ドレイトンが言った。

ティモシーは唇を尖らせた。「いろいろと影響が出るのはまちがいないうえ……」

彼はそこまで言うと口を閉ざした。店の若きシェフにして有能なるパティシエであるヘイリー・パーカーが現われ、息を切らしながらスコーンをのせた皿を差し出した。つづいて出てきたガラスの脚付きボウルには、クロテッド・クリームがこんもりと盛りつけられていた。

「おじゃましてごめんなさいね」ヘイリーはさっと頭を振って、まっすぐなブロンドの髪を払った。「キャラメル・スコーンを召しあがってほしくて」そこで首をすくめ、言い添えた。「オーブンから出したばかりの焼きたてよ」

「ありがとう、ヘイリー。おいしそうだわ」

セオドシアはとろりとしたキャラメルと刻んだペカンで飾ったキツネ色の平たいスコーンを一個取って、自分の皿にのせた。これで昨夜の恐ろしい記憶がきれいさっぱりなくなるわけではないが、絶好のお茶の友にはなる。

ヘイリーはカピージオの靴を履いた足を交互に前に出していき、か細い体をテーブルに近づけた。

「なにかわかった？」

若々しい彼女の好奇心は、いまやフル稼働状態だった。

「いいや」ティモシーがにべもなく言い、彼女を追い払おうとするように、手を無造作にひらひらさせた。

しかしヘイリーは立ち去らなかった。ティモシー・ネヴィルとは過去何年かのあいだにそれなりに言葉を交わしているから、多額の寄付をしている人の多くとはちがい、ティモシーのお金や権力やぶっきらぼうな態度にひるむことはなかった。

「というのもね、ちょっと考えたことがあって……」ヘイリーは言った。

「どんなこと？」セオドシアは尋ねた。書類の上では、インディゴ・ティーショップの経営者は彼女ひとりだが、このささやかな店は〝機会均等なティーショップ〟をコンセプトとしている。ここで働く者全員に発言権がある。全員に最大限の敬意が払われるのだ。

「ゆうべ殺された人のことでセオはすごく動揺してるんでしょ」ヘイリーは話をつづけた。

「ロブという名前だ」ドレイトンが横から口をはさんだ。

「うん。それにセオはカミラのことが心配で心配でたまらない……」

ティモシーが縁の赤くなった目でヘイリーを見つめた。「われわれの話につけくわえる情報を握っているのか？　だったら、頼むから早く言ってくれ！」

驚いたことに、ヘイリーは落ち着きを崩さなかった。

「だけど、誰も真相につながる手がかりをつかんでない、でしょ？」

「殺人事件が一件起こった」ドレイトンが言った。「殺人未遂も一件」

「ティドウェル刑事はこの事件をどう見てるの？」ヘイリーは訊いた。「ゆうべ、あの刑事さんも現場に来てたんだよね」ティモシーが来店する直前、セオドシアとドレイトンは事件の一部始終をヘイリーに話してあった。

「ティドウェル刑事は交通事故に遭いおった」ティモシーは吐き捨てるように言った。「それも治療を要するほどの事故にな。まったく、ありがたいことだ」

「いわゆる公務災害だな」ドレイトンが言った。

「それじゃあ、誰が捜査の指揮を執《と》るの？」ヘイリーが尋ねた。

「さてね」ドレイトンは言った。「チャールストン警察に敏腕刑事がわんさといるのを祈るばかりだ」

「ティドウェル刑事が現場復帰するわよ」セオドシアは言った。それほどひどい怪我をしたようには見えなかったもの。ちょっと擦りむいて、気が動転した程度だけど、体の傷より自尊心を傷つけられた影響のほうが大きいかもね。

「しかし、遅れを取り戻すのが大変だろう」ティモシーは予想した。

「そいつは困ったな」とドレイトン。

ヘイリーの目がせわしなく動いた。「でも、セオなら遅れを取り戻す必要がない」

「なんだと？」ティモシーが訊き返した。

「だって、その場にいたんだもの、でしょ？」

「なにが言いたいのだね、ヘイリー？」ドレイトンが訊いた。

しかし、セオドシアにはもうわかっていた。

「だめよ、そんなこと……」

彼女はスコーンを下に置き、ばつが悪そうに黒いギャルソン風エプロンの表面を両手で軽く払った。砂糖の小さな粒が踊り、輝き、光を受けるさまは、さながら小宇宙のようだ。

ティモシーはお茶をごくりと飲み、いきなりセオドシアを飢えたような目で見つめた。

「そうとも。きみはあの場にいた。正確に言うなら、最初に現場に駆けつけた人間だ」

「そんな」

しかしティモシーはこうと思いこんだことに、猟犬のごとく食らいついて放そうとしなかった。

「セオドシア、われわれにはきみの力が必要だ。とりわけ、わたしにはきみの力が必要だ。なにしろきみは……」

ティモシーは言葉を切り、しばらくなにやら考えこんでいたが、すぐに先をつづけた。

「なにしろきみは謎《なぞ》を解《と》き明かす才能にめぐまれている」

「そのとおり」ドレイトンが相づちを打つ。

セオドシアは警告の目をドレイトンに向けた。お願いだから、わたしを巻きこまないで！

「すまんな、セオ」ドレイトンは言った。「だが、事実は変えられん。きみには物事の微妙なちがいを見分ける目がそなわっている。謎を明らかにする才能も」

「微妙なちがいを見分ける目？」セオドシアは訊き返した。それっていったいどういう意味？

「ならば、鋭い観察眼と言い直そう。理路整然とした思考力だ」

セオドシアはナイフを手に取り、スコーンを縦に割ってクロテッド・クリームを多すぎるくらいたっぷり塗りつけた。

「ああ、そのことね」彼女は小さな声で言った。「実際には、ときどき運が味方してくれる程度のことよ」

しかし、ティモシーは首を横に振っていた。

「いや、運だけではない。きみは頭が切れる。しかも、謎解きの才にめぐまれている」

「ティドウェル刑事はそう思ってないわ」セオドシアは反論した。「単なるおせっかい焼きだと思ってる」

「それはあくまであの男の考えだ」ティモシーは言った。「訓練を積んだプロである以上、自分と同じ技量を持つ民間人には強い抵抗を感じるのだろう」

「そのとおり」ドレイトンがうなずいた。

「なにがなんでもあなたが調べなきゃ」ヘイリーが背中を押す。「だって……ああん、もう……みんな、けさの新聞の見出しを見た？」

三人はぽかんとした表情でヘイリーを見つめた。

「しょうがない人たち」

ヘイリーは目を丸くした。彼女は人差し指を立てるとレジに急ぎ、《ポスト&クーリア》紙を取って戻った。顔をしかめ、わざとらしい仕種《しぐさ》で新聞を広げた。縦四インチの見出し――〝黒ひげの呪い〟――が全員の目に飛びこんだ。その下にはひとまわり小さな文字で〝海賊展で残忍な殺人事件発生〟とある。

「なんと悪趣味な！」ドレイトンが大声をあげた。「こんな事態だけは避けたかったのに」

「理事長としてのわたしはこれでおしまいだ」ティモシーはため息をついた。両手に顔をうずめ、そのまましばらく動かなかった。

「ティモシー？」セオドシアは声をかけた。「大丈夫ですか？」

ティモシーは顔をあげ、打ちひしがれた表情で彼女を見つめた。

「いや、大丈夫とはほど遠い」

これほどうろたえたティモシーを見るのは心が痛んだ。彼はヘリテッジ協会の理事長の職を失うのではないかと怯えている。そんなことになれば、彼はもうおしまいだ。ティモシーは気位の高い老人で、全身全霊を傾けて責務に取り組んできた。その仕事を取りあげられたら、負の悪循環に陥《おちい》るだけだ。彼の年齢を考えれば……。

セオドシアはしばらく考えこんだ。それから大きく、気が進まないながらも、ごくりと唾《つば》をのみこんだ。

「あの……それでわたしにどうしろと？」

ティモシーの濃い灰色の目のなかで火花がはじけた。「とりあえず……調べてみてはくれないか？」と期待のこもった声で尋ねた。

「頼む、セオ。きみがなんらかの力になってくれれば……」

ドレイトンは上着のポケットから鼈甲縁の半眼鏡を出し、わし鼻にちょこんとのせると――フクロウそっくりの風貌になった――ヘイリーの手から新聞を奪った。十五秒ほど一面に目を走らせ、やがて口をひらいた。

「警察本部長によれば、いまだ容疑者を絞りこめていないそうだ」

「そもそも容疑者なんてひとりも浮かんでないからよ」ヘイリーが言った。

「いつものことだ」とティモシー。

「そんなの信じられない」セオドシアは言った。「調べる糸口くらいはつかんでるはずよ」

そうであってほしい。

「そうではないようだ」

小声で記事を読み進めるにつれ、ドレイトンの表情はどんどん暗くなっていった。

「目撃者が一名いるものの、当の目撃者は少々頭が混乱しているようだと書いてある」

彼は人差し指で新聞をしめした。

「頭が混乱。記者ははっきりとそう書いている」

セオドシアはそれがナディーンのことだとすぐにわかった。記者の言葉はあながち的外れでもない。昨夜のナディーンはまともとは思えないほどハイテンションだったが、それでもまだひかえめな言い方だ。

「もうおしまいだ」ティモシーが打ちひしがれた声で言った。「始めもしないうちに終わってしまった」

ヘイリーがじりじりとにじり寄った。「髑髏杯があるでしょ」とひそめた声で言った。

セオドシアは眉根を寄せた。「髑髏杯がどうかした、ヘイリー？」

「調べるならそれが出発点じゃないかな。泥棒にせよ殺人犯にせよ、それが犯人のねらいだったんでしょ？　あれは黒ひげのものだったたって、セオが自分でそう言ってたじゃない」

「黒ひげそのものだったのだよ」ドレイトンが訂正した。「本物の頭蓋骨で作られたということだからね」

「きみらはいったいなんの話をしているんだ？」ティモシーが震える声で訊いた。

「ヘイリーの言うとおりかもしれない」セオドシアの頭の奥で、ささやかなアイデアという火花がはじけた。「盗まれた髑髏杯についてくわしく調べれば、昨夜の事件をべつの視点から見られると思う」

「つまり、歴史的な視点から見るということかね？」ドレイトンが訊いた。「それとも、動機を調べれば犯人を捕まえられるとでも？」

「わたしたちで人殺しを捕まえようなんて考えちゃだめよ」

「たしかに」

「だけど、基本的な事実を調べることはできる」セオドシアの説明が熱を帯びた。「手近な事実を調べれば方向性が見えてくるかもしれない。たとえば、あの髑髏杯は本当に由緒あるものなのか？　だとしたら、出所はどこなのか？　貴重なコレクターズ・アイテムなのか？　その場合、手に入れようとねらっていた人物は誰なのか？」

ドレイトンは問いかけるようなまなざしをティモシーに向けた。

「髑髏杯の出所はどこなのだね？」

ティモシーは急いでお茶をひとくち含んだ。「そもそもの来歴という意味か？　ヘリテッジ協会に寄贈される以前の？」

「ええ」セオドシアは声にうながすような響きをこめた。

「わからんのだ」ティモシーは答えた。

セオドシアはかぶりを振った。ティモシーが知らないなんてありえるだろうか？　ヘリテッジ協会の理事長なんだし、髑髏杯は彼が管理する巨大な収蔵室から出してきたものなのに。

「少しくらいなにか知ってるでしょう？　だって、展覧会に出品する価値があると判断したんだもの。それに、誰が書いたか知らないけど、りっぱな説明もついてたわ」

ティモシーは唇を尖らせ、してやられたという顔をした。

「わたしが知っているのは、あの髑髏杯が寄贈されたのは四十年以上前、わたしがヘリテッジ協会を率いるようになるずっと前だということだけだ。長いあいだ収蔵室の場所ふさぎだったのを、学芸員のひとりが大海賊展の開催にあたって引っぱり出してきたというわけだ」

「どの学芸員？」ヘイリーが訊いた。「亡くなったロブって人？」

「いや、そうではない」ティモシーは言った。「ロブは学芸員ではなく研修生だ。アメリカ史の学位取得のために猛勉強していた好青年ではあったがな。とにかく、彼はジョージ・メドウのアシスタントにすぎん。メドウが展覧会の責任者で、ロブは彼の下であれこれ雑用をこなしていた。招待状の発送や招待客リストの照合などをな」

「その招待客リストを見せてもらいたいのですが」セオドシアは言った。

「かまわんよ」

「では、ロブは髑髏杯とはなんの関係もなかったのね？」

セオドシアは質問しながら、頭のなかで自問した。わずかな報酬、あるいはほとんどボランティアで働いていた一介の研修生が派手な窃盗計画を仕組んだとは考えられるだろうか？その計画を実行中に殺されたとか？　誰だかわからないが共犯者が裏切ったのかしら？

「われわれの誰ひとりとして、髑髏杯には関与しておらん」ティモシーは言った。「興味深い品という点では意見が一致していたが」

「ほかにも研修生は？」セオドシアは訊いた。

ティモシーはうなずいた。「いる」

「その人たちから話を聞く必要があります」

「それでどうするつもりだね？」ティモシーは訊いた。

「いわくつきの髑髏杯。しかも大ぶりのダイヤが埋めこまれている……」

セオドシアは目を軽く閉じ、頭のなかに髑髏杯を思い浮かべ、記憶に叩きこんだ。

「ひと財産になるでしょうね」

「見るからにおぞましい品だがな」ドレイトンが言った。

「でも、協会があの髑髏杯を所蔵していることはそこそこ知られていたはず」とセオドシア。

「知られるようになったのは水曜以降だ」ティモシーが言った。「《ポスト＆クーリア》紙がコラージュ写真に髑髏杯を使ったものでな」

「あいにくだったな」とドレイトン。

「きみがいい宣伝になると言ったのだぞ」ティモシーは語気鋭く言い返した。「てのひらを返すようなことを言いおって！」

ドレイトンは口をぱくぱくさせたが、やがて気を取り直して言った。

「おおかた大海賊展を訪れた誰かが、あの大きなダイヤモンドを目にしたとたん……こいつはすごいとばかりに、とっさに手を出したのだろう」

セオドシアは考えこむような顔で、椅子に背中をあずけた。

「あくまで推測だけど、わたしには衝動的な犯行とは思えない」

ティモシーがセオドシアのほうにすばやく顔を振り向けた。

「殺人と窃盗、どっちのことだね？」

「両方よ。もっとも、おもな目的は窃盗であって、殺人のほうはあくまではずみだったんだと思う。やむにやまれず……の犯行だと」

「どういうことだね？」ドレイトンが訊き返した。

「邪魔されずに迅速《じんそく》に逃げるためだったのよ。あの非常口を使えば裏のパティオに出られるようになってたのが災いしたってわけ」

ドレイトンは、急にひどい頭痛に見舞われたとばかりに、こめかみを人差し指で揉んだ。

「そういう話は聞きたくない」

「関わるように仕向けたくせに」セオドシアは言い返した。

「すでに出足は順調みたいだね」ヘイリーが満足そうな声で言った。「興味深い仮説をいくつか打ち出してるもん」

「あの髑髏杯について、なにか情報はないんでしょうか？」セオドシアはいま一度ティモシーに質問した。「ヒントになるような書類とか？　とっかかりになりそうなものは？」

ティモシーは苦り切った顔をした。「あるとは思えんが」

「そう、とにかく探してみてください。大事なことなんです」

「ああ、わかった」

「そうそう、チケットの件もうかがわないと」

ティモシーの眉がさっとあがった。「チケットだと？」

セオドシアはエプロンのポケットに手を入れ、淡いオレンジ色のチケットを出した。

「ゆうべ、展示室で見つけました」

指でくるくるまわしてみせる。

「なんだかわかりますか？」

「さあ」ティモシーは答えた。

「なんのチケット？」ヘイリーが訊いた。

「それがわからないの」セオドシアは答えた。「見たところ、手づくりっぽいわ。レーザープリンターで印刷したもののようね。七桁の番号と一緒に〝特別会員様専用パス〟と書いてあるだけ」

「しかし、なんのための会員専用パスなのだろう?」ドレイトンがつぶやいた。

「それを突きとめるのよ」

ドレイトンのお薦め

台湾文山包種茶

ウーロン茶のなかでも発酵度がとても低く、
緑茶に近い。
華やかな花の香りが特徴。
神経を鎮め、気分を引き立たせ
てくれる効果も。

4

セオドシアはようやく、規則正しく到来する日々のあわただしさにそなえ、ばたばたと店の準備を始めた。

年季の入ったテーブルは白いリネンのクロスで見栄えをよくした。炎揺らめくティーキャンドルをガラスのホルダーにセットした。アンティークのシュガーボウルとぴかぴかの骨灰磁器《ボーン・チャイナ》の皿、それに小さなシルバーのスプーンとバターナイフを各テーブルにきちんと並べた。

ヘイリーがけさ早くにチャーチ・ストリートの青物市場に立ち寄って、フランスギクを何束か買ってきてくれた。その元気いっぱいの花がいま、クリスタルの花瓶のなかで頭を揺らしている。

「完璧だ」

ドレイトンがショップ内をぐるりと見まわして言った。

「いつものごとく」

「お店はとてもすてきになったけど、わたしの心はゆうべのことを引きずってて、まだどんよりしてる」

「よくわかるよ。だが、少なくともわれわれは、解決に向けて最初の一歩を踏み出したではないか」ドレイトンは目をしばたたかせ、訂正した。「正確に言うなら、われわれではなく、きみがだ」

「ふらふらした一歩じゃなく、地に足のついた一歩であってほしいものだわ」

そのとき、入口のベルが軽やかに鳴り、本日最初のお客の到来を告げた。

ただし、実際にはお客ではなく、〈キャベッジ・パッチ〉の新オーナー、リー・キャロルだった。リーは三十代なかばのアフリカ系アメリカ人女性で、セオドシアとほぼ同年代だ。背が高く、肌はうっとりするほどつややかで、セピア色の髪をしている。わずかに吊りあがったアーモンド形の目のせいか、陽気でひょうきんな印象だ。

「どうぞお入り」ドレイトンがカウンターから大きく手招きした。

「リー！」

セオドシアは友人を見て顔を輝かせた。

「スコーンとお茶でもいかが？　よかったら、あなたの好きな白桃烏龍茶《ピーチ・ウーロン》を淹《い》れるわよ」

「その前に」リーは片手を腰にあて、物問いたげな表情を浮かべた。「説明することがあるんじゃない？」

「説明することって……？」

「いまさっき、〈チャウダー・ハウンド〉のリディアから聞いたわ。彼女はポイントトン額縁店のキャロル・アンから聞いたそうだけど。チャーチ・ストリートじゅうで噂になってるわよ。ゆうべ、気の毒な青年が殺されたとき、あなたがヘリテッジ協会にいたって！」

「たしかに、いたわ」セオドシアは答えた。「本当に恐ろしかった。事務のカミラ・ホッジズまで重傷を負うなんて」

「で、目撃したんでしょう？」

リーは好奇心丸出しで尋ねた。

「そうじゃないの。騒ぎの最後のほうが見えただけ」

リーは顔をくしゃくしゃにゆがませ、かぶりを振った。

「どうしてあんなことが？　それも、よりによってヘリテッジ協会で。博物館にいても安全でないなら、どこに行けば安全なの？」

「さあ」セオドシアは言った。「たしかにぞっとするわ……なんて言うのかしら……死の翼に触れられると」

リーは声をひそめた。というのも、ドレイトンがまだすぐそばでお茶を量《はか》り取っていたからだ。

「ゆうべはドレイトンと出かけたの？」

セオドシアはうなずいた。「彼があそこをこよなく愛してるのは知ってるでしょ。理事もつとめてるくらいだし」

「だったら、彼もそうとうショックだったでしょうね。強い人だけど、感じやすい性格だもの」

「かなりね」セオドシアは答えた。「それにティモシー・ネヴィルもよ。さっき顔を出して、ひとしきり嘆いていったわ」

「もう警察はなんらかの目星をつけてるの？」

「朝刊を読んだかぎりではノーね。人差し指に中指を重ねてお祈りするしかなさそう」

「それにドアにちゃんと鍵をかけないとね」

リーはそう言うと、頭を心もち傾けた。ふたりはアンティークのティーカップや缶入りのお茶、瓶入りのデュボス蜂蜜《はちみつ》などをきれいに並べたハイボーイ型チェストのほうにむかって歩き出した。

「あなたが探してた例のフィッツ&フロイドのティーポットだけど、手に入ったわよ」リーが低い声で言った。「フルーツ柄でゴールドの象嵌《ぞうがん》細工をほどこした、フロレンティーン」

セオドシアはリーの手をつかんだ。

「二十年以上も前に製造が中止されたあれを？　おそらく見つからないだろうって言ってたのに」

リーはひとり笑いした。「いろいろ苦労したけど、とにかく見つけたわ。ひとつきりだけどね」

「すごい！」セオドシアは言ったが、すぐに声をひそめた。「ドレイトンへのプレゼントなの。今度の土曜が誕生日だから」

「わかってるって、ハニー」リーは言った。「だから、苦労して探したんじゃないの」

二十分後、店内は半分ほどお客で埋まっていた。そこへ、赤と黄色に塗られた派手な乗合馬車がひづめの音も高らかに入口前に到着し、六人のお客がなだれこんだ。

セオドシアはキャラメル・スコーン、ズッキーニのブレッド、ブルーベリー・マフィンを給仕し、ドレイトンはイングリッシュ・ブレックファスト、ダージリン、プリンス・オブ・ウェールズといったお茶をポットで淹れていた。

店内がなごやかな雰囲気に包まれ、お茶とスコーンの入り混じったにおいがただよいはじめ、セオドシアの気分もすっかり上向いた頃、電話のベルが鳴った。かけてきたのは、ボーイフレンドのパーカー・スカリーだった。

彼はひどく機嫌が悪かった。

「冗談だろ？」

パーカーのわめく声がセオドシアの耳をつんざいた。

「ゆうべ、ヘリテッジ協会で人が殺されたって聞いたよ」

「残念ながら、本当なの」

セオドシアは入口カウンターの隣で背中を丸め、お客に聞かれないよう——あるいは話の内容を察知されないよう——小声で答えた。

「セオ、きみがどこかに出かけるたびに、人が殺されるじゃないか！」パーカーはヒステリックな声を出した。

「そんなことない。いくらなんでも言いすぎよ」

「頼むから、首を突っこむのはやめてくれ」

セオドシアは目を伏せた。電話を握る手がどんどん白くなっていく。

「聞いてるのかい？」パーカーが訊いた。

「あの……」セオドシアは言いよどんだ。

「探偵ごっこは禁止だ、いいね？」

「探偵ごっこなんかしないわ」

パーカーは安堵《あんど》のため息を洩らしたようだったが、セオドシアは害のない嘘に縛られることになった。まあ、これが最初というわけじゃないし、最後じゃないのもたしかだ。

「用件はそれだけ？」昨夜の事件について、これ以上突っこまれませんようにと思いながらセオドシアは訊いた。

「訊かれたから答えるけど」パーカーは言った。「実はほかにもある。今夜は新しいオイスター・バーに行こうと話してたけど、サヴァナに行くことになりそうなんだ。前に話したレストランを覚えてるかな……ぼくが出資を検討してる店があっただろう？」

「〈ブランディワインズ〉でしょ？」古くさい名前だと思うが、以前に一度食べたことがあって、料理は最高だった。

「そう、その店だ。とにかく、予想よりも早く競売にかけられそうなんだ。それでオーナーに会って条件を詰めてこようと思う」

「わくわくするわね」

「うん。きみの引っ越し祝いのパーティには間に合うよう帰ると約束する」

「本当ね？」

セオドシアはついに一大決心をして、フェザーベッド・ハウスという朝食付きホテル《B&B》の数軒先にある、すてきなイングリッシュ・コテージを手に入れていた。何カ月にもわたる激論と交渉の末、契約が成立して引っ越しの運びとなった。まだ荷ほどきも終わらず、インテリア・コーディネートも凡庸《ぼんよう》なキッチンのリフォームもすんでいないが、来る水曜の夜には新居のお披露目《ひろめ》パーティをひらくと、固く固く決心していた。

「セオドシア？」

ドレイトンの声がした。両手に一個ずつティーポットを持った彼が、手伝ってほしそうな顔で目の前に立っていた。しかし、電話を一本入れておきたかった。

「申し訳ありませんが」病院の交換手が言った。「いまのところ、その患者さんに電話を取り次ぐことはできません」

セオドシアは唇を噛《か》んだ。まさか、昨夜からカミラの容態が悪化したのかしら？　それとも、ドクターが用心深いだけのこと？

「カミラ・ホッジズさんについて、どんなことでもいいので教えてもらえませんか？」

「少々お待ちください」

しばらく紙をめくる音がしていたが、交換手の声がふたたび聞こえた。

「妹さんが付き添っておいでで、容態はよくなっているようです。しかしながら、明日まで
は電話を取り次がないようにとの指示が出ています」

「じゃあ、明日なら電話できるんですね。いい知らせと考えていいんでしょうか？」

「そう思いますよ」

交換手は思いやりのこもった声で言った。

そうでありますように、とセオドシアは心のなかでつぶやいた。


「メニューを発表するわよ」

ヘイリーが言った。

「きょうのランチはマーブルブレッドを使ったチャイブ入り卵サラダのティーサンドイッチ、チキン・サラダを詰めたポップオーバー、シトラス風味のフレンチドレッシングをかけたイチゴとたっぷり野菜のサラダ、それにレンズ豆のスープ」

彼女はバターを入れたボウルに泡立て器を差し入れ、ヘリコプターの回転翼よろしく猛然とかきまわしはじめた。

「以上かね？」

ドレイトンが訊いた。

「デザートにはチャイのティラミスを用意したわ」

ヘイリーはそこで唐突に顔をあげた。

「そうそう……いちおう言っておくけど、レンズ豆はオラノという特別な品種を使ってみたの。どことなくカモミールを思わせるほのかに甘い風味があるんだ」

「ならば、ポットにカモミール・ティーを淹れるとするか」ドレイトンが言った。「ぴったりの組み合わせだ」

「カモミールの香りがあたり一面にただよったら、リラックスしすぎちゃってなにもできなくなりそうだわ」セオドシアは言った。

彼女とドレイトンが切手並みに小さい厨房《ちゅうぼう》の入口で身を寄せ合う前で、ヘイリーはまな板から冷蔵庫、さらには特大の黒い業務用コンロへと飛びまわる、いつものシェフのバレエを踊っていた。彼女ほどのお菓子づくりの才能があれば、チャールストンのどの高級ホテルやB&Bでもパティシエとしてやっていけるだろう。けれどもヘイリーはインディゴ・ティーショップに根をおろしつづけ、ランチにスコーン、クイックブレッドをこしらえ、チョコレート・ムースやライス・プディング、クレーム・ブリュレなどの軽い食感のものなど、数々のデザートをつくり出している。店の常連客はヘイリーを、並はずれたお菓子づくりの才能に恵まれた、ちょっと変わった娘と思っている。セオドシアにとっては人間国宝並みの存在だ。

「では、もう注文を取ってもかまわんかね？」ドレイトンが訊いた。彼の名刺にはケータリング責任者とマスター・ティーブレンダーの肩書がついているものの、ランチタイムはヘイリーの独壇場《どくだんじょう》だ。

「いいわよ」ヘイリーは言った。「だけど、注文を全部まとめて取ってくるのはやめてよ。ごっちゃになったら困るもん」

「ヘイリーは口ではああ言っているが、本心はべつだ」

セオドシアとふたりでティールームに戻る途中、ドレイトンは口を動かさずにつぶやいた。「同時進行能力を刺激されるから、忙しくしているのが好きなのだよ。自己記録を更新してやろうという気になるらしい」

セオドシアは入口ドアのガラス部分がちらちらしているのに気づいて、そちらに目をやった。見慣れたふたつの人影がたたずんでいる。

「あなたも難物にチャレンジする気はある？」

ドレイトンの顎が数ミリあがった。「炎の試練など恐るるに足らずだとも」

「まさか」

セオドシアが言うが早いか、デレインとナディーンが水牛の大群のごとく、ティールームになだれこんだ。

「まさか」

ドレイトンも声をあげたものの、すぐに気を取り直し、にこやかで人のよい笑顔を浮かべた。

「ご婦人方、ようこそ！」

しかし、頭のほとんどを殺人事件で占められていたデレインとナディーンは、すぐさまその話題を持ち出した。

デレインは持っていた朝刊をひらくと、嬉々とした声をあげた。

「見てよ、この記事。これでヘリテッジ協会のことをみんなが話題にしてくれるわ！」

ドレイトンは半眼《はんがん》気味に彼女を見つめた。「そんなことが朗報だと思っているのかね？」

彼はあきれたように言った。

デレインは血のように赤い爪で見出しをしめした。

「どんな形であれ、名前が出るのはものすごくプラスなの」

「とんでもない」ドレイトンは言った。「研修生が殺され、カミラが重傷を負い、貴重な工芸品が盗まれたのだぞ」

デレインは口を尖らせ、目を細めると、敵愾心《てきがいしん》を剝《む》き出しにしてドレイトンをにらみつけた。ナディーンもすぐさま加勢にまわり、同じように思いきり怖い顔でにらんだ。

その様子を第三者的立場で見ていたセオドシアが割って入った。

「テーブルに案内するわ。おふたりともランチはいかが？　ドレイトンが淹れた極上のダージリンもあるわよ」

「お茶ですって？」

ナディーンの敵愾心が萎《な》えはじめた。

「ランチですって？」デレインが言った。さらに彼女は、いくらか不承不承ながらつけくわえた。「いただいてもいいわよ。ついでだもの」

「どうぞ、こちらへ」

ドレイトンがことを丸くおさめようと、てきぱきとふたりを案内した。

「そこの窓際にいい席があいている」

そう言ってキャプテンズチェアを引き、クッションをふくらませ、デレインとナディーンが席につくあいだ、なにくれとなく世話を焼いた。

セオドシアは大急ぎで、スコーンをのせた皿とジャムが入った小さなボウルを運び、ドレイトンはぱっといなくなったかと思うと、数秒後、お茶のポットを手に戻った。

「プラムのような甘いあと味が特徴の、オーガニックな珍眉茶《チンメイ》だ」

「昨夜の一件で、みんな少し神経質になっているでしょ」セオドシアはあらためて、場を落ち着かせようと言った。

ナディーンは小さく体を震わせたかと思うと、いきなりにんまりと笑った。

「わたしが犯人を見たと書いてあるんですの！」誇らしげとさえ言える口調だった。

「え？」

訊き返すセオドシアの横で、ドレイトンがていねいにお茶を注いだ。

「新聞記事に」ナディーンは言った。「でも、ページをめくらないと」

「関連記事のところよ」デレインが助け船を出した。

「ニック・ヴァン・ビューレンが記事に書いているんですの、わたしが犯人を見たと！」ナディーンはまたも満足そうにほほえんだ。

「本当なの？」

セオドシアは訊いた。どうやら、その記事は読み逃してしまったらしい。

デレインがセオドシアに新聞を突きつけた。

「姉さんの話が信じられないなら、自分でたしかめたら？　記事を読んでみなさいよ！」

セオドシアは首を横に振った。

「ううん、新聞の記事を疑ってるわけじゃないわ。ただ、思ってもいなかったのよ、ナディーンが目撃してたなんて……その……殺人の現場を」

「実を言いますとね」ナディーンの顔に薄っぺらい笑みがじわじわと広がった。「目撃なんかしてませんの」

「ええと、よくわからないのだが」ドレイトンが言った。「犯行の現場を目撃したのかね？　しなかったのかね？　もし本当に目撃したのなら、うちの店でぼんやりランチなんぞ楽しんでいないで、警察に出頭するべきだ」

デレインの甲高い笑い声が突如として響きわたり、全員の言葉をかき消した。

「いま言ったでしょ。ナディーンは本当はなんにも見てないって」

「そうなんですのよ」ナディーンはおかしそうに笑った。「新聞記者には見たと言いましたけどね。そのほうがおもしろい記事になると思って」

「ねらいが当たったってわけ！」

デレインが話を締めくくった。姉妹は、決勝ゴールを決めてハイタッチするプロスポーツ選手みたいに、顔を見合わせて笑った。

「それじゃあ、警察にも嘘をついたの？」セオドシアは尋ねた。もしかして、わたしが冗談に気づかなかっただけ？　いまのは単なる冗談よね？　それともこの姉妹はふたりして頭がおかしいの？

「とんでもない」ナディーンは甘ったるい声で言った。「警察にはひとこともそんなこと言ってませんよ。だって、あくまで作り話ですもの」

「なるほど、よくわかった」ドレイトンは言ったものの、うんざりしたような声は、わかったようには聞こえなかった。

デレインはあらぬほうに目をやった。

「でも、なにかを目撃したのはたしかだものね」

ナディーンは肩をすくめた。

「グレーのジャケットを着ていたような気がするわ」

「ねえ、心配じゃないの？」セオドシアは体がぞわぞわしてくるのを感じた。「いまこの瞬間にも、犯人が《ポスト＆クーリア》をむさぼるように読んでるかもしれないのよ」

「セオ」デレインが眉根を寄せた。「なにが言いたいのよ」

どう説明したらいいのだろう？　セオドシアは悩んだが、オブラートに包んだりせず、単刀直入に言おうと決めた。

「犯行を見られたと思った犯人が、ナディーンを始末しようとするかもしれないと言ってるの！」

ドレイトンのお薦め

珍眉茶《チンメイチャ》

中国の高級緑茶の一種。
葉が長細く、眉毛のように
見えることから、この名がついた。
香り高く、プラムのような甘い
あと味が特徴。

5

デレインは長いことセオドシアの顔を見つめ、言われたことを理解しようとつとめていた。やがて面倒くさそうにぞんざいに手を振り、早口で言った。

「そんなわけないでしょ」

「わたしも全然心配してませんことよ」ナディーンも相づちを打った。「もっともらしい作り話をするのは楽しかったわ。おかげで、けさは何十本も電話がかかってきてしまって」

「コットン・ダックのお客様が、すごく昂奮しちゃってね。だって、本物の犯罪なんだもの」デレインはひとり悦《えつ》に入ったように忍び笑いを洩らした。「正直言うとね、この手の大事件は商売に有利にはたらくものなのよ。数日後にシルクとワインの会をひかえてることだしね」

セオドシアはデレインの顔をまじまじと見つめた。野良猫の保護に精を出し、アルツハイマー病協会の募金活動に尽力し、たくみな話術で時代遅れの億万長者から地元の食糧銀行への寄付をつのるほどの人が、昨夜ヘリテッジ協会で発生した殺人事件となると、どうしてここまで俗物根性丸出しになれるのだろう。

セオドシアのもやもやした気持ちを察したのか、デレインが言った。

「そんな怖い顔しないでよ、セオったら！　悪気のない冗談じゃないの」

「おもしろいわ」セオドシアはすげなく言った。

デレインはくっきりとえくぼをつくった。「それはともかく、きょうおじゃましたのはね、いい知らせがあるからよ。あなたもドレイトンもたちまち元気になるいい知らせ！」

「その知らせとはどんなものだね？」ドレイトンはまだ警戒を解いていなかった。

デレインはナディーンのほうを向いて秘密めかしたように笑った。

「あなたたちに結婚式の準備を手伝ってもらいたいの」

セオドシアは一歩あとずさりした。「誰が結婚するの？」

デレインは顔を大きくにやけさせると、体を横に傾け、ふざけたように姉を押した。

「親愛なるわれらがナディーンが幸運の花嫁よ！」

「それはそれは」ドレイトンはいかにも意表を突かれた様子で言った。「して、幸運な花婿は……」

「ビル・グラスに決まってるじゃありませんか」ナディーンは頬を真っ赤に染め、甘い声で言った。

「本当なの？」セオドシアは言った。ナディーンとビル・グラス？　これといった根拠があるわけではないが、お似合いのカップルとはどうしても思えない。そもそもふたりはつき合いはじめてまだ……どのくらいだったかしら？　二カ月？　犬同士の交際ならそのくらいでも短くないけど。

先に平静を取り戻したのはドレイトンだった。

「お祝いを言わないといかんな。ところで、もう日取りは決まっているのかね？」

ナディーンは首をすくめた。「ぜーんぜん」

「本当のことを言っちゃうとね」デレインが口をはさんだ。「まだ正式に婚約したわけじゃないの」

「なるほど」ドレイトンはうなずいた。「まだ指輪探しの真っ最中なのだな。それはよくわかる」

「そうじゃなくて」とデレイン。「ビル・グラスからプロポーズされてないのよ。でも、されると思う」彼女は急いでつけくわえた。「絶対に」

入口近くのカウンターで青白柄の中国製ティーポットに祁門茶《キーマン》を量り入れながら、ドレイトンが言った。

「わたしがなにか聞きのがしたのか、それとも歳のせいでもうろくしたのか。花婿なしの結婚式だと？　なにひとつ目撃していない目撃者だと？」

「どっちの話にも真実味はこれっぽちもないわね」セオドシアは言った。

「ひょっとして……？」ドレイトンは肩ごしにデレインとナディーンを見やった。「あのグラスという男は……？」

「わたしの考えを言わせてもらうなら」セオドシアは言った。「ビル・グラスは典型的な独身主義者の徴候をしめしてる。寝室がひとつしかないマンションに住んで、いんちきくさい記者証でただ酒にありつき、女性とのつき合いが数週間を超えることは決してない」

「しかも、下劣なタブロイド紙を発行している」ドレイトンが言った。「つまり、おそろしく品格というものに欠ける人物というわけだ」

「結婚式がおこなわれないと言うつもりはないわ」セオドシアは言った。「でも、待ち遠しくてたまらないようなことにはならないでしょうね」


十分後、デレインとナディーンは満足そうにサラダとティーサンドイッチをほおばっていた。セオドシアはいま一度、ふたりのテーブルに近づいた。ポケットからオレンジ色のチケットを出して尋ねた。

「これは、ふたりのうちどちらかのもの？」

ナディーンはチケットにちらりと目をやり、首を横に振った。デレインは怪訝《けげん》な目でチケットをながめた。「なんでそんなことを訊くの？」

「ゆうべ、展示室で見つけたの」セオドシアは答えた。

たちまちデレインはうんざり顔になった。「まさか、本当に目撃者がいたと思ってるわけ？」

「ありえない話じゃないわ。でなければ、犯人の落とし物かも」

セオドシアはナディーンをじっと見つめた。「ねえ、ナディーン、ゆうべのことを少し訊きたいの。本当はなにを見たの？　なにを見たと思ってるの？」

ナディーンは唇を軽く嚙んだ。

「実を言いますとね、はっきりとは覚えてませんの。あっという間の出来事でしたから」

「無理に思い出そうとしなくていいの」セオドシアは言った。「展示室にいた最後の数分間を振り返ってみて」

ナディーンは顔をしかめた。「グレーのものを着てる人がいましたわ。ジャケットだった気がするから、おそらく男の人ですわね」

「地味な女の人かもよ」デレインが口をはさんだ。

「グレーのスーツ？」セオドシアは訊いた。「あるいは、もっとカジュアルなものじゃなかった？　セーターみたいな？」

突然、ナディーンは苛立ったように両手をいきおいよくあげた。

「知りませんってば！　そんなにやいのやいの言わないでちょうだいな！　あれこれ質問されたらストレスがたまって息が詰まってしまうじゃありませんか！」

「いまじゃなくてもいいでしょ？」デレインが唇にリネンのナプキンを押しあてると、赤い跡がべっとりとついた。「いまは話を聞く絶好のタイミングじゃないもの」

「ううん、むしろ絶好のタイミングよ」セオドシアは言い返した。「ナディーンの記憶が鮮明なうちに聞いておかなくちゃ」

しかしナディーンは必死で首を横に振っていた。

「本当に頭がくらくらしてるんですってば」

セオドシアが信じていないと見るや、彼女はさらにつけくわえた。

「きっと身も心も奪われてるせいよ」

身も心も奪われてるですって？　セオドシアは心のなかでつぶやいた。ビル・グラスに？　不作法で、品がなくて、無神経で、おまけに性差別主義者な男じゃないの。しかも、いまあげた欠点はまだましなほうなのに。

ナディーンは手で頭をしめした。「とても頭を使える状態じゃなくってよ」

「がんばって」

しかし、ナディーンは唇をきつく引き結び、質問に答えようとしなかった。


セオドシアがオフィスのデスクで、散らかった机の上をなんとかしたいと思いながらカモミール・ティーを飲んでいると、ティモシー・ネヴィルから電話があった。

「やっと一部の書類が見つかった」ティモシーは言った。

「書類というのは……」セオドシアは相手の言っていることを理解しようと頭をフル回転させた。

「髑髏杯に関するものだ」ティモシーが言った。「寄贈申請書だとか、そういうたぐいの」

「ああ、そうでした！」

セオドシアは椅子のなかで背筋をのばした。

「ありがたいお知らせをありがとうございます。いますぐ持ってきていただけますか？」

しばらく沈黙が流れ、ティモシーが言った。

「あいにく、午後は予定が目白押しで無理だ。なにしろ、病院に寄ってカミラを見舞わんといかんし、亡くなった青年の遺族とも話さねばならん」

「そう」セオドシアは考えながら言った。「全部をスキャナーで読みこんで、電子メールで送ってもらえませんか？」

またもや沈黙がおりた。やがてティモシーが言った。

「電子メールだと？」

ブラックホールを量子力学の観点から説明せよと言われたような反応だった。

「そちらには研修生がいますよね」セオドシアは言った。「みんな若いんでしょう？」

「ほとんど子どもみたいなものだ」

「だったら、その人たちにお願いしてください。やり方を心得ているはずです」

電話を切り〈マークス＆メイドウェル〉のカタログをひらいた。そろそろ茶漉《ちゃこ》し、竹でできたティースプーン、お茶用温度計を発注しなくてはならない。それに、オーガニックの角砂糖も忘れてはいけない。ヘイリーはあれにデコレーションするのが大好きなのだ。彼女は月に二度ほど、お気に入りのフロスティングとフォンダンをつくり、それを絞り出して角砂糖に小さなハートやユリ形紋章、花のモチーフを描いている。とてもすてきで、お茶会の参加者にも好評だ。

「セオドシア？」

ドレイトンが少し厳しい表情で戸口に立っていた。

「どうかした？」セオドシアは訊いた。

「例の記者が来ている」

彼は危険なウイルスの話をするみたいに〝記者〟という単語を口にした。

「ニック・ヴァン・ビューレンだ。聞いてくれたまえ。ヘイリーはそいつをいい男と思っているようだ。なにしろ、わたしときみがこうして話しているあいだにも、お茶とサンドイッチとシュガークッキーをさかんに勧めているのだからね」

ドレイトンは神経質な手つきで蝶《ちょう》ネクタイに触れた。

「なんとかしないといかん」

「そうね」セオドシアは言った。「ヘイリーがお客様になれなれしくするのを黙認するわけにはいかないわ」

「わたしの言いたいことはわかっているはずだ」ドレイトンはあきれ顔をした。「ヴァン・ビューレンは厳密には客ではない。あれこれ探りを入れ、質問をするために来たに決まっている。商売の邪魔をされるだけだ」

セオドシアは立ちあがると、エプロンのひもをゆるめてはずした。

「どうせ、いつかは相手をしなきゃいけないのよ、ドレイトン」

「愛想よくね」

厨房のドアから飛び出していくセオドシアにヘイリーが声をかけた。

「いつだって愛想よくしてるでしょ」セオドシアは言い返した。

「とにかく」

ヘイリーは言った。片手に木のスプーン、もう片方の手にレモン・ジャムの瓶を持っている。

「ドレイトンが半狂乱のウォンバットよろしく、ぎゃーぎゃー騒ぐようなまねだけはしないで」

「ドレイトンがぎゃーぎゃー騒ぐわけないわ」

「騒ぐに決まってるってば」

ヘイリーの声を背中で聞きながら、セオドシアは怖い物知らずの若い記者のもとに向かった。

「ブラウニングさん！」

ヴァン・ビューレンは大声をあげると、落ち着きのないホリネズミのようにいきおいよく立ちあがった。

「はじめまして。いろいろおもてなしいただき感謝します」

ヴァン・ビューレンは二十代後半、フットボール選手のような体格で、黒い髪とオリーブ色の肌をしていた。彼はヘイリーが用意したランチをしめした。

「時間がなくて昼めし抜きだと言ったら、おたくのシェフのヘイリーさんが食うものをちゃちゃっと用意してくれたんですよ」

横目で入口カウンターを見やると、〝食うもの〟という言葉にドレイトンがあからさまに顔をしかめていた。

「ヘイリーは気がきく娘《こ》ですから」

セオドシアは言うと、ヴァン・ビューレンの真向かいの席に腰かけ、人なつこい笑みを浮かべた。

「それで、ご用件はなんでしょう?」

ヴァン・ビューレンはそう切り出してくれるのを待っていたというように、大きくうなずいた。

「ヘリテッジ協会殺人事件についてお知恵を拝借したいと思いましてね。明日掲載する記事をあらたな視点から書きたいんですよ」

「記事、ですか」セオドシアは素っ気なく言った。

「うちのフェイスブックとツイッターへのアクセス数や読者のコメント数がこれまでになく増えてましてね、もっとこの事件を掘りさげろというのが編集長の意向なんです」

ヴァン・ビューレンはにっこりとほほえんだ。納得いくまで質問するのは神からあたえられた権利と信じて疑わない若い記者特有の、まばゆいばかりの笑顔だった。

「おたくの記事につけくわえられることは、もうないように思いますけど」セオドシアは言った。「読んだかぎりでは、細大洩らさず書いてありましたもの」あることないこと、たっぷりと、と心のなかでつけくわえる。

しかし、ヴァン・ビューレンは門を閉ざされることなど慣れっこだった。あわてず騒がず、上着のポケットから黒革の手帳を、シャツのポケットからペンを出した。手帳をひらき、考えにふけるかのようにひらいたページをじっと見つめた。それから、意を決したように顔をあげた。

「展示室に駆けこんだとき、誰が見えたのか具体的に教えてください」

「ロブ・コマーズとカミラ・ホッジズのふたりよ」セオドシアは言った。「それから、もちろん、ナディーン……」デレインの姉は結婚と離婚を繰り返しているので、現在のラストネームがなんなのかはっきりしなかった。

「そういう話は結構です」ヴァン・ビューレンは笑顔でかぶりを振った。「被害者や目撃者のことを訊いたんじゃありません。それ以外の人のことが知りたいんです」

「ほかには誰もいなかったわ」セオドシアは答えた。

「ぼくの得た情報によれば、真っ先に行動したのはあなただそうですね。急いで駆けつけ、コマーズさんを介抱している。だから、なにか見ているはずです」

「出口扉が閉まるのが見えただけよ」

「犯人の男が逃げるところだったわけだ」ヴァン・ビューレンの声が芝居がかった響きを帯びた。

「あるいは犯人の女か」セオドシアは言った。

「女の犯行とお考えですか？」

「なんとも言えないわ」セオドシアは言った。「判断できるほどのものはなにも見てないもの。怪我人がいたから、そっちに全神経を集中させていたし」

「ナディーン・ディッシュさんが具体的な特徴を教えてくださったのはご存じですか？」

「おたくの新聞がそう書いてたのは知ってるわ」

「そうじゃありません。ディッシュさんは本当に目撃してるんですよ。つまり、最重要目撃者というわけです」

「あら、そう」

「信じてないようですね」

「あなたを疑ってるわけじゃないわ」セオドシアは言った。「引っかかってるのはナディーンのこと」

「ところで」ヴァン・ビューレンは言った。「ノース・カロライナとサウス・カロライナの両方を拠点とした秘密結社が例の髑髏杯を使っていたという噂はご存じですか？」

「それ、本当なの？」

「ええ。それに、髑髏杯が三個あったことも突きとめました」

「ははあん。どの所有者も、自分のものが本物の黒ひげの頭蓋骨だと主張してるんでしょう？」

「よくわかりますね」

「単なる勘よ」

「ですが、日曜の夜に盗まれた杯が本物の黒ひげの頭蓋骨かどうかはわかってません」セオドシアはちょっと考えてから言った。「わかっているのは、大きなダイヤモンドが埋めこまれていたことだけ」そこで少し間を置いた。「ほかのふたつの髑髏杯にはダイヤがついてないんでしょう？」

ヴァン・ビューレンはしげしげとセオドシアを見つめた。

「ええ、そのとおりです」


「あの人の質問にひとつも答えてなかったね」

ニック・ヴァン・ビューレンが帰ってしまうと、ヘイリーがセオドシアに声をかけた。

「でも、彼のほうはこっちの質問にひとつ答えてくれた」セオドシアは言った。

ヘイリーは顔をしかめた。「それは……？」

「黒ひげの髑髏杯と称するものがほかにもあるのか気になってたの。訊いたら答えはイエスだった」

「じゃあ、あの人を利用したんだ」ヘイリーは言った。

それを聞きつけたドレイトンが、あわてて会話にくわわった。

「きみがあの男に熱をあげたからといって、セオドシアがぶしつけな質問にひとつひとつていねいに答える義理はないんだからな」

ヘイリーは喧嘩《けんか》を売るように腰に手をあてた。

「ドレイトン、あたしが誰かにほんのちょっと愛想よくしたくらいで、恋人の座をねらってると早合点しないでよ。あの人がよからぬことをたくらんでるみたいな言い方をするのはやめてほしいわ」

「事実なんだからしかたなかろう」ドレイトンは言い返した。

「事実なんかじゃないってば」ヘイリーは言った。「だいいち、あたしは大人なのよ。人を見る目はちゃんとある」

「去年、つき合っていたバイク乗りはどうなんだね？　バイクでアラスカまで行こうと誘ってきた、黒い革ジャケットに穴あきジーンズの男のことだ」

「スマイクでしょ」ヘイリーの頬がゆるんだ。「すっごくやさしい人だったわ」

「わたしにはいかにも人を殺しそうなタイプに見えたがな」

「ヘイリー」セオドシアは声をかけた。「ひとつだけお客様が残ってるテーブルがあるから見てきてくれる？　ご用がないか確認してきて」

「あたしを追い払おうって魂胆ね」ヘイリーは言いながら、視線をドレイトンに向けた。

「そういうつもりじゃないのよ」とセオドシア。

「そういうつもりに決まっているじゃないか」とドレイトン。

「ちょっと電子メールをチェックしてくる」セオドシアは言った。「わたしが戻るまでに、うんと友好的な緊張緩和《デタント》を達成しててちょうだいよ」

「いまさら緊張緩和する必要なんかないわ」ヘイリーはいらいらと口をゆがめた。「あたしたちは切っても切れない関係だもん」

「なら、いいけど」

セオドシアは口のなかでつぶやきながら、灰緑色のビロードのカーテンをかき分け、オフィスに引っこんだ。

電子メールをざっとチェックしたところ、ティモシー、というよりは研修生のひとりだろうが、頼んだものをちゃんと送ってきてくれていた。スイッチを入れると、プリンターは数秒ほどウィーンと大きな音をさせてから、数ページの書類を吐き出した。セオドシアはそれをかき集め、ドレイトンのところに戻った。

ヘイリーはと見ると、奥のテーブルで粘っている女性ふたりにお茶を注ぎ、楽しそうにおしゃべりしている。セオドシアは椅子に腰をおろし、ドレイトンを手招きした。

「お茶はいるかね？」彼がカウンターから声をかけた。

「お願い」

ドレイトンは数分ほどバタバタしたあげく、お茶の入ったカップを二個持ってやって来た。

「玉環茶《ギョクカン》だ」彼は腰をおろした。「翡翠の輪という意味だよ」

セオドシアはすばやくひとくち含んだ。「白《パイ》茶に香りづけしてあるのね……ジャスミンかしら？」

「ご名答」ドレイトンはよろしいという声で言った。

セオドシアのお茶のレパートリーと語彙《ごい》は長足の進歩をとげているものの、ドレイトンほどの知識を得るのは一生かかっても無理な気がする。まあ、たしかに彼は宣教師の息子として中国の広東省で育ち、ロンドンにあるクロフト＆スクエア茶園有限会社で働いていた。仕事の関係で、世界規模のお茶の競《せ》りがおこなわれるアムステルダムにも定期的に行き来していた。

「ふたりでこれを調べましょう」セオドシアはプリントアウトをテーブルに広げた。「ティモシーが送ってくれたんだけど、目をとおして、わずかなりとも新事実が得られないか確認するの」

ふたりはプリントアウトを繰ってはせかせかと目をとおし、読み終えたものを交換し合った。

「ちょっと聞いてくれたまえ」ドレイトンがはずんだ声を出した。「あの髑髏杯は一九六八年、ヘクター・プルーエットが寄贈したもののひとつらしい」

「ヘクター・プルーエットが寄贈したの？」セオドシアは訊いた。

ドレイトンは眉根を寄せ、先を読んだ。「いや、寄贈したのは孫だな。シドニー・プルーエットという名の男性だ」

セオドシアは小首をかしげた。「で、あんな気味の悪いものを所蔵していたヘクター・プルーエットはどういう人なの？　コレクター、でなければ骨董品のディーラーかしら？」

「わからん」ドレイトンはまだプリントアウトを読んでいた。

「孫の、シドニー・プルーエットはまだご存命なんじゃない？」

ドレイトンは顔をあげた。

「おそらくな。以前にも名前を見かけているし、プルーエット家はいまもチャールストン市内に住んでいるはずだ。たしか……」

彼は口をつぐんで考えこんだ。

「ギブズ美術館にも寄贈しているのではなかったかな？」

「かもね」セオドシアもなんとなく名前を聞いたおぼえがあった。

「常軌《じょうき》を逸《いっ》しているだろうかね」ドレイトンが言った。「シドニー・プルーエット家が髑髏杯を取り返そうとしたと考えるのは」

「そのために、昨夜の殺人と窃盗を引き起こしたとでも？」セオドシアは言った。

ドレイトンは首をかしげた。「うん、まあ……そんなところだ」

「荒唐無稽《こうとうむけい》だわ。だったら、ヘリテッジ協会に申し立てをして返還してもらうほうが、よっぽど簡単よ」セオドシアはそこで口ごもった。「そういうことは可能なんでしょう？」

ドレイトンの肩がかすかにあがった。「どうかな」

「さてと、これまで得られた情報を整理するわよ」セオドシアは言った。「ナディーンがおぼろげに覚えているという、グレーのジャケットを着た男性。もしくはグレーのジャケットを着た、背の高い女性かもしれないけど」

「それにプルーエット氏の寄贈に関する書類」ドレイトンが言った。

「招待客リスト」セオドシアはプリントアウトを引っかきまわした。

「ずいぶんと大人数だな」ドレイトンはリストに目を走らせた。

「片っ端から招待したって感じね。それにあれは公開イベントだったから、誰でも入れたし」

「あまり役には立ちそうにないな」ドレイトンは招待客リストをわきに押しやった。

「寄贈のときの書類もあるわ」セオドシアは言った。

ドレイトンはずり落ちた眼鏡を押しあげ、読みはじめた。「おやおや」一分ほどしてから、つぶやいた。

「どうかした？」セオドシアは訊いた。

ドレイトンは眼鏡をはずし、親指と人差し指で鼻梁《びりょう》をつまんだ。

「先々代のプルーエット氏は寄贈品に色をつけ、ヘリテッジ協会が喜んで寄贈を受けるよう仕向けたらしい」

「そう考える根拠は？」

「ここに頭蓋骨にまつわる由来が書かれている。大筋としては、黒ひげがオラコーク湾でロバート・メイナード大尉に敗れ、斬首《ざんしゅ》されたいきさつを要約したものだ」

ドレイトンはかぶりを振った。

「そこまでは事実として知られていることばかりだが、そこから推論へと舵《かじ》を切っている」

「つまり、その頭蓋骨をもとに髑髏杯が作られたという推論ね」

「そうだ」

「誰の思いつきか書いてある？」

ドレイトンは首を横に振った。「いや」

「ダイヤモンドのことは？」

「それも書いてない」

「つまり、もっともらしい話に仕立てただけなのね。それによって、当人はたっぷりと税の控除を受けた」

「そんなところだろう」

「それでも、材料はまだまだ充分じゃないわ」

ヘリテッジ協会の書類のなかに、正しい方向へと導いてくれるものがあるのではと淡い期待を抱いていたが、そううまくはいかないようだ。

「残念だったな」ドレイトンが言った。

セオドシアはしばらく考えこんだ。「まだ、拾ったチケットがある」

「そうだった」ドレイトンは言ったが、はずんだ声ではなかった。

「まずやるべきは――」セオドシアは言いかけた。

ドン、ドン、ドン。

「あれをやめさせることだ」ドレイトンが声にいらだちをにじませ、あとを引き取った。「誰が訪ねて来たのか知らんが、〝準備中〟の札をよく見てもらいたいものだ。キングズ・イングリッシュではっきり書いてあるではないか」

またもや、ドンという大きな音が響いた。

「準備中だ」ドレイトンが声を荒らげた。

とたんにドアノブがまわり、木のドアがゆっくりと大きくあいた。それから、冬眠用のほら穴を探す大きなクマのごとく、バート・ティドウェル刑事がおずおずとティールームに足を踏み入れた。奇妙な形の頭をめぐらして店内をうかがったとき、大きな白い絆創膏《ばんそうこう》が見えた。

「驚いた！」セオドシアはいきおいよく腰を浮かせた。「まさかお見えになるなんて！　ゆうべはひどくぶつけられたんでしょ。偏頭痛かなにかに苦しんでるのでは？」

「医者によれば」刑事は答えた。「軽度外傷性脳損傷《MTBI》だそうです。いわゆる、軽い脳震盪《のうしんとう》と言われるやつですな。心配するほどのものじゃありません」

「本当に？　だって、脳震盪という言葉がつくと、すごく深刻な感じがするわよ」セオドシアは刑事のために椅子を引き、どうぞという仕種をした。「さあ、刑事さん、おかけください。おくつろぎになって」

刑事は言われるまま、キャプテンズチェアに巨体を沈めた。しかし、くつろいだ様子は微《み》塵《じん》もうかがえなかった。

「お茶はいかがですかな?」ドレイトンは一瞬にしていたわるような態度に変わった。

刑事は無言でうなずいた。

「キャラメル・スコーンは召しあがる?」セオドシアは言った。「たしか、ふたつ三つ残ってるはずよ」

今度のうなずきには、さっきよりも少し熱意がこもっていた。

数分後、刑事はスコーンにクロテッド・クリームをたっぷり塗りつけながら、三人で昨夜の殺人事件について話し合っていた。

「べつにあいさつしに寄ったわけじゃありません」刑事は言った。「昨夜、ヘリテッジ協会にいた者全員から話を聞いていましてね」

「話を聞くだけでも大変なことだ」ドレイトンが言った。

「もっとも、聞く相手は、犯行現場近くにいた人に限定しております」

「なるほど」とドレイトン。

「きょう、ニック・ヴァン・ビューレンが会いに来たわ」セオドシアは言った。「いろいろと質問していったけど、どうやら、刑事さんよりも一歩先を行ってる感じだった」

「マスコミ連中め」刑事は鼻息を荒くした。「連中に新事実を掘り起こせるとは思えませんがね。ですが、いちおう教えていただきたい。その記者になにを話したんです?」

「なにも」セオドシアは答えた。「話すことなんかなにもないもの。わたしもドレイトンも、ゆうべの出来事についてはなんにも知らないんだから」

「がっかりですな、ミス・ブラウニング」刑事は言った。「いつもならいま頃は、手がかりのひとつやふたつ、見つけ出しているじゃありませんか」

「収穫なしよ。申し訳ないけど」

「ただし……」ドレイトンが言いかけ、即座に口を閉じた。

ティドウェル刑事はもぐもぐやるのをやめ、ぎょろりとした目をドレイトンのほうに移動させた。「ただしのつづきは?」

「チケットがありまして」ドレイトンはかすれた声で答えた。セオドシアをちらりと見て、つけくわえた。「あのチケットを刑事さんにお見せしたらどうかね」

セオドシアはポケットに手を突っこんでまさぐり、オレンジ色のチケットをテーブルの真ん中に慎重に置いた。

刑事はぞんざいに一瞥《いちべつ》しただけで、すでにクロテッド・クリームがたっぷりのったスコーンにあらたなクリームを塗りつける仕事に戻った。

「昨夜、展示室で見つけたんです」セオドシアは説明した。「全員が引きあげたあとで。ひょっとして……犯人が落としたんじゃないかしら」

「ありえますな」刑事は言うと、ひとくち大きくかぶりつき、じっくり味わうように噛んだ。その姿はまるで、考えごとをしている肉づきのよすぎるシマリスだった。

「〝特別会員様専用パス〟とあるだけなの。場所も日時も書いてない」

「ふーむ」刑事はまだ、もぐもぐと口を動かしている。

「鑑識に持っていってもらいたいの。指紋を調べたらどうかしら。粉をかけるとか、接着剤をガスにして吹きつけるとかして」

ティドウェル刑事の大きな頭が、心底いらだったように左右に振られた。それから彼は口のなかのものをごくりとのみこんだ。

「いいかげん、科学捜査もののテレビドラマなど観るのはおやめになったらいかがですかな」

「いやだわ、もう。わたしが手がかりらしい手がかりを見つけたのが気に入らないのね」

ティドウェル刑事は喉の奥から、うなり声ともうめき声ともつかない声を出した。

「実を言うとね」とセオドシア。「ほかにも進展があったのよ。盗まれた髑髏杯について、二、三、わかったことがあるの」

「ヘクター・プルーエットから寄贈された件ですな」

セオドシアはびっくりしてのけぞった。「知ってたの?」

「体は不自由になりましたが、頭の機能はそこなわれておりませんのでね」彼はそう言うと、残りのスコーンを口に放りこみ、味わいながら食べた。

「だったら、髑髏杯について少し調べることはできるわね。警察の記録に目をとおして、これまで盗難の報告があったか確認するとか」

刑事はセオドシアをぎろりとにらんだ。「わたしがなぜそんなことをしなきゃならんのです?」

「髑髏杯はほかにも存在しているらしいからよ。ほかの美術館の所蔵品として。おそらく……盗まれたのはそのうちのひとつと思われるわ」

「ちょっとうかがいたいのだが」ティドウェル刑事は肉づきのいい指でテーブルをドラムのように叩いた。「捜査の指揮を執っているのは誰ですかな?」

セオドシアは深いため息を洩らした。どうしていつもこうなるの? なんでティドウェル刑事は、毎回のようにわずかばかりの情報を出し惜しみするわけ?

刑事のしかめ面が怖い顔に変わった。

「捜査しているのは刑事さんですよ」ドレイトンが頭上にただようピリピリとした空気を消し去ろうと、にらみ合いに割って入った。

「そのとおり」刑事は言った。

「実を言うと」セオドシアはべつの方向から攻めることにした。「ティモシー・ネヴィルがすっかりしょげてしまって」

「でしょうな」とティドウェル刑事。

「理事長の職を失うのではないかと、死ぬほど怯えているのですよ」ドレイトンが言った。

「だから」とセオドシアは言った。「今度の件では進捗《しんちょく》状況を共有できるとありがたいの」

「それは無理ですな。強盗殺人課のトップであるわたしが、すべての捜査方針を決めますの

いた。

刑事はさりげなく口元をぬぐって立ちあがったが、そのとき、ほんのちょっと足がふらついた。

セオドシアはとっさに手を差しのべた。「本当に大丈夫？」

「ええ、ぴんぴんしていますとも」

刑事はなんとか足を踏んばると、背中を向け、ドアに向かってジグザグに歩いていった。

「ティドウェル刑事」セオドシアは彼の背中に呼びかけた。

刑事はドアノブを握ったまま動きをとめた。

「水曜の夜、うちで新居披露パーティをやるんです。ぜひおいでください」

刑事は頭だけをうしろにひねった。「来てくれる人が少ないのですかな？」

「大勢来るけど、ひとりでも多いほうが楽しいじゃありませんか」

刑事は唇を尖らせた。

「それはどうでしょうな」

ドレイトンのお薦め

玉環茶

翡翠の輪という意味を持つお茶。
くるっと巻いた茶葉が特徴。
楊貴妃のブレスレットを模して
作られたとも言われている。
ジャスミンの香りが印象的。

6

「幸せだわ」

セオドシアは暖炉に薪《まき》を組むと、マッチの火を近づけた。オレンジ色の火種《ひだね》は揺らめきながら大きくなり、黄色、青、オレンジが混じり合ったまばゆい炎へと変わった。

「あなたも幸せ？」

彼女はほほえみながら、親友であるダルメシアンとラブラドールのミックス犬、アール・グレイの穏やかで表情豊かな茶色い目をのぞきこんだ。

「ささやかなマイホームに落ち着けてうれしい？」

少しくたびれた青と金色のオリエンタル・カーペットに寝そべったアール・グレイは小首をかしげ、考えこむようなまなざしを向けた。

「わかってる、前に住んでた店の上の古いアパートメントとは天と地ほども差があるわよね。でも、言っとくけど、あなたも引っ越しに賛成票を投じたのよ。フェンス付きの裏庭が気に入ったくせに。だから、なんの文句もないはずよ、でしょ？」

アール・グレイは鼻面をわずかにあげ、満足そうに「グルル」と応じた。〝そのとおり〟

と言っているのだ。

「よかった。だって、わたしにとってもあなたにとっても、この家は理想的なんだもの」

セオドシアはすでにいきおいよく燃えている炎に大きめの薪を一本くべ、愛犬の右前脚をさすった。

「あなたの遊び場はたっぷりあるし、歴史の染みこんだくつろげる家だわ。それだけじゃないのよ」

アール・グレイは真剣な表情でセオドシアを見あげた。

「水曜の夜にここで新居のお披露目パーティをするの。お友だちを招待したいなら遠慮なくどうぞ。うんとお行儀のいいワンちゃんに限るけど。あなたくらいお行儀がよくなくちゃだめよ」

セオドシアは立ちあがると、黄色いカシミアのショールをかき寄せ、居間を見まわして顔をほころばせた。

彼女はこの新居にとことん惚《ほ》れこんでいた。しかし、誰だって同じ気持ちになるはずだ。通りから見た感じは、本格的なイングリッシュ・コテージがコッツウォルズから魔法で運ばれ、チャールストンの街の真ん中にでんと置かれたかのよう。表面がざらざらしたシーダー材のタイルで茅葺《かやぶ》き調の屋根を再現し、左右対称でないデザインが個性的な雰囲気を醸《かも》し、石造りの煙突、交差した切妻屋根、アーチ形のドア、華麗な小塔などで装飾されている。このリフォームされたキャリッジハウスをどの専門用語で表現するにせよ――ヘンゼルとグレーテルの家、チューダー様式、あるいはシェイクスピアの妻アン・ハサウェイの家――魅力にあふれた家であることに変わりはない。

それにもちろん、内装にも心をわしづかみにされた。煉瓦《れんが》床の玄関の間は常磐《ときわ》色の壁をめぐらし、アンティークの真鍮《しんちゅう》の燭台《しょくだい》が飾られている。居間はというと、高い梁《はり》出し天井とぴかぴかの木の床が印象的で、面取りしたイトスギの鏡板の壁には煉瓦造りの暖炉が埋めこまれている。ここに手持ちのチンツ張りのソファとダマスク地の椅子を置き、オービュッソン絨毯《じゅうたん》を敷いて絵を何枚か飾ったところ、部屋は比喩ではなく本当に息を吹き返した。

「パーティのときには、ここにハイボーイ型のチェストを運びこむのよ」セオドシアは言った。「ワインだのチーズだのを並べるために」

アール・グレイが立ちあがって、彼女を見あげた。

「あら、もう時間？」セオドシアは腕時計に目をやった。「まあ、ずいぶんと遅くなっちゃった」

毎晩十時頃になると、セオドシアとアール・グレイは夜の散歩としゃれこむ。セオドシアがレギンスとランニングシューズを身につけ、歴史地区に複雑に張りめぐらされた裏道を軽く走ることもあれば、のんびりとそぞろ歩きながら、チャールストンらしい美しい中庭をながめたり、軽やかな水音を響かせる噴水や崩れかけた古い石像、あるいは近隣のお屋敷の所有者たちが一世紀半にわたって育ててきたみずみずしい緑をうっとりとながめることもある。

今夜はのんびりと散歩を楽しむことにしよう。アール・グレイの首輪――ビジネスカジュアル用にしている赤青ストライプの首輪——に赤い革のリードをつけ、並んで裏口に向かった。ハナミズキやマグノリアの木が密生する小さな裏庭を縫うように進み、ツタが網目のように這《は》う裏の壁のそばを通りすぎた。圧巻はささやかな噴水で、水が軽やかに落ちていく小さな楕円《だえん》形の池では、最近放したばかりの金魚が体をくねらせるように泳いでいる。

セオドシアは路地に出ると、門扉の掛け金を確実にかけた。アライグマが入りこんで、まん丸の目で金魚をじっと見つめたあげく、スシ・バーでもひらかれたらたまらない。

肌寒いなか、セオドシアとアール・グレイは出発した。昼のあいだは強い陽射しが照りつけるせいか、春がものすごいいきおいで到来し、この地特有の草花が爆発的に芽をつけ、花をひらいている。しかし夜は、荒波が寄せる大西洋から流れこむ霧の影響で、まだ空気がひんやりと潤《うるお》っている。海霧とよばれるこの現象によって光がやわらぎ、なにもかもがソフトフォーカスをかけたような幻想的な感じになるとはいえ、湿気はやはり骨身にしみる。

「新しいドッグ・ウォーカーさんはどう？」急ぎ足で路地を進みながら、セオドシアはアール・グレイに尋ねた。

アール・グレイは、元気いっぱいに頭をあげた。

インディゴ・ティーショップの二階に住んでいたときは、てきとうに暇を見つけては、アール・グレイを連れてささっと散歩に出かけられた。いまは数ブロックの距離があるから、ドッグ・ウォーカーを雇って午後に訪ねてもらっている。同じブロックに住む元教師のミセス・ベリーは、体重を二十ポンド落としたいと常々訴えていたことから、無理にでも毎日運動するためには、アール・グレイがうってつけの存在と白羽《しらは》の矢を立てたのだった。

「ミセス・ベリーはABCを教えてくれた？」オレンジ・ストリートを横切り、トラッド・ストリートを歩きながらアール・グレイに尋ねた。

「こっそりお勉強を教えてるんじゃないの？」

すばやく左に針路を変え、馬と馬車の時代に作られた狭い路地を進んだ。やがて、ふたたびキング・ストリートに出た。このあたりは歴史地区の中心部で、瀟洒《しょうしゃ》なお屋敷が華麗に軒《のき》を連ねている。アーチ、装飾手すり、ベランダをそなえた美しいイタリア様式の家。ごてごてした切妻とジンジャーブレッド調の妻飾りが特徴のヴィクトリア朝式住宅。それに尖頭アーチ、扶壁、石のはざま飾りをそなえたいかめしいゴシック復古調の住宅。

それら豪勢な屋敷が建ち並ぶなか、迷路のような裏路地や煉瓦の小道が馬車小屋《キャリッジハウス》や通用口、四阿《あずまや》のあいだを縫うように走っている。おまけに、庭や離れのあいだを狭い玉石敷きの遊歩道がくねくねとのび、そのせいですべてが絵のように美しいうえに奥ゆかしく、ちょっぴり謎めいた感じになっている。

ようやく自宅がある路地まで戻ってきたときには、体はすっかり暖まっていた。ほっとひと息ついたのもつかの間、二十歩ほど進んだところで足音に気がついた。

どこから聞こえてくるの？　うしろから？

セオドシアが背中を丸めて先を急ぎはじめると、アール・グレイは耳をぴんと立ててカニの横歩きのように歩き出した。彼にも聞こえたのだ。

つけられているのかしら？

セオドシアが歩を速めると、うしろの足音も速まった。むやみに怯えたりパニックに陥ったりするたちではないものの、歩くスピードをさらにあげた。裏門の前まで来ると、いきおいよくあけて庭に飛びこみ、ひとつ息をついて足をとめた。あたりを見まわすと、暗闇に大型スコップが光っていた。セオドシアは木の持ち手に手をかけた。

その間も足音はずんずん近づき、ついにはセオドシアの目の前までやって来た。むやみに騒ぎたてるのは避けたいし、まだ全部のご近所さんと顔を合わせてもいない。セオドシアは大きな声で「こんばんは」と呼びかけた。

問いかけであると同時に威厳のある響きを帯びるよう心がけた。〝真っ暗なのに、こんなところでなにをしているの？〟と尋ねる声だ。

「やあ」ぶっきらぼうな男性の声が応じた。つづいて、長身で黒髪の男性の姿が像を結び、セオドシアは小さく安堵のため息を洩らした。

現われたのはドゥーガン・グランヴィル。隣人にして、やり手の弁護士、そしてセオドシアがいまの家を買った相手でもある。つまり売り主だ。〝法廷のピットブル犬〟の異名を取り、細やかな気遣いとは悲しいくらいに無縁の人物だ。巧妙な壁や障害物を仕掛けるなど、交渉相手としてはひと筋縄ではいかない。言うなれば、濡れていないのにつかみどころがないのだ。

「お元気？」

セオドシアはグランヴィルに声をかけた。愛想よくと自分に言い聞かせ、あやうくこの人を殴っていたところだったと、少しうしろめたく思いながら。

グランヴィルは答えるかわりに、大きな葉巻をくわえ、カルティエのゴールドのライターのふたをあけて盛大に煙を吐き出した。

うわあ！　煙たい！

火のついた葉巻からいきなり青い煙が立ちのぼって夜の空気を汚染し、セオドシアの裏庭にただよっていたマグノリアの淡い香りを消し去った。グランヴィルは死にかけた魚のように頬をふくらませてはへこますのを繰り返し、葉巻を立てつづけに吸った。しばらくしてようやく、受け答えをする気になったらしい。

「たまげた。ずいぶんいろいろと植えたんだな」グランヴィルは裏庭をぞんざいにしめした。

「は？」セオドシアは訊き返した。なんて失礼な言い方。

「裏庭をほじくり返したから、あんなひどいありさまなんだろう？」

「わたしがやったわけじゃありません」

庭でとんでもないものが発見されたおかげで、セオドシアは州の考古学研究所とやり合うはめになったのだ。

「電気関係はどうしてもやらなければいけませんでしたけど」

地主であるグランヴィルはとくにだめとも言わず、必要な修理にかかった代金を支払ってくれた。当然ながら、さんざん渋りはしたが。

グランヴィルは肩をすくめた。「ま、どうでもいいが」

彼は暗闇のなか、セオドシアをにらみつけていた。けれどもセオドシアから彼の目は見えず、その奥の表情も読めない。見えるのは、赤く燃える葉巻の先端だけだ。

「遅くまでお仕事なんですね」セオドシアは言ってみた。なんとなく、この気づまりな間を持たせなくてはいけないと感じたからだ。

「仕事というより、楽しんできたようなものだがね」グランヴィルは言った。「DGストーリーズに寄ってきたんだよ。わたしの新しい葉巻専門店だ」

「葉巻専門店?」セオドシアは訊き返した。「小売業も手がけてらっしゃるんですか?」べつに興味があって訊いたわけではなかった。

「葉巻はいまも多くの人に愛好されているんでね」

グランヴィルは言うと、自分の科白《せりふ》を強調するように、葉巻をふかした。

「コイーバ、ボリバー、クリストフ・マデューロあたりの銘柄がよく売れているな。キューバからいい品を手に入れるのはあいかわらず骨が折れるが、それも近いうちに変わるはずだ」

「どの銘柄もかなりめずらしいものなんでしょう?」

「いや、そうともかぎらない」グランヴィルはまたも体に悪そうな煙を吐き出した。

「あの」セオドシアは手を振って、煙をできるだけ遠くにやった。「ずいぶんとすごい煙ですね」

グランヴィルは愉快そうに大きく鼻を鳴らすと、背を向けて歩き去った。

「なんて人」

セオドシアはぶつぶつ言い、アール・グレイを引っぱるようにして裏庭を突っ切った。

「ご近所じゅうの空気を汚染してるのに気づいてないのかしら」

裏口のドアの鍵をあけ、アール・グレイをなかに入れた。

そこでセオドシアは足をとめた。そして反省した。

グランヴィルの隣に住む以上、礼を失しない程度のおつき合いはつづけるべきじゃない？

だったら、煙がくさいとか、大気を汚染してるだなんてきついことを言うのはやめなくちゃ。

ええ、そうだわ。

「困ったわ」セオドシアはドア口に立ったままつぶやいた。「あの人を完全に敵にまわしちゃったけど、どうしたらいい？」

アール・グレイが彼女を見あげ、「グルルゥー」と言った。

「それ、本気？　あの人を新居披露のパーティに招待しろですって？」

アール・グレイは無表情に彼女を見つめるばかりだ。

セオドシアはその提案をしばらく検討した。

「そうね、あなたの言うとおりかも。いいアピールになるし」

セオドシアはなかばいやいやながら覚悟を決めると、裏口のドアを閉め、庭に引き返した。いいわ、グランヴィルさんのご機嫌をとろう。裏口をノックし、愛嬌《あいきょう》たっぷりにほほえんで、新居披露のパーティに誘うのだ。運がよければ彼は行かないと答え、それで彼女の肩の荷はおりる。とにかく招待することで、よき隣人としてのポイントを稼ぐ必要がある。

グランヴィルさんが招待を受けて顔を出すという最悪の事態になった場合は、ティドウェル刑事に押しつけよう。お互い、死ぬほどうんざりすればいい。

セオドシアは門をくぐって路地に出ると、グランヴィル家の裏門を引きあけ、裏の通路を静かに歩いていった。

切手ほどの広さしかない彼女の庭とはちがい、グランヴィルの庭はとても広かった。庭造りの専門家が手がけた見せるための庭で、巨大な屋敷をいっそう引き立てている。長方形のプールは花壇、低木の植え込み、木立で四方を囲まれ、そこかしこに置かれた石像が闇のなかにぼんやりと白く浮かびあがっている。

裏口の前まで来たセオドシアは、呼び鈴かノッカーがないかと探した。どちらも見つからなかったので、こぶしでドアを強く叩いた。頑丈なカロライナマツのドアは、叩いてもほとんど音がしなかった。

まったく。

顔をしかめながら、もう一度ノックした。応答なし。

「グランヴィルさん？」と声をかける。「ドゥーガンさん？」

それでも返事はなかった。無視を決めこんでいるのか、聞こえなかったのか。足をもぞもぞさせながら、どっちだろうと考えた。おそらく後者だ。ノックの音が届かなかったにちがいない。ならば、どうしよう？

真鍮のドアノブをつかんでまわし、ドアを一フィートだけ押しあけた。もう一度、声をかける。屋敷全体に自分の声が不気味に響きわたった。それでも返事がない。

廊下におそるおそる足を踏み出した。じっくり見ると、ぬくもりが感じられるセンスのいい廊下だった。ワインレッドの壁。白と黒のタイルを敷きつめた床。壁にかかった美しい絵。小さな木のバチェラーズ・チェストには鍵、ブリーフケース、硬貨を入れたボウル、あざやかな緑色のシェードがついた真鍮のランプがのっている。

「グランヴィルさん？」セオドシアはもう一度呼んだ。

きっとまっすぐ二階にあがったのだ。でなければ、正面側にあるホームオフィスで電話をかけているのかも。

あるいは、煙突のように葉巻の煙を吐き出しているとも考えられる。

セオドシアは帰ろうと一歩踏み出したところで足をとめ、壁にかかった絵に目をこらした。それは厳密には絵ではなく、凶暴な顔をした海賊の額入り複製プリントだった。渦を巻くもじゃもじゃの髪、燃えるように赤いケープを背中ではためかせ、恐ろしげなサーベルを振りかざしている。額の下のほうに、ありきたりな筆記体で〝エドワード・ティーチ〟という名が記されていた。モデルの名前かしら、それともこれを描いた人の名前？　セオドシアは考えこんだ。そのどっちかね、きっと。

忍び足で外に出るとドアを閉め、来た道を引き返した。数分後、セオドシアは自宅の暖炉の前でショールを巻きつけ、膝に本をのせてくつろいでいた。

一ページ読み、さらに二ページ読んだ。しかし、今夜は書かれた言葉もあらすじも、さっぱり頭に入ってこない。エドワード・ティーチという名がさっきから気になってしかたなかった。

なぜだろう？　前にも聞いたことがあった？　それとも、ゆうべの大海賊展……とそこで発生した殺人事件のせいで、まだ頭が昂奮状態だからかもしれない。

セオドシアはそれらすべてを数分間、頭のなかで煮立ててから、思考の外に追いやった。三十秒後、それはたちの悪い胸焼けのように戻ってきた。そこで電話に手をのばした。

ドレイトンは二度めの呼び出し音で出た。「もしもし？」

「まだ起きてたのね」

「本を読んでいたのだよ。ちなみに、『ベオウルフ』を再読していた」

「奇妙で、ちょっと曖昧《あいまい》な質問があるの」

「かまわんよ。床につく前に二十の質問ごっこをやるほど楽しいものはない」

「またもや海賊関係のことなんだけど」

「そうではないかと思っていたよ」

「エドワード・ティーチという、すごく派手な海賊に聞き覚えはある？」

電話線の向こうから息を鋭くのむ音がし、そのままなにも聞こえなくなった。実際、いつまでたってもうんともすんとも言わないものだから、電池が切れたのかと思ったほどだ。

「ごめん」セオドシアはようやく沈黙をおぎなった。「漠然《ばくぜん》としすぎてたわね。ううん、とてつもなく漠然としてたと言い直すわ」

「いや」ドレイトンは言った。「そうじゃない。びっくりしただけだ。エドワード・ティーチなら聞いたことがあるとも」

「本当？」セオドシアの声が裏返った。

「ああ。だが、ミスタ・ティーチは別名のほうがよく知られている」

「別名？」セオドシアは、のらりくらりとしたドレイトンの反応にまごついた。

「黒ひげだ。エドワード・ティーチこそ黒ひげの正体なのだよ」

今度はセオドシアが黙りこんだ。「例の海賊？　盗まれた頭蓋骨の？」びっくりしすぎて言葉がまともに出てこない。

「まさにその人物だとも」

セオドシアは椅子の柔らかな詰め物に頭をあずけ、しばらく考えこんだ。

「不思議だわ、なんだって急に海賊がもてはやされるようになったのかしら」

7

「海賊がどう関係してるの？」

ヘイリーが尋ねた。彼女は生地《きじ》のかたまりをていねいにのばし、少量の小麦粉を振ってから、スコーン・カッターをあてて軽く押しさげた。

「わからない」セオドシアはヘイリーと一緒に厨房にこもり、泡立て器で生クリームを角《つの》が立つまで泡立てていた。

「ドレイトンとふたりで、その話ばっかりしてたじゃない」とヘイリー。「大海賊展で髑髏杯を盗んだのは誰とか、気の毒な研修生を殺して、カミラを殴りつけた犯人は誰とか」

「首を突っこむよう勧めたのはあなたでしょ」セオドシアは指摘した。

「わかってるけど、セオったら、ご近所さんの化粧室に海賊の絵がかかってたのはなぜかなんてことに頭をひねってるんだもの」

「化粧室じゃなくて裏廊下よ」セオドシアは訂正した。

「どっちでもいいけどさ」

ヘイリーは切り分けた生地をひとつ手に取り、クッキングシートに置いた。

「まさか、そのご近所さんが関係してるなんて考えてないよね。いま話を聞いたかぎりでは、そんな結論に飛びつきそうにないけどさ」

「飛びつくわけないでしょ」

ひんやりとした明るいなかで振り返ると、過剰反応だったように思えてくる。ドゥーガン・グランヴィルは無関係だ。だって、日曜の夜にヘリテッジ協会に来ていなかったもの。もしかして来ていた？　ふむ、もう一度、招待客リストに目をとおさなくては。

「正直なところ」ヘイリーは言った。「髑髏杯の件は興味深いよね。だって、十八世紀の卑劣な海賊の古ぼけた頭蓋骨なんか盗んで、宝石職人だか銀細工師だかに銀めっきさせようなんて人がいると思う？　考えただけでぞっとしちゃう！」

「まったくだわ」セオドシアは泡立てをつづけた。

「そろそろやめてもいいよ」ヘイリーが言った。「もう充分すぎるくらい泡立ってるもん」

「そうする」セオドシアは指を突っこんで味見した。「いつも手で泡立ててるなんて信じられない。腱鞘炎《けんしょうえん》になるんじゃない？」

「まさか、あたしはプロよ」

「それもそうね」セオドシアは真っ赤なカーニバルガラスの皿に手をのばした。

「まず、なにはさておき」ヘイリーは最後のスコーンを切り分け、クッキングシートに置いた。「例の考古学者、トレッド・パスカルに連絡したら？　彼の知恵を借りようよ」彼女は出来映えににんまりし、全部をオーブンに入れてタイマーをセットし、エプロンで手をぬぐった。

「きみが彼とデートしたいだけじゃないのかね」ドレイトンの声がした。

セオドシアとヘイリーが目をやると、背筋をぴんとのばしたドレイトンが戸口に立っていた。

ヘイリーは頭を横に傾け、ブロンドの長い髪をうしろに払った。

「あたしの交遊関係のなにが気に入らないの、ドレイトン？」

「べつに」とドレイトン。「会いたい人に会えばいい。わたしにはどうでもいいことだ」

「どうでもよくないくせに」ヘイリーは言い返した。「だってドレイトンは、紳士録にのってる旧家の出も同然だもの。社交界にデビューする娘にふさわしいエスコート役を、舞踏会だとかそういうくだらないイベントにエスコートしてくれる相手を血まなこになって探してる人たちと同じ」

「そんなことはない」ドレイトンは抗議した。

「あながち的外れでもないと思うわ」セオドシアは言った。

「とにかくさ」ヘイリーは言った。「トレッドに電話して、髑髏杯のことを訊いてみたら？」

「なぜならば」とドレイトン。「あの髑髏杯が事件とつながっているからだ。そして、第三者に関わってもらわねば、進展が望めないからだ！」

セオドシアはドレイトンの腕をつかんで、ティールームへと引っぱっていった。ドレイトンにはいつもの仕事をしてもらい、それに専念してもらったほうがいい。

「きょうはインドのスパイス・ティーをポットで淹れようかと思うのだが」

ドレイトンはカウンター奥の床から天井まである木の棚に並ぶ、おびただしい数のお茶の缶に目をこらした。

「いいんじゃない？」

セオドシアは頭上の壁掛け時計に目をやり、開店まであと十分ほどなのを確認した。

「それに、台湾産の烏龍茶はどう？　あれはいつも人気が高いわ」

ドレイトンはいちばん上の棚に手をのばし、缶をひとつ手に取った。

「では、きみのご希望に添うとするか」

「わたしのじゃないわ」セオドシアはほほえんだ。「お客様のよ」

「わかっているとも」

ドレイトンは言うと、棚からブラウン・ベティのティーポットをおろしたが、これではないほうがいいと考え直し、黄色い花柄のティーポットを手に取った。

「忘れんでくれたまえよ、一時に骨董業者の連中が来ることになっている」

「何人だった？」

「少なくとも四、五人は来る。テーマカラーは青と白にしよう。テーブルコーディネートのことだが」

「あらたまった感じに見えるものね」セオドシアはキャンドルをなににしようか迷っていた。

小さな白い教会用キャンドルと、背の高いピンクのテーパーキャンドルのどっちがいいだろう?

ドレイトンはティーポットを持ち替えた。

「心ここにあらずといった顔をしているな。例のエドワード・ティーチの絵が頭を離れないとみた」

「複製プリントだけどね」セオドシアは言った。「偶然なんて信じるたちじゃないけど……あんなものを目にするなんて、奇妙なめぐり合わせを感じるわ」

「お隣さんは海賊マニアだと言いたいのかね?」

セオドシアは人差し指で鼻の頭をかいた。

「そうね。でなければ、あの絵が気に入ってるのか。壁のひびを隠すためにかけてあるだけかもしれないけど」

「日曜の夜、グランヴィル氏もヘリテッジ協会に来ていたのかね?」

セオドシアも同じことを考えていたが、ドレイトンに訊かれたことで急に不安な気持ちに襲われた。

「どこに話を持っていくつもり?」

ドレイトンは彼女をじっと見つめた。「単純な質問だと思うが」

「そんなに単純じゃないかもよ。いずれにせよ、わたしには皆目見当《かいもく》がつかない。招待客リストに彼の名前はなかったけど、一般の人も入れたんだから、それだけじゃなんとも言えないわ」

「ならば、グランヴィル氏に電話するしかないな」ドレイトンは言った。「確認すればすっきりする」

「どうかしてるんじゃない？　そんなことを訊くためにグランヴィルさんに電話するわけにはいかないわ。とんでもなくおかしな人と思われるのがおちよ！」

ドレイトンの片方の眉が、一瞬、ぴくっと動いた。

「だが、知りたくて知りたくてたまらないのだろう？　正直に言いたまえ」

「ええ、あたりまえでしょ。だって……その……とにかく、そういうことよ」

「ならば、電話して訊くんだな」

「いいかげんにして。そんなわけにはいかないんだってば」

「どうしてそこまで突っぱねるのだね？」

セオドシアは説得力のある理由はないかと必死に考えた。ようやく、ひとつ見つかった。

「つまりね、こういうことよ。グランヴィルさんがなんらかの形でかかわっていたとする。そこへ電話で日曜の夜のことを質問なんかしたら、わたしが調べてると思われちゃう」

「事実、調べているではないか。しかし、グランヴィル氏がヘリテッジ協会に来ていなかったとしたら……」

「その場合は、詮索《せんさく》好きの隣人と思われるだけだわ」

「それもまた、事実だ」ドレイトンは得意そうな顔で言った。「なにしろ、グランヴィル氏の家に忍び足で近づき、裏口からのぞきこんだのだからね。いわば、きみはパンドラの箱をあけたわけだ」

それでも、セオドシアは気が乗らなかった。

「グランヴィルさんに電話をかけて、大海賊展に来てましたかと、単刀直入に訊けと言うの？」

「まさか」とドレイトン。「そんなあからさまなことをされたら、わたしの腰が抜けてしまうよ。だが、きみには絶対の信頼をおいている。警戒心を抱かせずに、気のきいた言いまわしで訊いてくれると信じているとも」

ドレイトンの予想どおり、その話題をグランヴィルに切り出すいい方法が見つかった。

「ゆうべ、鉢合わせしたときにお訊きすればよかったのですが」

グランヴィルが勤める法律事務所の関門を三人も突破し、ようやく電話がつながった。

「なんだね？」

グランヴィルの声はいかにも忙しそうだった。うんざりしているようにも聞こえた。

「あなたのものを預かっているんです」セオドシアは愛想よく、それでいてはにかんだ声を出した。

「なんだね？」グランヴィルはきつい調子で訊き返した。「いったいなんの話だ？」

「落とし物です。日曜の夜、ヘリテッジ協会にいらしたときの」セオドシアは言葉を切った。

「いらしてましたよね？」

「ああ、あいにくとな。だが、あのような後味の悪い終わり方になったことを考えると、時間の無駄だった」

「そのときにチケットを落とされませんでした？」

セオドシアは快活で屈託のない口調をよそおったが、実際には胸のなかで心臓がばくばくいっていた。

「オレンジ色のチケットなんですが。ポケットから落ちたのでは？」

「いや」グランヴィルは言った。「あんたがなにを見つけたか知らないが、わたしのものではない」

「あら、たしかですか？」

「たしかだとも」

「そうですか」

セオドシアは話をつづけさせるにはどうしたらいいかと考えた。ほかにどんな質問をすればいいだろう？　さんざん考えたあげく、口ごもりながら切り出した。

「グランヴィルさんは海賊がお好きでいらっしゃるとか」

「ああ」グランヴィルは不機嫌に答えた。「しかも、ジョリー・ロジャー・クラブの正規会員だ」

「それって、あの……一種の海賊クラブですか？」セオドシアは間の抜けた質問に聞こえるようにと、くすくす笑いをつけ足した。「秘密の握手法が決まっていたり、本格的なアジトをかまえているような？」

「いや、そうではない。いわゆる記念品コレクターの集団だ」

「では、海賊にまつわる品をたくさんお持ちなんですね」

「ヘリテッジ協会の海賊展に、所蔵している海賊旗を二枚、貸し出した」

セオドシアは少し間をおいてから、一か八か、思いきって言ってみた。

「コレクターでしたら、あの髑髏杯も喉から手が出るほどほしかったことでしょうね」

グランヴィルは一瞬ためらってから答えた。

「あんたには想像もつかんほどな」


「ジョリー・ロジャー・クラブですって」とセオドシアは言った。

麦芽のような風味のアッサム、甘くて素朴な味わいの雲南紅茶、そして香り高い烏龍茶によるアロマテラピー効果ばっちりの香りに包まれていたドレイトンが、カウンターから見つめ返した。グランヴィルがかかわっているとは微塵も思っていなかったようだ。

「グランヴィルさんが参加している、一種のクラブなの」セオドシアは説明した。「あなたが言ってたとおり、あの人は記念品コレクターだった」

「漠然と指摘しただけだがね」ドレイトンは一瞬だけ顔をしかめた。

「ええ。でもこれで確実になったわ。グランヴィルさん本人が認めたんだもの。ほんの十秒前に」

セオドシアは横目でティールーム全体をながめまわした。スコーンと一杯のお茶を楽しみにきた早朝の客はすでにいなくなった。いまいるのは、ドレイトンが好んで言うところの〝十一時《イレブンジズ》のお茶目当て〟のお客だ。しかし、ふさがっているテーブルは三つだけで、ランチ客がなだれこむ前に新事実の検証をする余裕が少しだけある。

「興味深いな」ドレイトンが言った。

「それに薄気味悪いでしょう？」とセオドシア。

「だが、グランヴィル氏は協会に来ていた説得力ある理由を述べている」

「でも、盗まれた髑髏杯の話を持ち出したら、すっかり昂奮してたわよ。ぜひとも自分のコレクションにくわえたいという感じだった」

「すでにコレクションにくわえた人物がいるわけだが」とドレイトン。

「そう。それが誰か、突きとめなきゃ」


「さてと、おふたりさん」

ヘイリーがペンとらせん綴じのノートを手に厨房から現われた。

「そろそろだらだらするのは終わりにして、きょうのランチメニューをおさらいするわよ」

彼女はページをめくり、目をいたずらっぽくくりくりさせた。

「ヘイリー」ドレイトンが言った。「まったくきみは効率にこだわるな」

ヘイリーの口の端がぴくぴくと動いた。「ドレイトンにばっちり仕込まれたもん」

「きょうのお客様にはどんなすばらしいお料理を出す予定？」セオドシアは訊いた。

「ついさっき、天板二枚分のエッグノッグ・スコーンが焼きあがったんだ」ヘイリーは言った。「とってもおいしそうにできたわよ！」

「新しいレシピかね？」ドレイトンが訊いた。「その、エッグノッグ・スコーンとやらは？」

「おばあちゃんのレシピを拝借したんだ。自分で言うのもなんだけど、絶品よ。イチゴのジャムをたっぷりのせて出すつもり」

「ほかのメニューは？」ドレイトンが訊いた。

「白インゲン豆のスープ。ちょっぴりクリーミーな味わいにしてみた。それにスモークターキーとクランベリー・クリームチーズのティーサンドイッチ。それから、アボカド、ホワイトアスパラガス、砂糖がけのクルミ、ブルーチーズの入ったベビーリーフのサラダ。べつべつに注文してもいいし、スープとサンドイッチを組み合わせたり、三品全部頼んでもいいの」

「全部盛りか《フル・モンティ》」ドレイトンが言った。

ヘイリーはセオドシアに向き直った。

「セオ、全部頼んだ人はセット価格にしていいよね？」

「もちろん」セオドシアは答えた。「それから、一時に骨董業者のみなさんがおいでになるのはわかってるわよね？」

「もうドレイトンから説明を受けた。実はね、ドレイトンにもらったレシピで、カボチャとクルミのクッキーバーを焼いてるところなんだ」

「それじゃ準備完了ね」セオドシアは言った。

「そういうわけにはいかないわ」とヘイリー。

「まだなにかあるのかね？」ドレイトンが訊いた。

ヘイリーは目を細めた。

「セオが見つけたっていうオレンジ色のチケットのことを、くわしく聞かせてもらわなくちゃ」

8

本人が予告したように、ドレイトンによるテーブル・セッティングは青と白を基調にしていた。白いリネンのテーブルクロスに、青い縁取りの白いナプキン。スポードの青白柄のサラダ皿にコーディネートしたティーカップ、小皿、小さめのボウルは白に近いペールブルーから濃いコバルトブルーまで濃淡さまざまな色合いに、中国の茶房の光景、花、更紗《さらさ》の柄のついたものが取り揃えられていた。

「フリゲート艦に青白パターンの輸入食器をどっさり積みこむ羽目《はめ》になったよ」

ドレイトンは一歩さがり、コーディネートの最終チェックをした。

「ヨーロッパの人々がこの豪華な品々を見たら、ひと目で虜《とりこ》になったろうな」

「それはいまも変わらないわ」セオドシアは言った。「うちのギフトコーナーで売ってるアンティークのポットやカップのなかでも、中国製の青白柄の人気は抜きん出てるもの」

「しかし、めっきり見つからなくなった」

「見つけにくくなる一方よね」

何年か前、インディゴ・ティーショップをオープンするにあたって、セオドシアは近隣の郡まで出かけ、アンティークの茶器を求めて骨董店やガレージセール、がらくた市を見てまわった。当時は製造中止になったカップやポット、それに変わった銀器を見つけるのは比較的簡単だった。それらを洗ったり磨きあげたりして店で使い、または売ってわずかな利益を得たりもした。なかでも、青白柄のものはわけなく見つかった。最近では花柄や更紗柄ならいくらでもあるが、青白のものはめったに見かけなくなっている。

「ついでに、きれいなセンターピースも作ってみたよ」ドレイトンは白いシャクヤクをたっぷりいけた青白柄のピッチャーを、テーブルの中央に置いた。

「言うことなしだわ」セオドシアは背の高い、一対の白いテーパーキャンドルに火をつけた。

そのあとは目もまわるような忙しさだった。お客が次々と入ってきた。予約客もいれば、歴史地区を散策中に、ただよういい香りに誘われた客もいた。

たちまち、中央の丸テーブル以外はすべて埋まり、インディゴ・ティーショップは活気に包まれた。セオドシアはテーブルとテーブルのあいだをたくみに進んではランチを運び、お茶のおかわりをすすめ、追加のスコーンの注文を受け、レモン・ジャムやクロテッド・クリームが入った小さなボウルを補充してまわった。ヘイリーのエッグノッグ・スコーンは大当たりのようだ。甘い記憶だけになる前に試食してみなくては。

一時十分前、最初の骨董業者が現われた。スティーヴン・ペンブルックという名の男性で、昔の軍用品をあつかう店を経営している。それがダム決壊の引き金だった。数分後、さらに四人の骨董業者が立てつづけにやって来て、それぞれの席についた。

彼らの接客はドレイトンが買って出たので、セオドシアはほかのお客の世話にまわった。いたって楽な仕事だった。というのも、大半はヘイリーお手製のおいしい料理に満足し、炭水化物がもたらす気怠《けだる》いひとときへと誘いこまれて、にこにこしていたからだ。

それに対し、ドレイトンのほうはてんてこ舞いしていた。お茶を注ぎ、スコーンを運び、ときにはほんの数分ほど腰をおろし、骨董業者たちがかわす活発な議論にくわわりもした。

「ここはぜひとも」会の代表らしき赤ら顔の大男、ペンブルックが言った。「来る九月に盛大なアンティーク博覧会を開催しようではないか。場所はシビック・センターか市の公会堂あたりがいいだろう。ニューヨークの国際美術骨董展にも劣らぬ、そこそこ盛大で、かなり格式のあるものにしたい」

その言葉を聞きつけ、セオドシアも意見を言おうと首を突っこんだ。

「すばらしいアイデアですね。裕福な観光客を呼び寄せると同時に、チャールストンが実は骨董の一大拠点であると印象づけるのにぴったりだと思います」

実際、チャールストンは骨董にかけてはまさしく宝庫だ。イギリスやフランスを出自とする何千という一族がこの地に入植したが、彼らはその際、すぐれたお宝の数々を新世界に持ちこんだ。その後、チャールストンは藍《あい》と米《こめ》の大農園によって大きく栄える一方、家具職人、銀細工師、芸術家、吹きガラス職人の拠点としても発展した。建てられた大きくて目立つ屋敷には、それに見合う気品のある家具や装飾品が必要だったから、活況は何十年もつづいた。しかし、大農園時代がじわじわと衰退するにつれ、増えた資産が減っていき、若い世代は先代から家に伝わるお宝を引き継いだものの、そういう品にさほど魅力を感じなくなっていた。そのため、骨董の取引がさかんにおこなわれた。屋根裏の中身がすべてなくなり、大きな屋敷はB&Bに改装され、子孫は先祖伝来の家宝への興味を失い、骨董品が市場に流出していった。その結果、いつしかチャールストンは情報通の骨董コレクターが詣《もう》でる人気の場所となっていた。

「だったら」とドレイトンが言った。「広告業界から足を洗ったセオドシアを説得し、広報を担当してもらうといい」

「喜んでお手伝いします」セオドシアは言った。

インディゴ・ティーショップを経営するため、ストレスばかりのマーケティングの仕事を辞めたときの昂奮はいまも覚えている。いまだにそれを後悔したことがないのが、なによりの自慢だ。

「ありがたい」ペンブルックが言った。

突然、ヘイリーが厨房から飛び出し、クッキーバーを並べたトレイをセオドシアの手に押しつけた。

「ありがとう」と声をかけたが、ヘイリーはすでに自分の縄張りに引っこんでいた。セオドシアは肩をすくめて、シルバーのトングをつかみ、カボチャとクルミのクッキーバーを一個、ペンブルックのデザート皿にのせ、ホワイトチョコでコーティングした大ぶりでみずみずしいイチゴを二個添えた。

セオドシアがテーブルをまわりながら笑顔でデザートを配るうち、いつしか業者たちの話題はヘリテッジ協会で起こった殺人事件へと移っていった。もちろん、行方不明の髑髏杯の話題も含まれていた。

「プルーエットの杯がなくなったとは遺憾千万《いかんせんばん》だ」

そう言ったのは出席者のひとり、たしかトマス・ハッセルという名の骨董業者だった。長身で顔はやつれ、もじゃもじゃのごま塩頭、何本かの指にシルバーの指輪をはめている。ハッセルはヴィンテージもののジュエリーを専門とする骨董店、〈シルバー・プルーム〉をひとりで切り盛りしている。セオドシアの友人にして、チャーチ・ストリートで〈ハーツ・デイザイア〉を経営するブルック・カーター・クロケットのライバル的存在だ。

「髑髏杯の存在をご存じだったんですか？」セオドシアは訊いた。

ハッセルは、少し驚いたような目で彼女を見あげ、小さくうなずいた。

「あの髑髏杯のことはずいぶん前から噂に聞いていてね。あんたも知っているだろうが、髑髏杯はひとつだけではない。だが、ダイヤモンドを埋めこんだものはヨーロッパの収集家の手に渡ったとばかり思っていた」

彼は笑い声をあげたが、甲高く吠えたようにしか聞こえなかった。

「われらがヘリテッジ協会の地下に打ち捨てられていたとはな。埃《ほこり》をかぶり、悪いカルマを振りまきながら」

「それはどういう意味でしょう？」セオドシアはハッセルに近づき、カボチャとクルミのクッキーバーをもう一個、皿にのせた。「悪いカルマとは?」

「つまり」ハッセルは目をきょろきょろさせながら言った。「あの髑髏杯には込み入ったいきさつがあるということだ」

「聞かせてください」セオドシアは身を乗り出した。「最初から順を追って」

「よかろう。黒ひげは、ノース・カロライナのオラコーク湾にてメイナード大尉率いる英国海軍に敗れたのち斬首され、その首は大きなオークの木に吊るされた。さんざんさらし者にされたあげく、おそらくは死んだ船長に対する敬意からだろう、黒ひげの仲間のひとりがグロテスクなその首を木からおろし、頭蓋骨を装飾のついた酒杯にするよう、地元の銀細工師に依頼した。ダイヤがからんでくるのもこのときだ。ダイヤは、黒ひげ団がためこんだ財宝から選ばれたと言われている」

いまやテーブルを囲む全員がハッセルの話に聞き入っていた。

「しかもだ、髑髏杯を飾るのに使われたあのダイヤは、一説によれば、フランスのルイ十四世が使用した短剣についていたものだそうだ」

「本当ですか?」セオドシアは訊いた。あの太陽王の? わくわくしてきたわ!

「この話にはいくつかのバージョンがある」ハッセルは言った。「だが、ルイ十四世説はもっとも信憑性《しんぴょうせい》が高い。もとのダイヤは十八カラットもあったらしいが、長年のあいだに割れてしまってな。三個の石に分かれたんだ」

「髑髏杯についていたダイヤモンドの大きさは……どのくらいだった? 九カラットか十カ

ラット？」

「十二はあるだろう」ハッセルは言った。

「で、波瀾万丈《はらんばんじょう》な話が先行していたけど、ようやくご自分の目で髑髏杯を見られたわけですね」セオドシアは言葉を切った。「日曜の夜、いらしたんでしょう？」

「ああ」ハッセルはうなずいた。

「それで、あれは黒ひげの頭蓋骨にちがいないと信じていらっしゃるんですね？」

「さっきも言ったように、あくまで噂にすぎんよ」ペンブルックがテーブルの反対側から言った。

「本物であってもおかしくなかろう」

ハッセルはぎらぎらした目でペンブルックをにらみ返して反論した。

「ダイヤやらなにやらが埋めこまれているんだぞ。だから、展示品にくわえられたんじゃないか。事実にもとづいた噂だ。まったくのでたらめというわけじゃない」

セオドシアの背筋を冷たいものが這いおりた。「本物の黒ひげの頭蓋骨」彼女はつぶやいた。「それにはフランス国王が所有していたダイヤモンドがついていた。それがまたもや姿を消した。ウサギの穴に落ちてしまった」

「次に現われるのは、いつのことか」

ハッセルは言いながら、セオドシアに鋭い目を向けた。

「あんたはいったい、髑髏杯のなにに興味があるんだね？」

「殺人を連想させるものなら、どんなものにでも」

「信じられる？　骨董屋のおじさんたちったら、まだぺちゃくちゃしゃべってる」ヘイリーが言った。彼女はセオドシアのオフィスの入口にもたれ、所在なさそうにしていた。

「きっと、自分ちの薪のせ台かなにかの大きさを自慢し合ってるんだわ」

「店を閉めるまで居座られたら」とセオドシアは言った。「あのまま閉じこめて帰っちゃいましょう」

「名案だね！」ヘイリーはセオドシアを指差した。「そうしよう」

「また木べらを何十本か注文する？」セオドシアはレストラン用品のカタログをめくりながら訊いた。「あれがお気に入りみたいだから。しかも、ものすごいいきおいで使い倒してるし」

お手製のスープやチャウダーのせいか、はたまた、際限なくかき混ぜていられる性格のせいか、ヘイリーの木べらの使い倒し方は半端ではなかった。

ヘイリーは小首をかしげた。「うん、お願い」彼女は足を踏みかえた。「なにか持ってこようか？　サンドイッチ？　お茶？」

「いらないわ」

ヘイリーは顔にしわを寄せた。「あたし、きょうは早くあがっていい？」

「かまわないわよ」セオドシアは答えた。

「掃除はドレイトンがやってくれると思う？」

「わたしがやってもいいわ」

「セオはまさしく理想の上司ね」

ヘイリーは言うと、スキップしながら出ていった。


しかし、セオドシアは当分あがれそうになかった。ランチタイムに髑髏杯をめぐる話を聞かされたせいで、よけいに興味をかきたてられていた。そこで、ひとつかふたつでいいから答えを得ようと、少し調査をすることにした。

バッグから携帯電話を出し、ボタンをいくつか押して例のチケットを撮った写真を表示させた。それをじっくりとながめる。特別会員専用パスに打たれた七桁の番号は、きょうの日付にちがいない。とすると……。

《ポスト&クーリア》紙をデスクにひろげ、文化・芸能欄が出てくるまでページをめくった。今夜おこなわれるイベント、それもチケットが必要なイベントが見つかれば、二と二を足して、その結果……。

催し物コーナーを人差し指でたどっていく。〝本日の催し物〟と〝今週の催し物〟に分かれている。

明日から〈チャールストン　食とワインの祭典〉が盛大に始まるため、〝今週の催し物〟

にはこれでもかとイベントが記載されていた。しかし、〝本日の催し物〟には三件しか記載されていなかった。

よかった。さて、あのチケットでどれに入れるのか突きとめよう。

ルボウ劇場のオゾン・ダンス座公演。地元の書店〈バーンズ＆ノーブル〉での朗読会。ギブズ美術館では今夜、コンサートが予定されている。

セオドシアは深呼吸し、ヤマを張った。美術館のコンサートじゃないかしら？　デスクにコツコツと指を打ちつけながら考えた。やがて最下段の抽斗《ひきだし》をあけ、チャールストンの電話帳を出してめくっていき、美術館の問い合わせ番号を見つけた。

電話をかけると、すぐさま、はつらつとした案内係が出た。「もしもし？」

「ちょっとおうかがいしたいのですが」セオドシアは言った。「今夜、おたくで催されるコンサートのチケットを二枚持っていたんです。なのにうっかりして一枚なくしてしまって。知り合いを連れて行くつもりだったのに……」

「会員様用のチケットでしょうか？」案内の女性が訊いた。

「オレンジ色のチケットのこと？」セオドシアは話を合わせた。

「それでしたら会員様用のチケットですね」案内係はよどみのない、落ち着かせるような声で言った。「その場合はなんの問題もございません。お送りしたオレンジ色のチケットは、いわば便宜的《べんぎてき》なものなんです。実際のところ、今夜のコンサートは自由席となっておりますし、しかもお席には余裕がございます」

「じゃあ、知り合いと一緒にうかがっても大丈夫なのね？」

「ぜひおいでください」案内係は言った。「きっと楽しんでいただけることと思います」

ティーショップに駆けこむと、ドレイトンが雑然とした無人のテーブルをぼんやりと見つめていた。皿が乱雑に散らばり、キャンドルは残り少なく、花までもがうなだれているように見えた。

「いますぐやるべきは」彼は言った。「この店を売り払うことだ。一からやり直そう」

「ちがうわ」とセオドシアは言った。「わたしたちがやるべきなのは、今夜のコンサートに行くことよ」

ドレイトンは彼女をまじまじと見つめた。

「本気かね？」

彼は怪訝そうに目を細くした。

「まさか、ロック・コンサートではあるまいな？　きみとヘイリーとでわたしをだますつもりじゃないだろうね？」

「実はそうなの、ドレイトン。今夜、ギブズ美術館でローリング・ストーンズのコンサートが予定されてて、屋根を吹き飛ばすほどのすごい演奏をするらしいわ」

セオドシアは言葉を切り、にっこりとほほえんだ。

「そんな意地悪をするはずがないでしょ。弦楽四重奏団が演奏する落ち着いたヴィヴァルディ以外のものを聞かせたら、あなたが卒倒しちゃうことくらいわかってるもの」

「ならば、なんのコンサートだね？」ドレイトンはまだ気乗りしない様子で訊いた。

「嘘でもなんでもなく、弦楽四重奏よ。ヘリテッジ協会の展示室で見つけたチケットがあったでしょう？　ちょっと調べたら、今夜、ギブズ美術館で開催されるコンサートのものとわかったの。会員専用チケットだけど、連れがいてもかまわないんですって」

セオドシアは言葉を切った。

「で、あなたにその連れになってほしいの」

ドレイトンは彼女を見つめた。

「ちょっと整理させてくれたまえ。つまり、犯人がそのチケットを落としたと推測されると言いたいのかね？」

「ありうるでしょ」

「ということは」とドレイトン。「犯人も今夜、現われるかもしれないのだな？　ギブズ美術館に」

セオドシアはうなずいた。

「推測ばかりだけど、とにかくそういうこと。現われるんじゃないかとにらんでる」

ドレイトンはしばらく黙っていたが、やがて半眼気味の灰色の目の奥でなにかがカチリとおさまり、覚悟を決めた。

「ならば、ふたりで行くしかあるまいな」

「よかった」

セオドシアはべつの灰色のプラスチックの洗いおけを手にすると、汚れた皿を回収しはじめた。

「あらたな事実は得られた？　骨董業者さんとのおしゃべりで。髑髏杯に関する事実ってことよ」

「いや、とくに」ドレイトンは答えた。「おやっと思ったのは、ハッセルがやけにくわしいことくらいだ」

「それはわたしも気にかかってた。なんだかあの人……なんて言ったらいいか……いろいろと調べてた感じだった」セオドシアはテーブルの上の皿に手をのばした。「ハッセルさんのことはよく知ってるの？」

「単なる知り合いにすぎんよ」ドレイトンはスプーン同士、ナイフ同士をていねいにまとめていた。「同じ歴史マニアだ」

「信用してる？」セオドシアは訊いた。

ドレイトンはかすかに顔をゆがめた。

「その判断ができるほどよくは知らないな」

彼はティーカップを手に取り、プラスチックの洗いおけに入れた。積み重ねた皿にカップがあたって、小さく軽い音が響いた。

「だが、きみが疑わしく思う気持ちはわかる。髑髏杯に対するあの男のあからさまな興味のせいで、ことわざで言うところの、うなじの毛が逆立ったようじゃないか」

セオドシアは肩をすくめた。

「そんなところね。彼と取引してる人がわかると助かるわ。ほかの骨董業者か、でなければ収集家でも」

「ハッセルという男を保証できる人物？　それが知りたいのかね？」

「ええ」

「これといって思い浮かばんな。トマス・ハッセルについて知っていることと言えば、骨董よりもジュエリーや古い銀製品に夢中だということくらいだ」

「たまたまだけど」とセオドシアは言った。「古い銀製品にくわしい人ならひとり知ってるわ」

9

セオドシアがハーツ・ディザイア宝石店に入っていくと、ブルック・カーター・クロケットは作業台に覆いかぶさっていた。オリエンタル・カーペットを敷きつめ、シャンデリアがまばゆい光を放ち、ガラスのショーケースがきらきら輝いている店内には、趣味のいいダイヤモンドやルビー、それに真珠のアクセサリーがあふれている。まったくの新品もいくらかあるが、大半はヴィンテージだ。

「セオドシア！」

ブルックが顔をあげて声をかけた。

「ああ、よかった。またエイミー・ルー・ウィギンズが、おばあさんのエメラルドのネックレスをしつこく売りに来たのかと思っちゃった。本当はエメラルドじゃなくてツァボライトだって何度も言ってるのに、ちっとも信じてくれないのよ」

「そういうことはよくあるの？」セオドシアはカウンターに歩み寄った。

ブルックは高機能チェアをぐるりとまわし、セオドシアと向かい合った。すらりとした彼女はどこかエルフを思わせ、髪は真っ白でいつもにこやかな笑みを浮かべている。

「知ったら驚くわよ。それもこれも景気のせい。いまだにごみ箱から抜け出せないものだから、誰も彼もがわずかばかりの現金を手に入れようと必死なのよ」

「そうでしょうね」セオドシアは相づちを打った。

「それもあって、パーム・ビーチの宝石・美術・骨董展に行ってきたの」

「どうだった？」セオドシアは訊いた。

「胸が張り裂けるような思いを味わったわ。数えきれないほどのヴィンテージ・ジュエリーが売りに出されてたんだもの。どのトレイにも、カルティエやティファニー、それにブルガリのジュエリーがあふれていたし、ハリー・ウィンストン、ショパール、ニール・レーンのダイヤの指輪やブレスレットも何百個と並んでた。しかも、そういったジュエリーの多くは、ウォール街発のネズミ講ビジネスやヘッジファンド投機の失敗でお金を失った女性たちのものだったの」

「まだ、あの影響を引きずっているの？」

ブルックはうなずいた。「ええ。何年か前、市場が崩壊したとき、彼女たちはたくさんのお金を失い、預金もすべて使い果たした。その結果、手もとには自宅とジュエリーだけが残ったの」

「そうか」とセオドシア。「自宅を守るためにジュエリーを売ってるのね」

ブルックはうなずいた。「固定資産税や電気料金の支払いは迫ってくる。食料品や芝生の手入れは言うにおよばず、ときにはフェイスリフトにだって行かなきゃいけないし」

「わたしが小さな家を選んだのもわかるでしょ？」セオドシアは顔をほころばせた。

「あら、わたしだって。もともと引きこもりなたちだもの。小さなチャールストン風シングルハウスと愛犬のトビーがいれば、充分しあわせ。お客様用の寝室を陶器の犬のコレクションで埋めつくすことになってもね」

ブルックはティーカップに手をのばし、すばやく飲んだ。

「あなたも飲む？」

セオドシアは首を振った。「もう充分飲んだわ」

「あなたのおかげで」ブルックは言った。「すっかりお茶依存症になっちゃって」

「そういう人のための更正プログラムがあるわよ」とセオドシア。

ブルックはびっくりした顔をした。「まあ、本当？」

「ティーケトルから十二歩以上離れてはならぬとかね」

「もう、セオったら！」

セオドシアはブルックの作業台を指でしめした。作業途中のチャーム付きブレスレットがいくつも置いてある。

「あそこにあるの、すてきね。見てもかまわない？」

ブルックはチャーム・ブレスレット作りの達人で、パルメットヤシや教会、牡蠣《かき》、ヨットなどをかたどった手づくりチャームはいつも大人気だ。最近ではサウス・カロライナ州のシンボル――州の爬虫類《はちゅうるい》であるアカウミガメや州の花カロライナ・ジャスミン、州の鳥のチャバラミソサザイ——を模したチャームも作りはじめた。

ブルックは向きを変え、作りかけのブレスレットをひとつ手に取った。赤サンゴ、ホワイトクオーツ、淡いブルーのカルセドニーを飾った、シルバーのチェーンブレスレットだ。

「目先を変えてみたの」

そう言いながら、セオドシアに差し出した。

「きれい」

セオドシアはつくづくとながめ、夏のアクセサリーにうってつけだと思った。

「いろいろやってるのね」

絶妙なバランスで配された暖色と寒色と磨きあげたシルバーが、ぴったりマッチしたブレスレットだった。

「あとちょっとでできあがりよ」ブルックは言った。「最近、カルセドニーを使うのがお気に入りなの。とくにブルーとピンクがいいのよね」そう言うと、セオドシアの前のカウンターに小さなシルバーのティースプーンを置いた。「どう？」と満足そうな笑みを浮かべて訊いた。

セオドシアは人差し指でスプーンに触れた。ブルックが作りあげた小さなシルバーのティースプーンには、生きている海のサンゴそっくりなくねくねした柄《え》がついている。

「すてき！　うちの店で五十本ほしいけど、いつ納品できる？」

ブルックはのけぞった。「五十本ですって？　それ、本気？」

「売り物にもなるもの」とセオドシアは言った。「うちのお客様、とりわけ熱狂的なお茶好きの方なら、絶対にほしくなるはずよ」

「冗談言わないで」ブルックはあきれた顔で言った。「本当のことを言うと、遊びで作っただけなのよ」彼女はかぶりを振った。「五十本だなんて。本気で注文するつもり？」

「もちろん」とセオドシアは言った。「サインかなにか必要？　購入申込書を書きましょうか？」

「まったく、筋金入りのビジネスウーマンなんだから」とブルック。「わたしは付箋紙《ふせんし》にメモするだけ。それがわたしのやり方」

「うまくまわってるなら、それでいいのよ」

セオドシアは身を乗り出して、ガラスのショーケースを見おろした。ダイヤモンドのブローチ、ポリネシアの黒真珠、それにいかにも現代風のダイヤや琥珀《こはく》のネックレスが彼女に向かってきらめいた。

「これは豪華ねえ」セオドシアの目は琥珀に釘づけになった。

ブルックはショーケースの扉をするするあけると、なかに手を入れ、黒いビロードのクッションにのった琥珀を手に取った。

「あなたの鳶色の髪にぴったりね」

そう言って、セオドシアに差し出した。

セオドシアは急に外見が気になって、片手で髪を整えた。

「きょうはじめじめしてるから、少しぼさぼさになっちゃった」

湿度が六十パーセントを超えるのはチャールストンでは日常茶飯事だが、そうなるとセオドシアの髪はとんでもないことになる。根元から立ちあがって、顔のまわりに金色の後光が差したように広がるのだ。ヘイリーはそれを南部風盛り髪と呼び、ドレイトンは人なつこいメデューサみだいだとからかう。どっちの言い方も当を得ている。

「なに言ってるの。わたしもそういう髪の毛がほしくてたまらないのに」

ブルックはネックレスの試着ができるよう、セオドシアのほうに鏡を押しやった。

「ヘリテッジ協会で殺人事件があったと聞いたわ。ひどい話ね」

「ええ、本当に」

セオドシアはネックレスを鎖骨のあたりまで持ちあげ、肌に触れるひんやりとした感じを味わった。

「ドレイトンとシャンパンのグラスを持って楽しんでたと思ったら、一瞬にしてみんながものすごい声で叫び出したの」

「そして、若者がひとり殺され、カミラも気の毒に頭を殴られたのね。カミラの具合はどう?」

「大丈夫、よくなってるから」

セオドシアは琥珀のネックレスをとめて、鏡をのぞきこんだ。実際につけるときらきらと輝いて華《はな》やかで、まさに珠玉《しゅぎょく》の逸品だ。

「髑髏杯は盗まれちゃったけどね」とつけくわえた。

「その話も聞いた」ブルックは考えこむような声で言った。「新聞で写真を見たわよ。なんとも奇妙な品ね。ひかえめに言っても、コレクターズ・アイテムにはほど遠いわ」

「たしかに、見るもおぞましかったわ」セオドシアは言った。「しかも、黒ひげの頭蓋骨で作ったという話だし」

ブルックはびっくりした顔になった。「そんなことは記事に書いてなかったけど」

「本当なのよ」とセオドシア。「それに、髑髏杯にまつわる恐ろしい話も聞いたわ」

「教えて」ブルックは言った。

そこでセオドシアは、ランチタイムにトマス・ハッセルから聞いた話を手短に説明し――切り落とされた頭で杯が作られたこと、ダイヤモンドが埋めこまれたこと、そして悪いカルマについても――最後にこう締めくくった。「あなたと話がしたかったのはそういうわけ」

ブルックは面食らった。「髑髏杯について聞きたいの？」

「そうじゃなくて、ハッセルさんのことよ。なにか知らない？」

「知ってるのは、まず第一にジュエリーの売買をしてることね」ブルックは言った。「もう、この業界で長いわ」

「ほかには？」

ブルックは鼻にしわを寄せ、顔をしかめた。

「たいしたことは知らない。たわいのない噂がたまに流れてくる程度だもの」

「そう」セオドシアは言った。それが知りたくて来たのだ。「それを少し話してもらえない？」

ブルックは両肩をあげた。「ハッセルさんには、ちょっと……なんて言うか倫理感に欠けるところがあるのよね」

「どういうこと？」

「たとえば、悲しみに暮れる息子なり娘なりが、天に召された大切な母親のオールドマイン・カットのダイヤの指輪を鑑定か売却に持ちこんだとするでしょ。ハッセルさんはあまり高い値をつけようとしないのよ」

「ふうん。自分に有利に交渉しようとするわけね」

「自分のことしか考えないの」

「わかった。ところで、いまの話とはまったく関係ない質問があるの。あなた、海賊にくわしい？」

ブルックは爬虫類のようにゆっくりとまばたきをした。「ジョニー・デップのこと？」

「それもひとつの答えだけど」セオドシアは言った。「でも、わたしが知りたいのは〝おい、てめえ、そこの板を目隠しして歩きな〟なんて科白を言う、本物の海賊のこと」

「あなたのお友だちの黒ひげみたいな人のことね。全然くわしくないわ。気が短くて、お風呂に入るよりも飲んでるほうが多くて、初期のチャールストンの住民を苦しめていたことくらいは知ってるけど」

ブルックは小さく笑った。

「順番はこのとおりではないけどね」

「そう」セオドシアは言った。

「そんなに知りたいのは、盗まれた髑髏杯に関係あるから？ それとも殺人事件に？」ブルックは少し口ごもった。「でなければ、その両方？」

「両方がちょっとずつ混じってるって感じかな」セオドシアは言った。「ヘリテッジ協会のティモシー・ネヴィルがひどく取り乱したものだから、少し調べてみると約束しちゃったのよ」

「話を聞いてると、ちょっと調べる程度じゃないみたい」ブルックは言った。「わたしももっと力になれればいいんだけど」

セオドシアは琥珀のネックレスにいま一度目をやって、はずした。いまはアクセサリーにお金を使う余裕なんかない。自宅のキッチンを改装しなきゃいけないんだもの。

「そうそう」ブルックが言った。「海賊にくわしい人なら知ってるわよ」

「誰？」

「チャールストン・カレッジのアーウィン・マンシー教授」

「海賊が専門なの？」セオドシアは冗談半分に訊いた。

「専門は歴史よ」ブルックは答えた。「海賊はあくまで趣味」

帰宅したときには遅れに遅れていた。アール・グレイの食事を手早く用意すると、食事と水飲みボウルを持って愛犬を裏庭に出してやった。

二階にあがって、ウォークイン・クロゼットに改装した小部屋をあわただしく一周したところで、ファッション上の大問題に直面した。なにを着よう？

今夜はクラシックのコンサートだから、セミフォーマルか上品なカジュアルでなきゃだめよね。だとしたら、黒のワンピースか、あるいはシルクのスラックスにつるつる素材のタンクトップかしら。セオドシアは姿見のなかの自分を見つめ、弱々しい笑みを浮かべた。いま着ているカーキのクロップパンツとシルクのTシャツのほうが、ずっとずっと楽なのに。でも、ドレイトンは絶対、ツイードの上着にトレードマークの蝶ネクタイで来るに決まっているから、彼女もそれに合わせるしかない。

どうしよう？

解決策はただひとつ。デレインに電話することだ。なんといっても、ファッション全般に関するプロであり、権威を自認しているのだから。

きっとくどくどと講釈され、軽くお小言ももらうに決まっている。セオドシアはため息をひとつつくと、デレインが店にいますようにと祈りながら電話をかけた。

祈りは通じた。

「ギブズ美術館に行くのになにを着ればいいかですって？」デレインのキンキン声がセオドシアの耳に響いた。

「コンサートがあるの」セオドシアは言った。「四重奏楽団の」

「知ってるわよ。あたしも行くんだもの。広報部長の彼とつき合ってるのよ、覚えてるでしょ？」

覚えていなかった。「あなたも行くの？」

「なにこれ、こだまなの？　いまあたし、そう言わなかった？」

「じゃあ、しゃれたイベントなのね？」セオドシアは訊いた。

「そりゃもう、絶対に。例によって美術館に大口の寄付をしてる人や各種委員会のメンバーが下々の者に交じってるわ。終演後にはちゃんとしたカクテル・パーティだってあるんだから」

「カクテル？」セオドシアは訊き返した。たしかに、しゃれたイベントのようだ。

「そうよ」デレインの講釈はつづいた。「脚のついたグラスにミックスしたドリンクを注いで、縁に切ったフルーツが飾ってあるのとか、オリーブが浮かんでたりするやつのことよ」

「だから、なにが言いたいわけ？」セオドシアは訊いた。

「つまり、くだけすぎた恰好よりは、少し着飾りすぎのほうがいいってこと」デレインはこの会話を心から楽しんでいる口ぶりだった。

「だったら……なにを着ればいいのか教えてよ」

セオドシアは紺色のオービュッソン絨毯を素足のつま先でさすりながら、服のかかったラックに目をこらした。みっしりとなめらかでふかふかした毛足を感じながら、真っ先にデレインに電話したことを後悔しはじめていた。

「黒のカクテルドレスになさい」デレインが告げた。「肩のところに小さなリボンがついたのがあるでしょ。だけど、お願いだから、アクセサリーをつけてね。お葬式に行くみたいな恰好に見られたらいやでしょ？」

たしかにそれはごめんだわ、とセオドシアは心のなかでつぶやいた。お葬式はあと二日先のことだもの。

「うちで黒いミュールを買ったでしょ？　つま先のところにふわふわの赤いシルクの花がついてるやつ」デレインが言った。「あれなら今夜にぴったりよ。それに真珠もいいかもね。でも、野暮ったい未亡人みたいに、ただ首にかけるんじゃだめ。もっとしゃれた感じにしなきゃ。二重三重に巻いて、きらきらのピンでドレスにとめなさい」彼女はそこで短く息継ぎをした。「できる？」

「すばらしいアドバイスだわ」セオドシアは言った。「どうもありがとう」

「誰と行くの？」

「ドレイトン」

「あ、そう」

「ドレイトンと一緒だとちがってくるの？」

「ううん」デレインは言った。「でも、カメラマンが社交面用の写真を撮りはじめたら、あたしと一緒に写ったほうがいいわよ。それから、なにがあっても絶対に笑顔を忘れないこと！　あなたってばいつだって、ヘッドライトに照らし出されて怯えてる動物みたいな顔をするんだもの」

10

ミーティング・ストリート一三五番地に建つギブズ美術館は、まれに見る魅力にあふれたボザール様式の建物だ。カロライナ芸術協会によって一九〇五年に建設されたこの美術館は、名だたるコレクションを揃えているのみならず、ギャラリートークに講演会、セミナーなどの企画も充実している。

「コンサートはどこでおこなわれるのだね？」ドレイトンが尋ねた。

ふたりは正面入口をゆっくりと抜け、床から天井まで十八世紀の油彩画で覆いつくされた豪勢な廊下に入っていった。

「たぶん……円形広間じゃないかしら」セオドシアは言った。

コツコツと鋭い靴音を響かせながら大理石の床を歩いていくと、正面に人が集まっているのが見えた。

「そうか」ドレイトンは言った。「ほぼ完璧な音響室だものな」

「知った顔はいる？」集まった人混みに近づいていきながらセオドシアは訊いた。

「いないようだ」ドレイトンは言った。「だが、きっと……」

「セオドシア！」けたたましい声が響いた。

セオドシアとドレイトンは千分の一秒、足をとめた。それだけあれば、デレインが荒々しく人混みをかき分け、ふたりの前までやって来るのに充分だった。

「やあ、デレイン」ドレイトンはひかえめにほほえんだ。

「あなたたちがいつ現われるのかと、すっかり気を揉んじゃったわ」デレインはちょっと口を尖らせた。「どうしてもマックスに紹介したかったんだもの」

デレインのうしろから、ハンサムな男性がいつの間にか姿を現わした。長身でスリム、乱れ気味の黒い髪をしたマックスは、オリーブ色の肌にからかうような笑みを浮かべていた。デレインの相手をするにはユーモアのセンスが必要なんだわ、とセオドシアは心のなかでつぶやいた。新しい恋人で広報部長のマックスはデレインよりも何歳か下のようだ。つまり、セオドシアよりも何歳か下ということだ。

「こちらはマックス」デレインは得意満面で紹介した。「この美術館の広報部長をしてるマックス・スコフィールドよ」

「部長になったばかりです」デレインに紹介されて握手をしながらマックスは言った。「まだ、なんの実績もあげていません」

「セオドシアも以前は広報の世界にいてね」四人並んで円形広間のほうにゆっくりと進みながらドレイトンが言った。なにも置いていない譜面台が四つ、今夜の演奏者の登場を待ち、百脚ほどの椅子が半円形に並べてあった。

「そうなんですか？」マックスは興味津々の様子でセオドシアにほほえみかけた。

「ねえ、昔の話はよしましょうよ」デレインがマックスの腕をつかみ、わたしのものよと言わんばかりにしがみついた。「おそろしく退屈だもの」

「そんなことはないよ」マックスは言った。「ぼくは興味があるな」

「わたしの前職は広報というよりマーケティングなんです」セオドシアは言った。「金融とテクノロジー部門の。でも、もう何年も昔のことだから。いまは、ドレイトンの力を借りて、インディゴ・ティーショップを経営しているんです」

「そのお店については、いい噂をたくさん聞いてますよ」マックスはセオドシアを熱っぽく見つめた。

「あたしが話したの」デレインが必死の形相《ぎょうそう》で会話に割りこんだ。

「うちでは各種イベントのケータリングもやっているんです」セオドシアは締めくくった。

「そのうち、お茶を飲みにお立ち寄りください」ドレイトンが言った。

「ええ、ぜひとも」マックスは言った。

デレインがいきなりマックスの真ん前に割りこんで、目を大きく見ひらいた。

「ナディーンが大変な目に遭ってるって、あなたたちに話したかしら？」

「今度はどうしたの？」セオドシアは訊いた。

デレインは苦悶《くもん》の表情になった。

「あたしの大事な大事な姉さんが、すっかり取り乱しちゃって。日曜の夜の殺人事件のこと

れないの！」

で警察から話を聞かれたんだけど、いくらなにも見てないって訴えても、ちっとも信じてく

最後は悲痛な涙声に変わった。

「それは、《ポスト&クーリア》のヴァン・ビューレンに、事件を目撃したなどと語ったせいではないのかね？」ドレイトンが言った。

「そうよ」セオドシアは自業自得だと思った。「警察だって《ポスト&クーリア》をとってるんだもの」

「いきさつはともかく」デレインは声を荒らげた。「取り調べが容赦なさすぎるのよ」そこでかぶりを振った。「模範的市民に対する扱いとして普通じゃないわ」

「殺人事件だって普通じゃないわ」セオドシアは言った。

円形広間まで来てみると、客の大半はすでに席に着いていた。

「あそこに四つ並んだ席があいている」ドレイトンが指差した。

デレインはマックスの腕を乱暴に引っぱった。「ありがたいけど、あたしたちはあっちにすわるわ」そう言うとセオドシアとドレイトンに軽く手を振り、歌うように言った。「またね、おふたりさん」

マックスが明るく肩をすくめた。「ではまた」そう言いながらも、その目は食い入るようにセオドシアを見つめていた。

セオドシアとドレイトンがうしろから二列めの席に腰をおろしたちょうどそのとき、演奏

家たちが登場した。聴衆の数は多くなく、演奏家の顔も客の顔もとてもよく見える。

「しっかり目をあけていてね」セオドシアは小声でドレイトンに言った。

「なにを探せばいいのだね？」彼はまばらな拍手にくわわりながら尋ねた。

「そうねえ……大海賊展にも来ていた人とか？」

「だったら、すぐそこにトマス・ハッセルがすわっている」

セオドシアは、あたりをうかがうように首を左右に大きく動かした。「どこ？」

「右の奥、二列めだ」

「驚いた」セオドシアはようやくハッセルの姿を確認した。「ブルックにあの人のことを訊いてみたけど、ハッセルさんの商売のやり方には少しあくどいところがあるという答えだった」

「そう聞いても驚かんね」

「あなたはどんなときでも、人のいい面を見るのに」

「相手がいい人間の場合にかぎっての話だ」とドレイトンは応じた。

「それとね、ブルックから海賊にくわしい人を教えてもらったわ。チャールストン・カレッジのアーウィン・マンシー教授ですって」

「その教授からなにかヒントが得られると考えているのだね？」

「髑髏杯についてはね。なにかわかると思う。とにかく、話を聞きに行ってみる」

セオドシアは頭のなかで訊くべき質問を考えた。

「ドゥーガン・グランヴィルさんの姿は見える？」

「海賊の絵を所有している男のことかね？」ドレイトンは脚を組み、灰色のズボンをなでおろした。「きみの言うグランヴィル氏とは実際に顔を合わせたことがなくてね。話に聞いているだけだ。そのほとんどが、きみから聞かされた悪口だが」

「そうだったわね」

「デレインの友人のマックスだが……」ドレイトンが言いかけた。

「マックスは日曜の夜の展覧会にはいなかったわよ」セオドシアは少しあわてたように言った。

「それはわかっているが、彼はあきらかにきみに興味があるようだったぞ」ドレイトンの顔に、カナリアをくわえた猫のような笑みが浮かんだ。

セオドシアは眉をひそめた。

「ばかなことを言わないで！　彼はデレインとつき合ってるのよ。数カ月になるわ」

「彼がきみに電話してきても驚かんね」

「どうかしてる。そんなことあるはずないでしょ」

「ほう」ドレイトンは言った。「わたしはあると見ているよ」

コンサートは楽しかった。およそ四十五分のプログラムはモーツァルトの楽曲を主体に、ベートーベンも何曲か差しはさまれていた。それにドレイトンが言っていたとおり、高い丸天井と付属の小さな展示室のある円形広間は音の響きが完璧だった。

終演後はカクテル・パーティとあいなった。全員がおしゃべりしながら、ワゴンで運ばれてきた小さなバーに殺到した際、セオドシアはドレイトンとはぐれてしまった。

気にすることないわ。ふと見ると、すぐ隣にトマス・ハッセルが立っていた。

「またお会いしましたね」セオドシアは声をかけた。

相手は刺すような目で彼女の顔をのぞきこんだ。

「あんたか。すぐにはわからなかった」

「わたしだって、たまにはティーポットの陰から出てくるんです」セオドシアは冗談を言った。

「いいコンサートだった」ハッセルが言った。

「すばらしい内容でした」

こうやって話してみると、ハッセルは思っていたほど悪いオオカミという感じがしない。それでも、チケットのことを訊いてみることにした。

「ハッセルさんはここの会員でいらっしゃるの？」

相手はうなずいた。「生涯会員になっている。あんたもかね？」

「いいえ、わたしはちがうんです。でも、友人から会員用チケットを二枚もらったものですから」セオドシアは言葉を切った。「もっとも、チケットは回収してませんでしたね。入口のところでは」もう一度言葉を切った。「ハッセルさんはオレンジ色のチケットをお出しになりました?」

「おや?」ハッセルは、セオドシアの話に興味がないのか、ずっとあたりをきょろきょろ見まわしていた。「申し訳ない。あいさつしなきゃいけない顔が見えたもので」

「たいした手腕だこと」セオドシアはひとりごとを言った。「最高《ピーチー》だわ」

「ここではピーチ風味のものは出してませんよ」

うしろから穏やかなバリトンの声が聞こえた。

「え?」

振り返ると、マックス・スコフィールドがほほえんでいた。どうしたことか、彼が発するビビビという電流が伝わってくる。そのせいでセオドシアは少し落ち着かない気持ちになったが、同時にわくわくもしてきた。思うにこれは、なつかしの……ビビッとくるとかいうやつ?

「美術館で出すのは、マティーニやギムレットみたいな上流階級好みのものだけなんです」

「それに安物のワインも」セオドシアは笑った。「ニュージャージーからタンクローリーで運ばれてくるたぐいのね」

「鋭いな」マックスはセオドシアの肩にそっと手を置き、一緒になって笑った。

セオドシアは笑うのをやめた。「デレインはどうしたの?」

勘の鋭いデレインのことだ、マックスがセオドシアに気があるそぶりを見せたのにも気づいているはずだ。彼がふたまたかけているように見られるのはまずい。

「写真を撮ってもらってる」マックスは言った。「《ポスト&クーリア》のカメラマンが来ていて、社交面用にスナップ写真を撮ってるんだ」

「あなたも一緒じゃなくていいの？ それも仕事の一部なんでしょう？ 後援者と写真におさまって、寄付をしてくれた人たちと飲みかわすのが」

「いやあ、そういうのは勘弁だな」マックスは言った。「おまけに、ナディーンのおかしな友だちまで来ていて、人を追いまわしてるし」

「ビル・グラスのこと？ あの人、ここで写真を撮ってるの？」

「そいつだ」マックスは額に手をやり、乱れた黒髪をうしろに払った。「あの男が出してる雑誌はなんといったっけ？」

「《シューティング・スター》よ」セオドシアは答えた。

マックスは鼻を鳴らした。「どうしようもないごみ新聞だと聞いている」

「ねえ」セオドシアは言った。「あなたはすばらしい広報部長になれるわよ」

「だから言ったろう？」

ようやく合流できるとドレイトンが言った。

「あのスコフィールドという男はきみに魅力を感じていると」

ドレイトンはおもしろがると同時に、少しあきれてもいた。たしかにセオドシアはパーカー・スカリーとつき合っているが、とくに将来を約束しているわけでもない。セオドシアからも、パーカーからも。

「やめて」セオドシアは言った。「彼は広報担当だから、そういうのが得意なのよ。仕事なんだもの。愛想を振りまき、人を持ちあげるのが」

「金の工面《くめん》をすることもだろう?」とドレイトン。

「それはいつものこと。こういう場所がブラックホールのごとくお金を吸いこむことは、あなたもよく知ってるでしょ。寄付する人は誰だって、壁にかかってるレンブラントを買うのに自分がひと役買ったと思いたいものなの。自分のお金が電球やトイレットペーパーみたいな消耗品に使われたなんて考えたくないはずよ」

「まったく無粋《ぶすい》な人だな」ドレイトンは笑った。「頭は切れるが、無粋だ」

「現実主義者と言ってよ」

あたりを見まわすと、ビル・グラスが親の敵《かたき》をとるようにシャッターを切りながら、こっちに近づいてくる。

「飲み物をもらいに行きましょう」

「あとをついていくよ」ドレイトンは言った。

混雑がいくらかやわらいでいたおかげで、ふたりはバーまで行き着くことができた。ドレイトンは白ワインをふたつ注文し、大忙しのバーテンダーが新しいシャルドネを抜栓するのを辛抱強く待った。

セオドシアは待っているあいだ、うしろを振り返って人混みをながめた。このときも、大海賊展に来ていた顔がないかと目を光らせた。オレンジ色のチケットを落としたかもしれない人物。その人物が……。

女性の指にはまっていたゴールドとダイヤモンドの髑髏型指輪《スカルリング》が明かりを受け、灯台のように光を放った。

セオドシアはまばたきし、目をみはり、まじまじと見つめた。

指輪の主は長身で肉食系の風貌をしたブロンド女性だったが、あきらかに生まれついての金髪ではなかった。根元が黒いせいで髪全体が奇抜で派手な印象だった。SF映画に出るために、カラーとリタッチを繰り返した感じだ。着ているものも大胆だった。黒い革のパンツに丈の短い真っ赤なシルクのブラウス。しかし、セオドシアの目が釘付けになったのは、指輪をはじめとするアクセサリーだった。

その女性は髑髏のアクセサリーをこれでもかと着けていた。首には真紅のルビーをちりばめた大ぶりの髑髏ペンダント。両方の手に一個ずつ、大きな髑髏型指輪が光っている。ゴールドのスタッドイヤリングにも小さな髑髏がついていた。

「ドレイトン」セオドシアは彼をすばやく小突いた。「あの女の人……」

そのとき突然、奇抜な身なりの女性が首をめぐらせ、ドレイトンに目をとめた。大きな顔におやという表情を浮かべ、口角をあげて笑顔を作った。

「ドレイトン！　あなたなの？」

「知り合い？」セオドシアは声をひそめて訊いた。

お札とワインをお手玉していたドレイトンは、グラスを落としそうになりながらも女性に向かって愛想よくうなずき、セオドシアに耳打ちした。

「画商のスカーレット・バーリンだ」

スカーレット・バーリンは、自動航行モードの戦艦よろしく人混みを突っ切り、一直線にドレイトンのほうに向かってきた。彼の前に立つと、チュッチュッと音だけのキスを何度も浴びせにかかった。ドレイトンはあいさつとキスをさんざん受けたあげく、ようやく声を発した。「こちらはセオドシア・ブラウニング」

スカーレットはこぼれんばかりの笑みを浮かべてセオドシアに目を向けた。

「わかってる、お茶の方でしょ。ようやくお会いできた」

「ふたりはどこで知り合ったの？」セオドシアは訊いた。意外だわ。

「ヘリテッジ協会よ」スカーレットはよく通ると同時に人あたりのいい声で言った。「ドレイトンとは二カ月ほど前の委員会で初めて会ったの」

「スカーレットが協会にかなり高額の寄付をしてくれてね」とドレイトン。

「画商でいらっしゃるんですね」セオドシアは目の前の風変わりで華やかな女性にすっかり心を奪われていた。

「バーリン画廊よ」スカーレットは答えた。「フレンチ・クォーターのフィラデルフィア・アレイにあるの」

「髑髏がお好きみたい」セオドシアは言った。どうしても訊かずにはいられなかった。

「そうなのよ」

スカーレットは指をひらひらさせ、指輪を見せびらかしながら、歌うように言った。

「わたし、変わったものや普通じゃないものに目がないの。ダミアン・ハーストやクリスチャン・オードジェーのものがあれば、なんにもいらないくらい幸せだわ」

ハーストという芸術家が制作し、百万ドルほどの金額で売ったダイヤモンドを埋めこんだ髑髏に関する記事を読んだことを思い出し、この女性はおそろしく裕福なコレクター相手に商売しているのだと思った。

「ならば、ヘリテッジ協会で起こった殺人と窃盗に興味がおありでは？」セオドシアは言ってみた。

スカーレットは真剣な表情になって顔を近づけた。あまりに接近してきたものだから、つけているダークブルーのアイシャドウのラメの粒まではっきり見えた。それから彼女は重大で暗い秘密を打ち明けるかのように言った。

「胸がときめくわ！　もちろん、殺人事件のことじゃないわよ。あれは言葉にするだけでもおぞましいもの。そうじゃなくて、黒ひげの髑髏が消えたことを言ってるの」スカーレットは指をぱちんと鳴らした。「びっくりだわ！　また消えちゃうなんて」

「何者かが持ち去ったんです」セオドシアは言った。「ひとりでにどこかに行ったわけじゃないわ」

「ああ、そうだったわね」スカーレットは言った。

「それじゃあなたも、日曜の夜、ヘリテッジ協会にいらしたの？」セオドシアは訊いた。

「ううん」

スカーレットは顔をしかめ、首を左右に振った。

「せっかくの大騒動を見逃しちゃった。その日はサヴァナに行ってたから。大切なお客さんのもとに絵を届けにね」

セオドシアはうなずき、目の前の派手で変わり者の女性を値踏みした。髑髏に興味があるのはあきらかだ。ということは……黒ひげの頭蓋骨となにか関係あるのかしら？

「知っていると思うが」ドレイトンが口をはさんだ。「スカーレットはきみのご近所さんなのだよ。住んでいるところは一ブロックしか離れていない」

「そうなの？」セオドシアは言った。

「わたしの家はランボール・ストリート沿いにあるの」スカーレットは言った。「あなたの家は？」

「フェザーベッド・ハウスのちょっと先よ。キングストゥリー邸の隣にあるコテージ」

「ああ、わかった！」スカーレットが大きな声を出した。「とってもかわいらしいおうちよね。奇抜でかわいらしくて。あの大きさのコテージなら飾るのも楽でしょうね」

「おかげさまで」セオドシアの顎が少しこわばった。

スカーレットは目をぐるりとまわした。「うちはまるで白い象みたい。部屋はやたらと大きいし、天井の高さは二十フィートもあるし……画商をやっててよかったわ」

「そのうち、おたくの画廊にうかがいますね」セオドシアは言い、あなたのことをもっと知りたいし、と心のなかでつけくわえた。

スカーレットは百万ワットの笑顔になった。

「なら、ぜひ金曜の夜においでなさいな。食とワインの祭典を記念した、オープニングイベントを開催するから」彼女はにっこりほほえんだ。「もちろん、わたしもいつか、おたくのティーショップにうかがいたいわ」

「でしたら、あさってにでもどうぞ」セオドシアは言った。「うちもオープニングイベントをやるんです。それも一日じゅう」

11

「ミス・ジョゼット！」

セオドシアは大きな声で呼びかけた。

「きょう来てくれるなんて思ってなかったわ」

水曜の朝、セオドシアはいまひとつ調子が出ずにいた。どうしたわけか、昨夜はずっと、にやけた髑髏の夢にうなされっぱなしだったのだ。おかげでけさは、悪い夢の後遺症に悩まされている感じだ。

「忙しいなら出直すよ」

ミス・ジョゼットはまだ入口のところに立っていた。彼女は七十代なかばのアフリカ系アメリカ人で、チャールストン郊外に住んでいる。手先の器用さとすぐれたデザイン感覚を持ち、伝統的なスイートグラス・バスケットの編み手のなかでもトップクラスの座を誇っている。しゃれていると同時に実用的でもあるこのバスケットは長いスイートグラス、マツ葉、ガマを束《たば》ね、地元のパルメットヤシで縛ったもので作られる。

「ううん、いいの」セオドシアは言った。「頼んでおいたフラットバスケットを持ってきて

くれたのね。ただただ……みごとだわ」

ミス・ジョゼットは店の奥まで入ると、積み重ねたバスケットを近くのテーブルに置いた。

「八個持ってきたよ。これで足りるかい？」

せかせかと奥から出てきたドレイトンがバスケットに気づき、あわてて方向転換した。

「すばらしい！」と手を叩きながら叫んだ。「頼んでおいたバスケットが届いたぞ」

セオドシアはいちばん上の、飾りつきバスケットを手に取り、ドレイトンに差し出した。

「ぴったりじゃない？」

「たしかに」ドレイトンは満足そうに言った。「お茶とチーズのテイスティング・イベントにぴったりだ」

ミス・ジョゼットはまごついたように首を振った。「お茶とチーズだって？　そんな組み合わせは初めて聞いたよ」

「わたしもよ」セオドシアはすばらしい出来映えのバスケットをめでながら言った。「でも、ドレイトンが言うには、それが最新のトレンドなんですって。なにとなにを組み合わせればいいかも、ちゃんとわかってるって本人は言ってる」

「ドレイトンがチーズとお茶は合うって言うんなら、そうに決まってるよ」

ミス・ジョゼットにとってドレイトンは特別な存在だ。洗練された立ち居振る舞いと、きれいに結んだ蝶ネクタイの彼がすることに、まちがいなどあろうはずもないと彼女は信じている。

「では、これを全部いただくよ」ドレイトンは上機嫌でバスケットを抱えあげた。「底にリネンのナプキンを敷いて、パン、クラッカー、チーズをのせるトレイとして使うつもりだ」

「よかったら、明日の夜に来て」セオドシアはミス・ジョゼットを誘った。「うちも、食とワインの祭典のオープニング・イベントに参加するの。やさしい甥御《おいご》さんも一緒にどうぞ」

「そうしようかね」

「過去最高の食とワインの祭典になるぞ」

ドレイトンが断言した。彼はせかせかと動きまわり、木と井戸がエンボスされたクリーム色のアビランドの小皿をテーブルに並べていった。

「すてきな皿だろう？」

そう言いながら掲げた一枚が、鉛格子の窓から射しこむ朝日を受けてきらめいた。

「ふちが波を打ったようにデザインされている」

「上等な食器を出してきたわね」セオドシアは言った。

「そういう気分だったのだよ。それから、テーブルの中央にはカポディモンテの磁器人形を何体か飾ろうと思っている」

「じゃあ、きょうは花はなし？」

「人形とキャンドルだけだ。クリスタルのボウルにジャムを入れて、きらびやかさをプラスする」ドレイトンは息を継いだ。「食とワインの祭典が楽しみでならんよ。食品産業全般にとって有意義だし、地元レストランの活性化にもつながる」

「いったいいくつのイベントが予定されてるのかしら」セオドシアは言った。「三十五くらい？」

ドレイトンはうなずいた。「うちのを含め、明日の夜だけでも十のオープニングイベントがおこなわれる」

「パーカーは金曜の夜にイベントをひとつ担当するんですって。タパスのビュッフェとスペインワインのテイスティングだそうよ」

「その晩はほかにオイスター・ローストもおこなわれるし、シャンパンのテイスティング、食通のためのディナー、ガラ料理（サウスカロライナ州とジョージア州の低地地方に住むアフリカ系アメリカ人による伝統的なアフリカ料理）のディナーも用意されている」

「胃薬を用意しなくちゃ」

「土曜の午後には盛大なシーフード・パーティがあるのも忘れないように」ドレイトンは言いながら、テーブルの中央に磁器の白鳥をそうっと置いた。

「同じ日の夜にはティモシー主催のパーティもあるわ」セオドシアは言った。極秘中の極秘だが、ティモシー主催のパーティはドレイトンの誕生パーティも兼ねている。

「ティモシーが開催を断念しないことを祈るよ。なにしろ、あれだけ事件のことで思い悩んでいるからね」

「電話して、なんでも力になると言っておくわ」セオドシアはバターナイフをまっすぐに置き直した。「いくらかでも答えを報告できればいいんだけど。あるいは情報を」

「まあ、無理なものはしかたあるまい」

「そもそも、手がかりになるようなものもほとんどないんだもの」

ドレイトンは横目でセオドシアの顔をうかがった。

「きみのことだ、いずれなにか突きとめるさ」

「だといいけど」

「そうだ」ドレイトンは言った。「金曜の午前中には、例のお茶ツアーが予定されているのも忘れないでくれたまえよ」

食とワインの祭典のもうひとつのイベントとして、セオドシアとドレイトンは歴史地区をめぐるお茶ツアーを主催することになっていた。まずはレッドクリフ・ハウスでクリームティーを堪能し、チャールストン図書館協会を見学し、キング・ストリートとゲイトウェイ遊歩道をそぞろ歩く。チャールストンの歴史にまつわる蘊蓄《うんちく》を披露し、最後はインディゴ・ティーショップでのランチへと案内することになっている。

「いろいろ手を広げすぎかしら？」セオドシアはそう言いながら、すぐにかぶりを振った。「たしかに広げすぎよね。なんでもかんでも詰めこんじゃってる」

「まったくだ」とドレイトン。「だが、ケータリングをしたり、特別なパーティを主催することで仕事が楽しくなるではないか。きみだって、一日じゅうぼんやり突っ立って、ティーカップを毛ばたきでパタパタやっていたくはなかろう？」

「それもたまにはいいかもよ」ヘイリーがビロードのカーテンをぐって現われた。「だって、あたしたちってばワニの群れに腰まで浸かっちゃってるんだもん」

「もしお手伝いが必要なら、ヘイリー」セオドシアは言った。「探してあげるわよ――」

ヘイリーは片手をあげ、てのひらをセオドシアに向けた。

「――アシスタントの人を」セオドシアは最後まで言った。

「あのね」ヘイリーは言った。「あたしひとりで大丈夫。いつだってちゃんとやってるもん」

ドレイトンが険しい表情をヘイリーに向けた。「アシスタントに厨房をうろつかれるのがいやなわけだ。料理の準備を手伝ってもらったり――」

「あたしのレシピを盗まれたりね」とヘイリー。

「レシピが盗まれるなんてありえないわよ」セオドシアは言った。正直言って、ヘイリーのレシピ、南部でよく使われる言いまわしを借りるなら〝レシート〟に対する気持ちは、強迫観念の域にまで達している。

しかしヘイリーは急に真顔になった。

「そんなのわかんないじゃない。レモン・スコーンのレシピのことは知ってる？」

セオドシアとドレイトンはヘイリーをまじまじと見つめた。むくれたときのヘイリーはとにかくおもしろい。

「あれにお金を払うって言う人がいるのよ」ヘイリーは真剣で、おごそかともとれる声で言った。「《ポスト&クーリア》の料理評論家の人なんか、不老不死の珍味を食べてるみたいだって言ってくれたんだからね」

「すごい褒《ほ》め言葉だ」それでもドレイトンは、まだまともに取り合っていなかった。

「テレビ局のプロデューサーをやってるコンスタンス・ブルカートからは、テレビに出てお菓子づくりの実演をしてほしいと言われてるし。局のウェブサイトにあたしのレシピをのせたいんだって」

ヘイリーは顔をしかめ、はつらつとした仕種で髪をうしろに払った。

「でも、そう簡単に口説《くど》き落とされたりしないわ。なにしろレシピはあたしの財産だもん」

「またべつのビジネス講座を受けてるの？」セオドシアは訊いた。ヘイリーはそのときの気分で大学の講座をいろいろと受講しているが、そのたびに、専攻をころころ変えている。

「ビジネス講座はもう充分受けた。いまは、現場で経験を積むことが大事だと思ってる」

「ここでの経験もそのひとつなわけだ」ドレイトンが言った。「いずれ自分のティーショップを経営するつもりかね？」

「かもね」ヘイリーは言い、すぐにまた口をひらいた。「でも、この近辺じゃやらないわよ。あなたのお客さんを横取りしようなんて思ってないから、セオ」

「やっぱりビジネス講座を受けてるんだわ」

ヘイリーがこの店を見限る心配は微塵もない。この二年間で彼女は何十という仕事のオファーを受けている。しかし、彼女に厨房での自由裁量権をあたえようという者は誰もいなかった。正確に言えば、セオドシア以外は誰も、だ。

「そこまでだ」

ドレイトンが愛用のアンティークのピアジェの腕時計にちらりと目をやり、それを人差し指で軽く叩いた。

「世界に向かってドアをあけるまで、あと五分もない。ヘイリー、本日のメニューを飾る魅惑の料理について説明を頼む」

「うん、わかった」

ヘイリーはすぐさま仕事モードに切り替わり、ノートをめくりはじめた。

「朝のティータイムにはブラウンシュガーのシュトロイゼルをのせたマフィン、クリームチーズのフロスティングをかけたカボチャのブレッド、それにゴールデンレーズン・スコーンを用意したわ」

「ならば、イングリッシュ・ブレックファストとモロッコ産のミント・ティーをポットで淹れるとするか」ドレイトンはお茶の缶が並ぶ棚をざっとながめて言った。「ランチのメニューは？」

「チキン・パテのティーサンドイッチ、アスパラガスのティーサンドイッチを添えたプロシュート。それから赤ピーマン入りドレッシングであえたミックスグリーンサラダに、ショウガの入った桃の冷製スープよ」

「おいしそうだわ」セオドシアがつぶやいた。

「さあて、お客様がいらしたぞ」ドレイトンが正面の窓から外をうかがった。「時間ぴったたりだ」

三人はたちまち忙しくなり、お客を席に案内し、お茶を淹れ、マフィンとカボチャのブレッドとスコーンを運んだ。

セオドシアは入口近くのカウンターに急いだ。そこではドレイトンが香り高い湯気に包まれながら、せっせと働いていた。

「アールグレイをポットでお願い」

「オーガニックの茶葉かね？」彼は訊いた。「シトラスの風味がほんのりとする？」

「それがいいわ」

セオドシアは待っているあいだに、トレイにティーカップを三つ並べた。

「チーズはいつ届く予定？」

ドレイトンは赤い陶器のティーポットに茶葉を量り入れ、熱い湯を注ぎ、赤いペイズリー柄のポットカバーをかぶせた。

「ランチのあとだ。届いたら相性のいいお茶をじっくり考えるとしよう」

「本当に大丈夫なんでしょうね？」

ドレイトンは怖い目つきでセオドシアをにらんだ。「なにを言い出すんだ」

セオドシアは降参とばかりに両手をあげた。

「訊いてみただけよ。うちのイベントの成功はあなたの肩にかかってるんだもの」

「それを言ってほしかったのだよ」ドレイトンは言った。「もっとプレッシャーをかけてくれたまえ」

店が忙しさを増し、小さなテーブルふたつを残して全部の席が埋まった頃、スカーレット・バーリンが店に飛びこんできた。

「来たわよ！」

彼女の大声が接近する雷のように店内に響きわたり、少なからぬ客が顔をしかめ、この騒ぎは何事かと首をめぐらせた。

「スカーレット」セオドシアは言った。「バーリンさん」

「本当に来るとは思ってなかったでしょ？」スカーレットは言いながら、セオドシアに指を振ってみせた。きょうはぴちぴちの黒いスラックス、髑髏の絵がついた赤いTシャツ、それに黒いスエードのジャケットといういでたちだった。ゆうべと同じ髑髏の指輪が、せわしなく動く指に光っている。

「忙しいスケジュールを割いていただけてうれしいわ」セオドシアはわれに返った。たしかにスカーレットが訪ねてくるとは思ってもいなかった。のんびりとくつろいでお茶を飲むよりも、コーヒーをがぶがぶ飲む精力的なタイプだと感じていたからだ。

「もうひとり連れてきたの」スカーレットは、隣に立つ灰色の髪をした年配男性をしめした。

「親友で、同じく画商をしているルドルフよ」そう紹介しながらも、スカーレットの頭は潜望鏡のように回転し、インディゴ・ティーショップをくまなくチェックしていた。しかし、どうやらお眼鏡にかなったらしく、彼女はこう言った。「早めのランチをいただこうと思って。そちらさえよろしければだけど」

「どうぞこちらへ」ドレイトンが一歩前に進み出た。「おふたり様用のすてきな窓際のお席がございます」

「すてき！」ドレイトンの先導で連れとテーブルに向かうスカーレットの甲高い声が、セオドシアの耳にまで届いた。

「やれやれ」二分後、カウンターに戻ってきたドレイトンにセオドシアは言った。「派手に登場したがる女性っているものね」

「目立ちたがり屋だな」ドレイトンは茶葉を量り取り、ティーポットをカチャカチャいわせはじめた。

「おまけに、ものすごく騒々しいし」

「ならば耳栓をしたほうがいい」ドレイトンの顔がかすかに険しくなった。「もっと騒がしくなりそうだからな」

「どういう――？」

ドレイトンがすばやくドアに顎をしゃくった。

振り返ると、デレイン・ディッシュと姉のナディーンが入口に立ち、いらいらと不愉快そうな顔で、ごった返す店内を見つめていた。

「予約の電話を入れるべきだった？」横柄《おうへい》で抑揚《よくよう》のないデレインの口調からは、自分は特別な存在だと思っている様子がうかがえた。常連客なのだから、いちばん近くにある席に案内されて当然だと言いたいのだろう。

セオドシアは急いで迎えに出た。「運がよかったわ。ちょうどひとつ席があいてるの」

「ああ、助かった！」デレインは大声で言った。「うちでやるシルクとワインの会の準備で、午前中ずっと働きどおしだったのよ。いいかげん、なにか口に入れたいわ」

「ねえ」セオドシアはデレインとナディーンをテーブルに案内しながら言った。「そのファッションとワインのイベントって、食とワインの祭典の一環なの？」

デレインは席につきながら、抜け目のない表情をさっと浮かべた。

「正確には、後援を受けてるわけじゃないわ。うちのはいわば……なんて言ったらいいかしらね。イベントに軽く便乗してみたってところね」

「シルクとワインの会なら女性にたいへん受けますもの」ナディーンがおつにすました顔で横から口を出した。

「ええ、そうね」セオドシアはナディーンに顔を向けた。「ところで、チャールストン警察の質問にはなんとか答えられた？」

「ティドウェル刑事の質問に答えたかってことでしょ！」デレインが吐き捨てるように言った。「かわいそうに、ナディーンはあいつに死ぬほど問い詰められたのよ！」

「刺し殺されるよりましじゃない」セオドシアは言った。しかし、ナディーンはあからさまにセオドシアを無視し、デレインはデレインで椅子にすわったまま向きを変え、スカーレットを見てなれなれしい笑みを浮かべた。

「スカーレット・バーリンさん！　正真正銘、セレブな画商さんのお隣にすわれるなんて、思ってもみなかったわ！」

デレインが椅子からいきおいよく立ちあがると、スカーレットも同時に立ちあがった。それから音だけのキスが始まり、わあわあ、きゃあきゃあ、くすくすという声が洩れはじめた。

「もう吐くかと思った」セオドシアは、角砂糖のボウルを取ろうとテーブルごしに手をのばし、ドレイトンに言った。

「デレインとスカーレットたら、もっと大きな役を求める、とうの立ちすぎたスターの卵同士みたいにお世辞を言い合っちゃって」

ドレイトンは唇をすぼめ、笑いが出そうになるのを必死でこらえた。「鬼気《きき》迫るものがある感じだな」

「ちがうわ」セオドシアは言った。「『何がジェーンに起ったか？』のベティ・デイヴィスには鬼気迫るものがあった。『キル・ビル』のユマ・サーマンにも鬼気迫るものがあった。あのふたりは単に頭がおかしいだけよ」

「頭がおかしいと言えば」とドレイトン。「マンシー教授との面会にはまだ行くつもりかね？」

「海賊の先生でしょ？　ええ、もちろん」

「しかもわたしの同行を望んでいる」それは質問ではなく意見だった。

「あたりまえよ。あなたも調査チームの一員だもの」

「そういう言い方はやめてもらいたいな」

「あら、どうして？」

「今回の件には、できれば巻きこまれたくない」

「わかった。だったらこう言い換える。あなたに来てもらいたいのは、このグループの理性の声だからよ」

「して、そのグループとは？……」

「あなたとわたし」

「ずいぶん小さなグループだ」

「ロブを刺し殺し、あの風変わりな頭蓋骨を盗んだ犯人を突きとめる可能性はもっと小さいわ」

「そう卑下《ひげ》してはいかん」ドレイトンは言った。「きみが調査に乗り出した時点で、犯人を突きとめる可能性は高まったのだからね」

12

ランチはなんの騒ぎもなく終わったが、相互絶賛会を結成したデレインとスカーレットはべつだった。このふたりは現代美術の現状を嘆いていたかと思えば、インディゴ・ティーショップ内を歩きまわりはじめ、缶入りのお茶や茶漉しやティーカップをひとつひとつながめていったものの、けっきょくなにも買わなかった。

「お客様がなかなか帰らないわ」

店内をぼんやり見つめながらセオドシアは言った。やることが山ほどある日にかぎってこうなんだから。

「まずいのかね?」ドレイトンが訊いた。

「そりゃそうよ、チーズの組み合わせを決めたいんだもの」セオドシアは言った。「それに、今夜わが家でひらく新居お披露目パーティの前菜をヘイリーと用意しなくちゃいけないし」

「マンシー教授との面会も押しこまなくてはならんしな」

「そうだったわ。教授には電話した?」セオドシアは落ち着きなくティーポットを揺らした。

「急いでオフィスで電話してきてよ」

「ヘリテッジ協会の理事をつとめるあなたのほうが、いくらかでもアカデミックな訪問と思ってもらえるでしょ」

「わたしがかね？」

「殺人犯を突きとめようという意図が隠せると？　あるいは髑髏杯を見つけ出すべく無駄な努力をしているのを隠せると？」

「まあ……そんなところ」

「ねえ、ドレイトン！」

スカーレットが大声をあげながらカウンターに駆け寄ってきた。

「お茶のことで相談に乗ってくれない？」

ドレイトンは張り切ってうなずいた。「なんなりと」

「別れた夫の母が訪ねてくることになってね、ちょっとしたお茶会をひらきたいの」

スカーレットはセオドシアも話の輪にくわえようと少し向きを変えると、上目遣いになって話をつづけた。

「そのお義母《かあ》さんっていうのがね、ものすごく出しゃばりで、おしゃべりの主導権を握りたがる人なのよ！」

セオドシアは思わず口をはさんだ。

「だったら、インドのナムリング茶園のダージリンをお薦《すす》めするわ。とても渋くて、しばらくは口をすぼめてなきゃならないもの！」

「チーズが届いたよ」

ティールームに出てきたヘイリーが声をかけた。三つのテーブルではお客が午後のお茶を口に運び、彼女が焼いたレーズン・スコーンを味わっている。

「なんだって？」

ドレイトンがエジプト産カモミール・ティーの缶から顔をあげた。ラベルに目をこらし、また注文しようかと考えているところだった。

「たったいま、配達の人が裏口に届けてくれたのよ」ヘイリーは親指でうしろをぐいとしめした。「ノックする音が聞こえてよかった。あやうく、大箱いっぱいのチーズフォンデュができちゃうところだったもん」

ドレイトンは眉根を寄せた。「なにを言っているのだね？」

「太陽の熱でチーズが全部溶けちゃうでしょ」

「どうだかな」とドレイトン。

ヘイリーは肩をすくめた。「とにかく届いてるから」

「よかった」セオドシアがそう言ったのは、さっさとすませてしまいたかったからだ。チーズとお茶の組み合わせさえ決まれば、ほっとひと息つける。明晩のイベントの骨子がついに固まるのだから。そう思ったとたん、セオドシアは小さく身震いした。セオドシアの頭に浮かんだのは〝骨子〟ではなかった。あの風変わりな髑髏杯が脳の奥にまで入りこんでいた。

「ヘイリー」ドレイトンは熱くて湯気をたてているティーポットを差し出した。「悪いが、おかわりを注いでまわってもらえないか？　セオとわたしはちょっと知恵を出し合わねばならんのだよ」

「いいよ。でも、ふたりとも、今夜のあれは手伝ってくれるよね？」

「もちろんよ」セオドシアは言い、ドレイトンとふたりで奥のオフィスに向かった。

「いやあ、なんともすばらしい」ドレイトンが感激の声を洩らした。すでに段ボール箱のふたをびりっと裂いてあけ、ジェル状保冷剤二個を取り出していた。いまはとりどりのチーズを満足そうにながめている。「わたしが思っていたとおりのフランス産カマンベールチーズが送られてきたよ。申し分ない。まったく申し分ない」

セオドシアは自分のデスクにするりとつき、ドレイトンは真向かいにある布張りの椅子に腰をおろした。その風変わりな椅子は〝お椅子様〟と呼ばれている。

「もう、組み合わせは全部決まってるんでしょ？」セオドシアは言った。

ドレイトンは楔《くさび》形や丸いままのチーズを出しながらうなずいた。

「言うから書きとめてくれるかね？」

「いいわよ」セオドシアはペンと紙を手に取った。

「まず、このカマンベールには」ドレイトンは言った。「しっかりした味のお茶を合わせねばならない。アッサムがいいだろう」

「カマンベールにはアッサム」セオドシアは言いながら書きとめた。「ひとつ決まり」

「こっちのゴートチーズはダージリンがぴったりだと思う」

「了解」

「チェダーチーズには烏龍茶がよく合うはずだ」

「書きとめたわ」

こうしてチーズを前にしてみると、お茶と組み合わせるのも悪くない気がしてきた。ドレイトンも考えに考え抜いたようだ。

「次はゴルゴンゾーラだ」ドレイトンは大きな楔形のチーズを手にのせた。

「いよいよ、においのきついチーズの番ね」セオドシアは笑った。

「香り高いチーズだ。充分に熟成されている」

「それじゃ、その熟成されたチーズはなにと合わせるのがいいの？」

「包種茶以外にない」

ドレイトンはふたたび段ボールのなかに手を入れた。

「それから、このふたつのハード系チーズ、アジアーゴとパルメザンだが、両方とも祁門茶と合わせよう」

「どれもすばらしい組み合わせだわ」セオドシアはうっとりと言った。「だけど、テイスティングはどんなふうにやるの？」

「もう考えてある。お茶を三、四カ所に分けて置くのがいちばんいいだろう」

「カクテル・パーティみたいにするのね。各テーブルにそれぞれ異なるオードブルを並べて」

「そんな感じだ」ドレイトンは言った。「チーズを四角や楔形に切り分け、クラッカーや薄く切ったパンを並べ、それぞれのチーズにぴったりのお茶を前に置く」

「カップは中国製の小ぶりのものにする？」前回のテイスティングの会で使った、持ち手のない陶器の小さなカップがふた箱分ほど店にある。

「宜興《ぎこう》のカップのことだな。ああ、あれならぴったりだ」

「でしょ？」

セオドシアは椅子の背にもたれてほほえむと、両脚を引き寄せて折り敷いてすわり、いいプランが完成した喜びにひたった。

残念ながら、幸せな気分は長つづきしなかった。

というのも五秒とおかずに、ティモシー・ネヴィルから電話があったからだ。

「進展は？」

ティモシーは名乗ることもしなければ、愛想よく〝もしもし、元気かね？〟とあいさつする気遣いも見せなかった。

「まだです」

達成感は無数の小さなシャボン玉のように、またたく間にはじけて消えた。

「髑髏杯の線を調べてますが、いまのところなにもわかってません」

「きょうの午後遅く、オフィスに寄ってもらえるかね？」

「ちょっとお待ちを」

セオドシアは受話器を胸までおろし、ドレイトンに声をかけた。

「マンシー教授と会うのは何時？」

「三時だ」ドレイトンが答えた。

「ティモシーがオフィスに寄ってほしいんですって」

ドレイトンは唇を尖らせた。「時間的に厳しいな」

「四時にうかがいます」セオドシアはティモシーに告げた。

「けっこうだ」ティモシーが言い終わると同時に、カチリという小さな音がセオドシアの耳に響いた。

「どういたしまして。ではのちほど」

セオドシアはドレイトンにちらりと目をやった。

「ティモシーったらひどく……思いつめてる感じだった」

「きみには話さなかったのだがね」ドレイトンは言った。「ゆうべ、彼から電話があったのだよ。コンサートから帰宅してすぐ」

「質問攻めにされたの？」

「当然だ。きみがやったことと、やらなかったことについて」

「わたしたちばかりせっつかないで、ティドウェル刑事をせっついてほしいものだわ」

「安心したまえ」ドレイトンは言った。「それもやっている」

「あたしひとりで大丈夫」

ヘイリーは州の農産物品評会に出店したプロの物売りみたいな手さばきで食材を刻んだり、薄切りにしたり、さいの目切りにしたりしながら言った。

「そう言ってくれるのはうれしいけど」セオドシアは言った。

「無理して言ってるわけじゃないの。本当にばっちりなんだから。ひとりでやりとげられるとは思ってなかったけど、今夜のあなたのパーティに出す前菜はほぼ準備できたわよ」

ヘイリーが手を動かすのに合わせ、手首のチャームブレスレットが軽い音をたてる。セオドシアがプレゼントしたものだ。

「本当かね？」

ドレイトンが半信半疑で尋ねた。彼とセオドシアは厨房の入口で身を寄せ合い、このまま残って手伝おうか、それともマンシー教授に会いに急ごうか決めかねていた。

「それにね」ヘイリーは言った。「ミス・ディンプルにお手伝いを頼んだんだ。そろそろ来るはずよ」

ミス・ディンプルはフリーランスで帳簿係をやっている心やさしい年配女性で、ティーショップの手伝いをするのをこよなく愛している。

「いいところに目をつけたわね」セオドシアは言った。「それでメニューはどうなったの？

まだ、誰にも明かすわけにはいかないのかしら？」

「茄子《なす》のクロスティーニ」ヘイリーはさいの目切りにした茄子を大きなボウルにすくい入れた。

「おいしそう」とセオドシア。

ヘイリーはうなずいた。「ほかにはトマトとバジルのディップ、チーズたっぷりのブルスケッタ。それにもうひとつ、ちょっと冒険だけどサーモンのタルタル」

「生のサーモンだと？」ドレイトンが言った。「本気かね？」

ヘイリーはにやりとした。

「刺身をおしゃれにアレンジした感じだと思って。生クリームとたたいたサーモン、それにタマネギのみじん切りを混ぜ合わせたおいしいタルタルを、特製のコロネに入れて出すんだ」

ヘイリー特製のコロネは紙のように薄いビスケットを、アイスクリーム・コーンの形にしたものだ。さくさくしていて、パテやタルタルを入れるのにうってつけだ。

「わたしたちはなにをすればいい？」セオドシアは訊いた。すばらしいメニューだが、話を聞いていると、ずいぶん手間がかかりそうだ。

ヘイリーは片手をあげ、追い払うように動かした。

「いいから行って。ひとりにしてくれれば、ふたりに監視されてるときよりぱっぱと仕上げられるんだから」

「ヘイリー」ドレイトンは言った。「わたしたちはきみを監視などしておらんよ」

「ドレイトン」ヘイリーは言った。「いつもしてるくせに」

アーウィン・マンシー教授はチャールストン・カレッジ内のミドルトン・ビルにオフィスをかまえていた。セオドシアとドレイトンは壁が板張りの長い廊下をさまよい歩いた。廊下は煮詰まったコーヒーとつや出し剤のレモンオイルのにおいがし、何十もの教授の名前が、曇りガラスの窓にステンシルされていた。ふたりは曲がる場所をまちがえて引き返したあげく、どうにかマンシー教授のオフィスと煮詰まったコーヒーの源《みなもと》を発見した。

マンシー教授はかなりの大物のようだった。というのも、あてがわれているのは単なるオフィスではなく、ちょっとしたつづき部屋だったからだ。手前のオフィスは散らかった応接室という感じで、そこらじゅう本だらけ、書棚は傾き、古めかしいファイルキャビネットには書類がこれでもかと詰めこまれている。奥の隅には人間の骸骨がぶらさがっていた。

「ここは歴史学の教授のオフィスなのか、はたまた死神のすみかなのか」ドレイトンがいぶかしげな顔でつぶやいた。

そのとき、若い男性が十年選手のコーヒーメーカーの切ボタンを押して顔をしかめた。

「なにか？」

「マンシー教授にお会いしたいのですが」セオドシアは言った。

「三時にお約束しています」ドレイトンが言い添えた。

若い男性は奥のオフィスに通じる半開きのドアのほうに頭を傾けた。

「どうぞ。教授はなかにいます」

「そこのウィルバーのことは気にしないように」

輝く茶色の目をした猫背気味の小柄な男性が、いつの間にか戸口に現われていた。彼は骸骨のほうにちらりと目をやった。

「解剖学の教授とオフィスを共有していたときの置きみやげでね。当のウィンストン教授はずいぶん前に退職したが、ウィルバーはいまもこうして来客を持てなしているというわけだ」

「はじめまして」セオドシアはマンシー教授の手を握った。

「急なお願いにもかかわらず、お時間をいただき感謝します」ドレイトンが言った。

「ピーター」マンシー教授は若い男性に目を向けた。「きみも一緒にどうだ？」教授はセオドシアとドレイトンに向かってすばやくおざなりにほほえんだ。「ピーターも同席してかまいませんか？」そう言うと、紹介するように手を動かした。「うちの院生のピーター・グレイスです。彼もかなりの海賊マニアなんですよ」

「よろしく」ドレイトンは言った。

「こんにちは」セオドシアは言い、全員揃って教授のオフィスに入り、傾いた赤い革張りの椅子に落ち着いた。

マンシー教授は、海賊にまつわる質問を受けることに慣れているらしく、さっそく口火を切った。

「行方不明の髑髏杯に関する情報をお探しだとか」

「そうです」ドレイトンが答えた。

「それで、具体的にはどういうことを……？」

水牛の角の丸眼鏡でいくらか大きく見えるマンシー教授の澄んだ目が、ドレイトンからセオドシアに移り、ふたたびドレイトンに戻った。

ドレイトンはセオドシアを横目でちらりと見てから口をひらいた。

「わたしはヘリテッジ協会で理事をつとめている者ですが、ティモシー・ネヴィルに約束したのですよ。セオドシアとふたりでこの事件を調べると。もちろん、内々にではありますが」

「内々というのは警察とはべつということですか？」マンシー教授が訊いた。

「ティモシーへの厚意で内々におこなうということです」セオドシアは答えた。「わたしたちの役目は調査よりも事実を把握することにありまして」あ〜あ、たわいのない嘘が少し交じっちゃった。

「ご想像のとおり」とドレイトン。「ティモシーは今回の件でたいへん心を痛めております。殺人事件はもちろんですが、窃盗事件についても」

マンシー教授はしばらくのあいだ、節くれだった指でデスクをコツコツと叩いていたが、やがて口をひらいた。

「たしかに、殺人事件は忌まわしい出来事です。しかし、わたしの立場から言いますと、黒ひげの髑髏杯が突然現われたことのほうがよっぽどびっくりしましたよ」

「どういう意味でしょう？」セオドシアは椅子にすわったまま身を乗り出した。

「と言いますのも」とマンシー教授はつづけた。「黒ひげの頭蓋骨はもう見つからないと思いこんでいたからです。はるか昔に沿岸の兄弟が隠してしまったか、でなければ存在すら忘れ去られたのだと」

「沿岸の……？」セオドシアは口ごもった。あの頭蓋骨については知らないことが多すぎる！

「沿岸の兄弟というのは秘密結社のことです」マンシー教授は説明した。「長子相続を原則とした閉鎖的なグループでしてね。つまり、会員資格は父から息子へと受け継がれているわけです」

「だけど、どういう人たちの集まりなんでしょう？」セオドシアは訊いた。

マンシー教授はピーターに目をやった。

「旧家ですよ」ピーターが口をはさんだ。「建国の父たちです」

「いつ頃からあるものなんですか？」セオドシアは訊いた。

「黒ひげが殺されたのが一七一八年です」ピーターは言った。「ご自分で計算してみてください。要するに、アメリカが独立する前からあるんです」

「教授は、その秘密結社とやらが髑髏杯を所有していたと信じておいでなんですね？　一世紀かそこらにわたって？　そのあと行方がわからなくなったと？」

マンシー教授は椅子をキイキイいわせながら身を乗り出した。「そういうことです」

「その秘密結社の人たちが、盗まれた髑髏杯をいまになって奪い返したと？」そんな途方もない話はとても信じられない。

「絶対にそうとは言い切れません」マンシー教授は言った。「実際、犯人は誰であってもおかしくない」

「髑髏杯をわが物にしようと思った者のしわざというわけだ」ドレイトンが言った。

「あるいは言い伝えを知っている者のしわざかもしれません」ピーター・グレイスが言った。

「言い伝え……」セオドシアは言った。

マンシー教授は落ち着きなくほほえみながら、薄くなりかけた銀髪をしわくちゃの手で梳《す》いた。それから、すわったまま身を乗り出した。

「黒ひげの財宝にまつわる言い伝えは、当然お聞きになっていると思いますが」

13

俗に言う〝ピンが落ちる音さえ聞こえる〟数秒間が経過した。それからセオドシアが甲高く叫んだ。

「えっ？」

「いまなんと？」とドレイトン。

「黒ひげの財宝の話を聞いたことは？」マンシー教授が訊いた。

「いえ……全然」セオドシアは言った。呆然としたこの顔でわかるでしょう？　知性のかけらもない応答をしてるのよ。

「くわしく話してください」ドレイトンが言った。

「髑髏杯の底面に暗号が刻まれていまして」ピーター・グレイスが説明した。「それが宝のありかをしめしていると言われているんです」

セオドシアはため息を洩らした。

「冗談でしょ」

本当のはずがない。髑髏杯に暗号？　黒ひげの財宝？　いまは二十一世紀なのよ。

「財宝とは具体的にどんなものですか？」ドレイトンが淡々と尋ねた。青果店できょうの桃の種類はなにかと訊いているみたいな口ぶりだ。

「いわゆる、海賊の財宝ですよ」マンシー教授が嬉々として言った。「ゴールドにシルバー、その他貴重な宝石がざくざくと」

「宝石とはダイヤモンドのことでしょうか？」セオドシアは訊いた。

「そう考えるのが妥当です」教授は言った。「盗まれた髑髏杯にダイヤモンドが埋めこまれていたことから察するに、行方のわかっていない宝箱の中身もそれなりのものではないかと想像されますね」

「暗号が刻まれているということですが」とセオドシア。「なんと書いてあるかわかってるのでしょうか？　どういった形で宝物のありかがしめされているんでしょう？」

「いやいや、そうじゃありません」

マンシー教授はいきおいよく首を左右に振った。

「宝物が存在することをしめしているのであって、具体的な場所をしめしているわけではありません。黒ひげ自身もこう言ったそうです――〝悪魔以外には見つけられぬ場所〟に宝を埋めたと」

「それでは、髑髏杯に刻まれた暗号は、およその場所をほのめかしているにすぎないんですね」セオドシアは言った。これでは話がややこしくなる一方だわ！

「まあ、そんなところですね」ふたたびピーターが口をはさんだ。彼は咳払いした。「盗まれた髑髏杯は三つある手がかりのうちのひとつにすぎず、全部を合わせて初めて正確な場所がわかるようです」

「ほかのふたつとはどんなものなのですか?」ドレイトンが訊いた。

「ひとつは暗号石とされている」マンシー教授が答えた。「暗号が刻まれた煉瓦のようなものです」

「その煉瓦ものちに所在がわからなくなったんでしょうか?」セオドシアは訊いた。

「そこがまた謎なんですよ」ピーターが言った。「一説によると、どこかの壁に埋めこまれたのだとか。場所はおそらく、黒ひげが小さなコテージを所有していたフォリー・アイランドとされています」

「そのコテージは現存していますか?」ドレイトンが訊いた。

「一世紀半ほど前に壊れました」マンシー教授が答えた。「非常に大きなハリケーンで飛ばされたのです」

「べつの説もあるんです」ピーターが言った。「複数の史料で言及されていて、ぼくとしてはこっちの説を買いますね。問題の暗号石は、その昔チャールストンにあった製本屋のドアストッパーになったというんです」

「おもしろいわ」セオドシアは言った。「探した人はいるの? その製本屋の場所を?」

「いますとも」マンシー教授は言った。「しかし、発見にはいたらなかった。製本屋も暗号石も」

「お話しいただいた伝説と言い伝えはとても興味深いものですが」とドレイトン。「どこまで信じていいものやら」

しかしセオドシアはまだ、知ったばかりの情報について考えていた。伝説とは往々にして、何十年という歳月をただよってきた歴史の断片にもとづいている。だから、なにかがひそんでいるかもしれない。あくまで〝かもしれない〟ではあるけれど。彼女はマンシー教授のほうに首をめぐらせた。「先生ご自身は、その財宝を探してみたことはおありですか？」

教授は両手を打ち合わせ、すぐに離した。大事なものが永遠に失われてしまったというように。「ミス・ブラウニング」彼はぜいぜいとかすれ声で言った。「手がかりさえあれば、いますぐにでも探しに出かけますよ」

しばらくのあいだ、四人は沈黙に包まれながらすわっていた。窓から射しこむ午後遅くの陽光のなかで埃がゆっくりと舞っている。セオドシアは鋭く息を吸うと、口をひらいた。「財宝の手がかりは三つあるという話でしたね。残りのひとつはなんですか？」

「黒ひげが乗っていた船です」ピーターが答えた。「アン女王の復讐号という名の。ノース・カロライナ州にあるボーフォート入江の沿岸で発見されています。すでに青銅の鐘、真鍮のラッパ銃、白鑞《ピューター》製品、それに大砲が引きあげられました。現在は錨と船体を引きあげる大がかりな作戦が計画されています」

「たまげたな」ドレイトンは突然、伝説を信じているような顔になった。「二百年以上が経過したいまになって、黒ひげの船を引きあげようというのかね？」

「そうできればいいということです」とピーター。「ハンリーの例でわかるように、海洋考古学は博奕《ばくち》の要素がありますから」

セオドシアはうなずいた。ハンリーとは南北戦争時代の潜水艦で、一九九五年に沈没場所が特定された。チャールストン市は二〇〇四年になってようやく、長年にわたり海で行方がわからなくなっていた八人の乗組員のための葬儀を執りおこなった。南軍のレプリカ軍服に身を包んだ男たちと馬に引かれたりっぱな棺《ひつぎ》による厳《おごそ》かな葬列を、セオドシアはよく覚えている。

「少しはお役に立てたのならいいのですが」マンシー教授は苦労して立ちあがった。膝が軽くポキッと鳴り、そのおかしな合図で会合は終了とあいなった。

「驚くほどたくさんの情報がいただけました」セオドシアは言った。「期待していた以上です」

「しかし、気の毒な若者が殺された事件を解決に導くものはひとつもありません」マンシー教授は言った。「ティモシー・ネヴィルの髑髏杯を取り返す手がかりも」

「たしかに」ドレイトンは言った。「しかし、少なくとも、帰ってティモシーに最善をつくしたと言うことはできます」

「もしもなにか思いついたら……」セオドシアはマンシー教授に名刺を渡した。

教授はうなずいた。「ピーターに研究室のファイルを調べさせます。ほかにもなにかデータが出てくるかもしれません」

「まかせてください」ピーターが言った。

「どんなことでも結構です。ささいなことでもかまいません」

「きみはどう思った？」

ドレイトンが訊いた。ふたりはセオドシアが運転するジープで街を突っ切り、ヘリテッジ協会とティモシーとの夕方の約束を目指していた。

「理解しなきゃいけないことが多すぎるわ」セオドシアは答えた。

約束に遅れそうだった。セオドシアはほかの運転手に急ブレーキを踏ませることも、目につく人をことごとく敵にまわすこともなく、ボーフェイン・ストリートの渋滞をたくみなハンドルさばきでかわしていった。古くさい良識と正義感にこだわりながらも、マナーと攻めの運転の双方が両立する妥協点はあると思っている。

「マンシー教授の話はすべてでたらめかもしれんぞ」

ドレイトンは窓の外に目をやった。風にそよぐパルメットヤシの並木が、真っ白な窓枠のついた赤い煉瓦の建物を背に、女王の衛兵のように立っている。

「その可能性は高い」

「そうね。でも、本当かもしれない」

「判断に迷っているのかね？」ドレイトンは訊いた。「まだどちらとも言えないと？」

「要するにね、さっきの伝説やら言い伝えやらを信じるとすると、暗号だとか歴史的事実という要素が集まってそれが……なんて言ったらいいのかしら？　ひとつづきの証拠？」

ドレイトンは唇を尖らせ、ネイビーブルーのジャケットについた綿くずをつまんだ。

「なにが言いたいのだね？」

「わかりやすく言うわ。髑髏杯が財宝につながってるなら、財宝はおそらく犯人につながってるってことと」

「財宝なんてものが存在しなかったらどうなるのだね？」

「宝が実際にあるかないかは関係ない。肝腎《かんじん》なのは、犯人が財宝の存在を信じてるってこと。だから、なんのためらいもなく殺したのよ」

「頭蓋骨にぞっこんのいかれたマニアでなければな」

「その可能性もあるけどね」


オフィスに着いてみると、ティモシー・ネヴィルはひとりではなかった。年配の、それも少なくともティモシーと同じか年上の紳士が高い背もたれの革椅子にちんまりとすわり、広々とした黒檀のデスクをはさんでティモシーと向かい合っていた。

「来たか」ティモシーはセオドシアとドレイトンの到着を確認した印に頭を傾けた。「ようやっと」

「いまさっきまで、たいへん興味深い会合をしていたもので」ドレイトンが言った。

「ああ、わかっておる」ティモシーはじれったそうに言った。「だが、紹介が先だ。きみたちに引き合わせたい人がいる」

セオドシアは霊感があるわけではない。星占いやタロット占い、ラッキーナンバーもとりたてて信じていない。しかし大脳辺縁系の奥の直感をつかさどる領域でぱっとひらめくものがあり、即座にティモシーの客人の正体がわかった。

「プルーエットさんですね」セオドシアは年配の紳士に手を差し出した。

「どうしてわかった？」ティモシーがかすれた声を出した。喜んでいるのか腹をたてているのかわからなかった。おそらく後者だろう。

「当てずっぽうです」

老いたプルーエットは小さな手でセオドシアの手を包みこみ、弱々しく振り動かした。

「はじめまして。ミス……」

「彼女がセオドシアだ」ティモシーがぶっきらぼうに言った。「さっき、話したろう。日曜の晩、彼女だけがあわてず騒がず助けに駆けつけた」

「よろしく」老人は言った。

「シドニー・プルーエットさんでいらっしゃいますよね？」セオドシアは言った。まだティモシーからきちんと紹介されていないが、この男性が四十年ほど前に例の髑髏杯を寄贈した人物であるのはほぼ確実だ。

「ええ、そのとおりです」プルーエットは言うと、セオドシアのうしろに目を向けた。「そちらがドレイトンさんですね。いろいろと噂は聞いております」

「どうぞよろしく」ドレイトンは靴のかかとを音高く合わせ、フェンシングの指導者のようなお辞儀をするいきおいで言った。

「ふたりとも、椅子を持ってきてかけたまえ」ティモシーが命じた。「ちょうどいま、行方不明の髑髏杯について話していたところだ」

「そうだと思いました」セオドシアは言った。

「こんなことを申しあげると変に思われるかもしれないが」全員がデスクを囲むようにすわると、プルーエットが口火を切った。「わたしが寄贈したせいで、ヘリテッジ協会に悪運をもたらすのではないかと危惧《きぐ》しております」

「なぜそのようにお考えになるのですか？」セオドシアは尋ねた。まだ、悪運がもたらされていないような言い方だわ。ロブ・コマーズがあんなことになったというのに。

ティモシー・ネヴィルもプルーエットの発言に驚いていた。小さくてやせた頭をかしげ、答えを待った。

プルーエットは急におどおどしはじめた。舌をさっと出して唇を舐め、どうしようかと悩んでいる様子を見せた。やがて覚悟を決めたように言った。

「実はですね、あの不気味な髑髏杯のせいで、祖父は悪運つづきだったのです。百年以上も昔のことですが」

「髑髏杯がお祖父様の手にわたってから、長い時が経過している」ドレイトンが言った。

「いろいろと伝説が生まれもしたでしょう」彼は少しためらった。「幽霊話のたぐいの伝説

「が」

「ですが」とプルーエット。「髑髏杯を手に入れた直後、祖父はすべての投資金と所有地を失ったのです」

「お祖父様が髑髏杯を手に入れた経緯はご存じですか？」セオドシアは訊いた。

「わかりません。祖父のことですから、ポーカーの戦利品ではないかと。破天荒《はてんこう》な人でしたので」

「でも信じてらっしゃるんですね。というかずっと信じてらしたんでしょう？　髑髏杯は本物で、黒ひげの頭蓋骨から作られたと」

「ええ、もちろん」

「わかりました。では、黒ひげの右腕だった人物が膨大な財宝を埋め、その場所のヒントが髑髏杯の底に刻まれていたことも信じておいでなのですね？」

「そう考えたことはありません。たしかになにか彫られてはいたが、財宝があるという話は初耳です。だいいち、あれが財宝のありかをしめしているなら、祖父がとっとと探したはずです」プルーエットは小さく笑った。「とっとと掘ったはずです」

「ですが、黒ひげの物語にとって財宝は欠かせません」セオドシアは言った。「黒ひげの船、髑髏杯、それに暗号石に手がかりがあるとされているんです」

「待ちたまえ」

ティモシーがキツネにつままれたような顔をした。

「その話はどこで聞きおよんだのだ？　いま初めて聞いたぞ、船だとか……いまなんと言ったんだったか……暗号石などというものは」

セオドシアとドレイトンは、マンシー教授と大学院生のピーター・グレイスとの会談について手短に報告し、あらたに得た情報を説明した。

「たまげたな」ティモシーはつぶやいた。「生まれてこのかた、ずっとこの地に住んでいるが、そんな途方もない話は聞いたことがない」

プルーエットはかぶりを振った。「わたしが知っているのは、髑髏杯に彫り物があるということだけです。どんな意味があるかは知りませんでした」

「マンシー教授はたいした知識の泉だな」ティモシーが言った。

「実に残念だ。なにが刻まれていたか、誰も確認していないとは」ドレイトンは顔をしかめ、頰をかいた。「いや、確認した者がいるかもしれんな」

そのひとことでセオドシアの好奇心が刺激された。

「すごくいい質問だわ。誰か底を確認した？」

まったくもう、なんでもっと早く質問することを思いつかなかったの？

ティモシーはぞんざいに肩をすくめた。「わたしは確認しておらん」

「でも、ひとりくらいは確認した人がいるはずでしょう？」その思いつきにセオドシアの血が騒ぎはじめた。「誰が髑髏杯にさわったかわかります？　誰が展示したんですか？」

「うちの学芸員のジョージ・メドウだ」ティモシーが答えた。

「その人を呼んでもらえますか？」

「あいにくと、いまこうして話してるあいだにも、ジョージはヒマラヤ山脈でのトレッキング・ツアーに向かっておる」

「でしたら、ほかに誰かいないでしょうか？」

「カミラが手伝っていた」ティモシーは言った。「シルバーの表面がくすんでいるとか言って、きれいに磨きあげたのをはっきり覚えている」

「助かった」ドレイトンが言った。「カミラから話を聞こう。彼女なら底面の文字を読んでいるかもしれん」

「彼女はまだ入院中だぞ」ティモシーがたしなめた。

「それでもコンタクトを取らなくては。大事なことだ。まさに生死に関わる大問題なんだ」

「電話していきなり質問を浴びせるわけにはいかないわ」セオドシアは言った。「そんなことをしたらきっと……怯えてしまうもの。まだ心の傷が癒えていない段階では、殺人や襲撃の話は衝撃が大きすぎると思うの」そこでいったん口をつぐんだ。「神経にもよくないわ」

「たしかきょう遅くに退院するはずだ」ティモシーはそう言うと、腕時計に目をやり、もうこんな時間かと驚いた顔をした。「ちょうどいま頃だろう」

「明日の葬儀に参列するのかもしれんな」ドレイトンが言った。

「お葬式」セオドシアはつぶやいた。「そうだわ、わたしたちも参列しなきゃ」

「もっとも、カミラが覚えているかどうかはなんとも言えんぞ」とドレイトン。「ひどく殴られたのだからね」

ティモシーの広々としたオフィスに沈黙が落ちた。明るさを抑えた照明がオリエンタル・カーペットやマホガニー材の書棚を照らすなか、四人は古い時計の針の音を聞きながら考えをめぐらせていた。

ついに、セオドシアの頭上で見えない電球がぱっと点灯した。「ひらめいた！」すばらしい思いつきをね、と心のなかでつけ足した。水も漏らさぬ思いつきだわ。

「なんだね？」ドレイトンが訊いた。

「髑髏杯そのもので確認すればいいのよ」セオドシアは言った。

「ばかばかしい、なにを言い出す？」ティモシーが切りつけるように言った。「髑髏杯は行方がわからないのだぞ！　ひとりでに舞い戻ってくるわけがなかろう」

しかしセオドシアの顔にゆっくりと笑みが広がった。

「先週の《ポスト&クーリア》紙に写真と記事が出てたじゃありませんか。あの記事を書いた記者に連絡を取るんです。ニック・ヴァン・ビューレンに」

「なるほど」とドレイトン。「セオの言うとおりだ」

「カメラマンとも話をしなきゃね」とセオドシアは言った。「だって、もしかしたら、あくまでもしかしたらの話だけど、髑髏杯の底の写真も撮ってるかもしれないでしょ！」

14

「ニック・ヴァン・ビューレンさんにお会いしたいのですが」

セオドシアは受付係に伝えた。大急ぎで駆けつけたせいで少し息が切れ、かなり気持ちがあせっていた。なにしろ二時間後にはシルクのブラウスとロングスカートに着替え、愛想がよくて魅力的な新人マイホームオーナーの役をつとめなくてはならないのだ。指を交差させ、万にひとつの望みをかけた。頼りになるヘイリーと心やさしいミス・ディンプルが前菜をすべて新居まで運び入れてオーブンで温め、ワイングラスだの小皿だのを準備していてくれますようにと。できることなら、へそを曲げているにちがいないアール・グレイの面倒も見ていてくれますように。

「こちらに記入をお願いします」

受付係は細かく縮《ちぢ》れた灰色の髪に、質素な黒いパンツスーツ姿の年配女性だった。彼女は顔をあげてセオドシアたちを見ることもせず、カウンターごしにペンを滑らせ、つづいて昔の帳簿にちょっと似ている大きなノートを寄越した。

「お名前、所属先、受付時刻を」

セオドシアは記入し、ドレイトンにペンをまわした。それがすむと、来客用のパスを渡されて服に着け、受付係がニック・ヴァン・ビューレンに電話し、おりてきてふたりを上の編集室に案内するよう伝えるあいだ、ロビーで待たされた。ここに来る途中でヴァン・ビューレンに電話したところ、相手は会うことをこころよく承諾した。もちろん、親切心からでないことくらい、セオドシアにもわかっている。ヴァン・ビューレンが会ってくれるのは、大型の猟犬ブルーティック・クーンハウンドが生きた獲物のにおいを嗅ぎつけるがごとく、おいしい話のつづきが聞けると期待してのことだ。

しかし、ヴァン・ビューレンはちゃんと約束を守った。二分とたたずにふたりの前に現われ、三階にある記者部屋の一角へとせかせか案内した。すわり心地の悪いディレクターズチェアに腰をおろし、三組の膝がくっつきそうな状態でセオドシアは尋ねた。

「写真は手に入りました?」

ヴァン・ビューレンは少し間をおいてから答えた。「ええ。まあ」

「ないんじゃないか。思ったとおりだ」ドレイトンは両手をあげた。「また空振りだ」

セオドシアは落ち着いてというように片手をあげた。

「この人の説明を聞きましょうよ、ドレイトン」

「おふたりに写真を見せるなら」とヴァン・ビューレンは切り出した。「そちらで握っている情報を教えてくれる確証がほしいですね。髑髏杯と、あなたが言う財宝とやらに関する情報すべてです」

「わかってる」セオドシアは言った。「わたしに異存はないわ」彼女は足を横に滑らせ、ドレイトンの足をつついた。「ふたりとも異存はないわ」

「そういうことだ」とドレイトン。

「わかりました」ヴァン・ビューレンは椅子の背にもたれ、肩の力を抜いた。「なら、けっこうです」

「それで写真は……?」ドレイトンが尋ねた。

「新聞にのせなかった写真はカメラマンが持っています」ヴァン・ビューレンは言った。

「ソニー・ウィックスというフリーの男です」

「何枚あるの?」セオドシアは訊いた。

「十五枚か、もしかしたら二十枚くらいでしょう」とヴァン・ビューレン。

「髑髏杯の底を写したものもある?」セオドシアは訊いた。なんと言っても、大事なのはそれだ。大騒ぎしてここまでやってきた理由はそれなのだ。

「カメラマンは、あると言っています。とにかく、ソニーにはぼくからもう話してあります。彼からJPEG画像をメールで送らせます。それがいちばんいいということになりまして」

「JPEG画像」ドレイトンがぽつりと言った。「写真のことかね?」

セオドシアはうなずいた。「いつ送ってもらえる?」

「今夜じゃないですかね」ヴァン・ビューレンは言った。「遅くとも明日には」

セオドシアはバッグに手を入れ、名刺を一枚出した。それを指でもてあそんでから、ヴァン・ビューレンに差し出した。

「今夜は自宅に、明日は朝早くからティーショップのほうにいるわ。番号は全部、その名刺に書いてある」

「明日の朝いちばんに電話します」ヴァン・ビューレンは言った。「今後の戦略を練りましょう」

「暗号石の件は持ち出さなかったんだな」ビルから充分離れたところでドレイトンが言った。

「いまのところはね」セオドシアは答えた。

「わたしたちだけの秘密というわけだ」

「そうしたいのはやまやまだけど」とセオドシア。「暗号石の存在はすぐ広まるような気がする。だって考えてもみて。マンシー教授とピーター・グレイスは知ってるんだし、ティモシー・ネヴィルとシドニー・プルーエットも同様よ。明日にはヴァン・ビューレンも仲間入りさせることになるでしょうね」

「となるとこいつはレースだな。一種の競争だ」ドレイトンはジープに乗りこんだ。「誰がいちばんになにを発見するのか」

「いつものことだわ」

セオドシアは車に乗りこんでドアを閉め、エンジンをかけた。野太くて、かなり騒々しいブルンブルンという音がうしろのマフラーからとどろいた。

「いつになったら新しいのを買うのだね？」ドレイトンは訊いた。

セオドシアは彼をぽかんと見つめた。「買い換える気なんかないけど？」

ドレイトンの片方の眉がくいっとあがって弧《こ》の形になり、小刻みに震えた。

「このジープが気に入ってるの。これ以外の車じゃ、野生のタンポポの葉やハーブやアミガサタケを摘みに低地地方《ロー・カントリー》まで行けないでしょ」

「数年前、ポンコツ車を買い換える者に現金を支給する制度があったろう？　あれが復活するかもしれないぞ」ドレイトンはつぶやきながら、シートベルトを引き出して締めた。

「その話は聞いてる。でもまだこれに乗りつづけるわ」

セオドシアはギアを入れ、リバーズ・ロードの車の流れに乗った。

「念のため訊くけど、暗号石について思いついたことはある？」

「たとえば？」

「そうねえ、いまもチャールストン近辺にあると思う？」

「さあ」

「いいから、考えてみて。暗号石が昔の製本屋さんでドアストッパーとして使われてたなら、その製本屋さんはいまどうなってるのか。それについて考えたことはない？」

「とくにないな」ドレイトンは言った。「だが、少しばかり調べることはやぶさかでない」

「その調子よ」

自分の熱意でドレイトンのやる気に少しでも火がつけばと思いながら、セオドシアは言った。

「だって、あなたは根っからの本好きで歴史にくわしいもの。だったら、暗号石がどこに消えたか考えてみてくれない？　骨董商が買い取ったのか。いま頃はどこかの裏庭の石になってるのか。でなければ、もっと想像の翼を広げて、古い建物の礎石になっているとか」

「どれもいい仮説だ」

「まだあるの」

「なんだね？」

「わたしたちが暗号石を探しているということは、犯人も探してるんじゃない？」

ヘイリーとミス・ディンプルの頭上に神の恵みが雨あられと降り注ぎますようにと、セオドシアは願わずにいられなかった。予想よりもだいぶ遅れて帰宅してみると、ふたりはまるでこの家の持ち主みたいにせかせかと動きまわっていた。ヘイリーはせっせとクッションをふくらませ、ワイングラスをぴっちりときれいに並べ、小皿をハイボーイ型チェストに積みあげていた。ミス・ディンプルは鼻歌を歌いながら、入口にモップをかけていた。

「もう感謝の言葉もないわ！」

セオドシアは居間の真ん中で、スエードのジャケットとホーボーバッグを落とした。

「まずはそれを拾って、ちゃんとしまってきて」ヘイリーがジャケットとバッグを指差した。彼女は超がつくほどの片づけ魔だ。神経質で口うるさく、セオドシアの新居を今夜のパーティ用にしつらえるにはうってつけの人物と言えよう。

ミス・ディンプルが、声をかけようとちょこまかした足取りで近づいてきた。七十を越えたぽっちゃり体型の彼女は、インディゴ・ティーショップのフリーの帳簿係で、いざというときにはウェイトレスにも変身する、守備範囲の広いマルチプレーヤーだ。

「お手伝いできて楽しかったですよ」

ミス・ディンプルはつま先立ちになって、母親のようにセオドシアをぎゅっと抱き締めた。

「人から必要とされるのはうれしいですからね」

「あなたは必要な人よ」ヘイリーが居間をすばやく見まわしながら言った。「誰がなんと言おうとね」

「料理は全部準備できてるの？」セオドシアは訊いた。

「全部、キッチンに運びこんであるよ」とヘイリー。「だからいつでも始められる状態。開始のベルが鳴る五分前まで待ってから、全部出そうと思ってるんだ」

「開始のベル？」セオドシアは言った。

「言いたいことはわかるでしょ」ヘイリーは壁の絵に駆け寄り、まっすぐに直した。

「でも、あなたもパーティのお客様なのよ」セオドシアはヘイリーの背中に声をかけた。それからミス・ディンプルを振り返ってほほえんだ。「それにあなたもね。パーティが始まってからもふたりを働かせるわけにはいかないわ」

「いいの、いいの」ヘイリーはふたたびまっすぐハイボーイ型チェストに歩いていった。

「あたしたちが働かないと、ちゃんとまわらないんだもの」そこで足をとめて、頭をかいた。

「言ってる意味、わかる?」

「なんとも言えないわ」

「とにかく、いまのその恰好はだめ。あまりにくだけすぎだし、少しよれよれだもの。いますぐ二階にあがって着替えてきなさいよ。多く見積もってもあと二十分しかないんだから」

「ほらほら、急いで」ミス・ディンプルまでもがヘイリーの急げ急げモードに触発されたようだった。「あとのことはわたしたちにまかせてくださいな」

「このお礼はどうしたらいいの?」セオドシアは階段を駆けあがりながら訊いた。

「心配しないで」ヘイリーは大声を出した。「あたしがなにか考えとく!」

二階は三部屋あった。ほどよい広さの寝室は一角が円形に張り出していて、セオドシアはそこをぬくぬくとした読書コーナーにしていた。あとのふた部屋は少し小さめだった。大枚をはたいてジャングルジムのようなアルミの棚とハンガーポールを購入し、小さい部屋のひとつをウォークイン・クロゼットに改装した。いまセオドシアが立っているのはその部屋で、鏡に映った自分の姿を見ながら、この黒いシルクのブラウスは肌が露出しすぎているかしらとか、格子縞のロングスカートはちょっと暑苦しいかしらなどと迷っていた。大丈夫、すてきよ。もういいでしょ。考えすぎちゃだめ。

裸足《はだし》で浴室に入って鳶色の髪をふんわりとさせ、シャネルのピンクサンドのリップグロスを薄く塗った。

これでよし、と。

ううん、まだ完成じゃないわ。靴を決めないと。そうねえ……黒のミュールか、でなければ、デレインの店で買ったブーティがいい？ うん、それにしよう。ブーティならかわいくてしゃれてるから、きっとデレインにも褒めてもらえる。褒められるのはいつだってうれしい。

両手両足をつき、冬用コートが入ったビニール袋の下にもぐりこんでしまったブーティを出そうと奮闘していると、電話が鳴った。ブーティを引っぱり出して立ちあがり、寝室に駆けこんで携帯電話を探し出した。「セオドシアです」すっかり息があがっていた。

電話はパーカーからだった。彼は悪い知らせを告げた。

「今夜は行けなくなった」

「なんですって？ まさか、そんな。本当なの？」

「本当なんだ」とパーカー。「まだ、そっちに戻ってもいない」

「この電話もサヴァナから？」本当なら、遅くともけさにはチャールストンに戻っているはずだった。

「そうなんだ。まだしばらく、こっちにいないといけなくてね。金だとか、きみには信じられないようないろんな問題をめぐってわあわあやってるところなんだ」

「まあ」

セオドシアは整理簞笥《だんす》の上に目をこらした。色とりどりの六個のティーカップに長さのちがうゴールドのチェーン、真珠のネックレス、バングル、イヤリングなどが入れてある。気持ちが沈んでいる理由はふたつあった。ひとつ、せっかくすてきな新居をお披露目しようというのに、パーカーに来てもらえないこと。ふたつ、この二日間というもの、パーカーのことがちらりとも頭に浮かばなかったこと。あの不気味な髑髏杯に関する情報を得ようと、髪を振り乱して駆けずりまわっていたからだ。

だからって……。

「この電話、まだつながってる？」パーカーの声がした。

「来てもらえなくてとても残念だわ」セオドシアは言った。「でも、しかたないわね」

「わかってくれると信じてたよ。きみはそういう人だからね。じゃあ、楽しんで」

「ええ」

「でも、羽目を外《はず》さないように」

パーカーはほがらかな笑い声をあげたが、セオドシアはそこに沈んだ響きを感じ取った気がした。

「あなたにも来てほしかったのに」

セオドシアがそう言ったとき、下でドアベルが鳴った。

15

忘れられない夜になった。親友たちがひとことお祝いを言おうと集まってくれ、すばらしいひとときを過ごすことができた。

おまけに引っ越し祝いも山と積みあがっていた。

「こんなことしてくれなくてもいいのに！」

ピンクの包装紙に包まれ、派手な黄色いリボンのついた大きなプレゼントをデレインから押しつけられ、セオドシアは思わず大きな声を出した。おもしろいことに、包装紙のピンクはデレインが着ているすとんとしたワンショルダーのワンピースと同じ色だった。

「なに言ってんの」デレインは言った。「プレゼントくらいさせてちょうだいよ。マックスもあたしも、あなたの家には最高のものだけを置いてほしいんだもの。そうでしょ、ダーリン？」

デレインはマックスのほうに頭を傾け、キスしてちょうだいと言うように唇を動かした。マックスは従順な恋人よろしく、すばやくチュッと口づけた。

「ねえダーリン、キッチンに行ってきてくれないかしら。シャンパンをもらってきてほしいの」

彼女はそこで指を一本立てた。

「辛口だけど辛口すぎないのじゃなきゃいやよ。あたしの代謝システムは、糖分が多いものは受け付けないんだから」

「ナディーンも来るの？」

セオドシアは訊きながら、わたしだったら男の人をラブラドール・レトリーバーかなにかみたいにこき使う度胸も勇気もないわと心のなかでつぶやいた。

デレインは気取ったふうに手を振り動かし、鋭い目をあちこちにさまよわせ、大勢の客と居間の飾りつけを吟味《ぎんみ》した。

「姉とビル・グラスは五分ほど遅れてくると思うわ。あら、あそこにあるのは新しく買ったものじゃなくて？」

彼女は縁にカットのほどこされたアンティークのベベルミラーを指でしめした。

「前の家で見た記憶がないもの。もっとも、あそこはそんなにスペースがあったわけじゃないしね。それにこのキャリッジハウスほどの魅力もなかったし。この家は本当に魅力にあふれてるわ。よく、手に入れるお金があったわね」

二分後、ドレイトンが到着した。その五分後には、さらに十人ほどがなだれこみ、本格的にパーティが始まった。

ミス・ディンプルは嬉々として出迎え役をこなし、応対に出ては、うやうやしくコートを預かった。黒いミニ丈のひだスカートに黒いタンクトップ、ぱりっとした白いエプロンに着替えたヘイリーは、食前酒をのせたトレイを手に動きまわっている。アール・グレイは、大勢の犬好きが新居を見に来てくれたことがうれしくてたまらないのか、歓談するお客のあいだを無言で歩きまわっていた。

「お茶を持ってきたよ」

ドレイトンがつやつやした黒と金の缶を高くかかげ、軽く振った。

「ポットにお茶を淹れよう。きみの新居に芳醇《ほうじゅん》な香りをただよわせ、アロマテラピーという魔法をかけるためにも」

「なんのお茶？」ヘイリーがトレイを腰のところでささえて声をかけた。

「バランスのいい新しいブレンドだ。セオドシアの新居お披露目ブレンドと名づけてみた」

ドレイトンはお茶をセオドシアの手にぽとりと落とした。

「きみのためにブレンドしたお茶だよ」

「まあ、うれしい」セオドシアは心から喜んで言った。「わたし専用のブレンドなのね？」

「そうとも」うれしそうなセオドシアの反応に、ドレイトンは自分までうれしくなったようだった。

「なにをブレンドしてあるの？」ヘイリーが訊いた。

「中国紅茶をベースにシトラスとショウガを少々きかせてみた」ドレイトンは答えた。

ヘイリーは目を細めた。「それって、チャイナ・ブライトと名づけるはずだったお茶じゃない？」

「その名前だったのは八秒間だけだ」

ドレイトンはヘイリーの両肩をつかんで、くるりと向きを変えさせた。

「いまはもう、セオドシアの新居お披露目ブレンドという名前に変わっている」

「すてき」セオドシアの頬がゆるんだ。言葉では言い表わせないほどうれしかった。

「やっぱり、ずるいと思うけどな」ヘイリーはつぶやきながらその場を離れ、ふたたび食前酒をすすめてまわりはじめた。


「悪くない」

小さなキッチンをながめながらドレイトンが言った。

「手を入れなきゃだめなのよ」

セオドシアはやかんに水を入れながら言った。

「見てわかると思うけど、食器棚はひどいものだし、コンロや家電は絶対に買い換えないと」

「コンロや家電を買い換えるのは造作もなかろう」ドレイトンは言った。「シアーズかホーム・デポに出かけて選べばすむ。隠し持っている金があるなら、ウルフやサブゼロのやつを奮発すればいい」

「いちばんの問題は食器棚ね」セオドシアはみっともない黒い金属の取っ手がついた安っぽい合板を見て、鼻にしわを寄せた。

「たしかに、五〇年代の悪趣味な娯楽室みたいな雰囲気だ」ドレイトンは笑った。「具体的な改装プランはあるのかね？」

「ヘイリーのお友だちに、カロライナマツを再利用してる大工さんがいるんですって。その人にお願いしようと思ってるの。全部、新調するわ。食器棚、調理台、それに裏口や窓枠も」

ドレイトンはうなずいた。「取り壊した納屋から回収するマツを使うのかね？」

「そうみたいよ」セオドシアはやかんをコンロにのせて火をつけた。「とにかく、そういう計画でいくつもり。いまのところはね」

「古きに別れを告げ、新しきを迎えるだな。ところで、友だちのパーカーはどうしたのだね？」

「まだ、サヴァナでレストランをめぐる交渉をしてる。戻ってこられなかったの」

「残念だ」

「お邪魔しますよ」ぶっきらぼうな声がしたかと思うと、自在ドアが内側にいきおいよくあいて悪趣味な食器棚にまともにぶつかった。なかのカップとグラスが衝撃でカタカタ揺れる音が聞こえるほどだった。

「ティドウェル刑事！」

セオドシアは大声をあげた。巨漢の刑事がずかずかとキッチンに入りこんで、ふたりの前に立ちはだかった。

「もう、驚かせないでください！」

「この程度のことで。ヘリテッジ協会に立ち寄ったわたしが、ミスタ・ネヴィルから海賊にまつわる伝説だの言い伝えだのを聞かされたときの驚きを想像してみることですな」

刑事はぎょろりとした目でセオドシアを無表情に見つめた。

「ツリーハウスのなかで『宝島』の胸躍る場面を読んでいた、子ども時代に戻ったようでしたよ」

「正直におっしゃればいいのに」セオドシアは言った。「髑髏杯の底に刻まれた謎の文字のおかげで、ますますおもしろくなったと」

ティドウェル刑事はまばたきひとつせず、セオドシアをじっと見つめた。

「誰にとっておもしろいと？」

「誰にとってもです」セオドシアは答えた。

「もうひとつ教えられたことがありましてね」

ティドウェル刑事はドレイトンにも咎めるような目を向けた。

「おふたりはアーウィン・マンシーとかいう教授と、ひじょうに有益な会話をされたそうですな」

「だったらなんだと言うんです？」ドレイトンは腕を組み、身がまえるような姿勢をとった。

「つまり、またしてもあなたがたが首を突っこんでいるということです！」ティドウェル刑事は吠えるように言った。

「黒ひげだの、やつのいわゆる財宝だのを調べてまわられたら事態を混乱させるだけでなく、さまたげになるんですよ、警察の。もう一度言いますよ。ええ、警察の捜査のさまたげになるんです！」

「首を突っこんでるわけじゃないわ」セオドシアは言った。「わたしたちは有益な情報を見つけ出そうとしている憂慮する市民よ」

「誰にとって有益なのですかな？」ティドウェル刑事は訊いた。沸《わ》かしすぎたやかんのように、沸騰《ふっとう》を通りこして頭から湯気が噴きあがっている。

セオドシアは冷静さを失うまいとした。「それ以外の手がかりについてもティモシーから聞きました？」

「それ以外の手がかりですと？」刑事はカチッと大きな音をたてて口を閉じ、不愉快そうに顔をしかめた。

「チャールストンのどこかに暗号石が転がっていましてね」ドレイトンが横から口を出した。

「それが財宝のありかを具体的にしめしているのですよ。もうひとつ手がかりがあって、それは黒ひげの船のなかだとか」

「アン女王の復讐号よ」セオドシアも加勢した。

「ここは『ギリガン君ＳＯＳ』の撮影現場ですかな？」ティドウェル刑事は雷鳴のような声

をとどろかせた。「財宝を探せば殺人事件が解決すると、おふたりは本気で信じているのですか？」

「そう言われると……」ドレイトンはぼそぼそと言い、自分の靴を見おろした。

「わたしたちは殺人事件を解決しようとしてるわけじゃないわ」セオドシアは説明した。「どう考えてもそれは刑事さんの仕事だもの。わたしたちは、不可解な状況を少しでも明らかにしようとしてるのよ」

「その結果、めちゃくちゃにしているではありませんか」刑事は言った。「ヘリテッジ協会の研修生から話を聞くつもりなのも知っておりますぞ」

「違法なことはなにもしてないでしょ」

セオドシアは言い返し、髑髏杯に刻まれた文字がなんなのか教えてくれるかもしれないJPEG画像のことは、絶対に言うものかと心に決めた。少なくとも、いま、この場では。だって、この人ったら頭から湯気を出さんばかりに怒ってるんだもの。お客さんのくせに。もう、頭に来る！

反対側のドアをひっかくような音がかすかに聞こえた。

「今度はなんだ？」

ティドウェル刑事は怒鳴ると、両手を腰に当て、くるりと向きを変えた。もう少しで食器棚と冷蔵庫のあいだにはさまるところだった。

ドアがきしみながらあき、アール・グレイがまじめくさった茶色い目で刑事を見あげた。

まじろぎもしないそのまなざしはこう言っていた。怖くもなんともないよ。言いたいことなんかないし、刑事さんの愚かな行動にはこれっぽちも興味はないね。

「自分のベッドで横になりたいの？」

セオドシアは愛犬に尋ねた。ふだんは、セオドシアの部屋にある大きくてふかふかの超高級犬用ベッドで眠っている。けれども今夜は、早めに横になっても楽しめるようにと、ベッドをキッチンに持ってきてあった。

アール・グレイは刑事の前を通りすぎ、ドレイトンに軽くなでてもらうと、小さなキッチンテーブルの下に置かれた自分のベッドに歩いていった。

「いい子ね」セオドシアは言った。「さあ、楽にして。そうよ、みんな、もっと楽にいきましょうよ」

チーズたっぷりのブルスケッタとサーモンのタルタルがあるからと、ティドウェル刑事を居間に連れ出したところへ、なんとドゥーガン・グランヴィルがのっそりと現われた。恰幅《かっぷく》のいい体を入口にでんと据え、無言の自信をみなぎらせ、愉快そうな笑みを浮かべて室内を見まわしている。

セオドシアはグランヴィルの登場に驚きながらも、胸をふくらませた。なにしろ、みずからジョリー・ロジャー・クラブの一員と認めた相手だ。いくつか質問してみるのもいい。たとえば……財宝に関する質問とか。

「グランヴィルさんは」ドレイトンの肩を軽く叩いた。「あの人よ」セオドシアはドレイトンの肩を軽く叩いた。「グランヴィルさんは」

「お隣さんのことかね？」ドレイトンは目をぱっと輝かせた。「隣のキングスリー屋敷を所有している海賊マニアの？」

「そう。あの人に暗号石のことを訊いてみようと思うの」

「いいんじゃないのか。訊いてみるだけならなんの害もない。答えはわかり切っている。耳にしたことなどないと言うはずだ」

しかし、およそ三十秒後、グランヴィルをつかまえて訊いたところ、彼は暗号石の存在を知っていたことがわかった。

「ああ、知っている」紹介をすませたのちに暗号石の話題を持ち出すと、グランヴィルは言った。「手がかりが彫ってあるという話だったな」

「それが財宝のありかをしめしているそうですね」セオドシアは言った。

「財宝なんてものがあればの話だ」グランヴィルはむっつりと言った。

「暗号石はいまどこにあると思いますか？」セオドシアは訊いた。

グランヴィルは肩をすくめた。「最後は昔の印刷屋の工房に行き着いたんじゃなかったかな」

「製本屋では？」ドレイトンが言った。

「どっちでも同じだ」グランヴィルは言った。

「おうかがいしたいのは」とセオドシア。「印刷屋だか製本屋だかのあと、どこかに現われたという噂をご存じないかということなんです」

「聞いたおぼえはない。だが、わたしの意見を言わせてもらえば、おそらくはそこらへんの店か屋敷の土台に使われてるだろうよ」

グランヴィルは上着のポケットに手を突っこんで、ごそごそかきまわした。

「もちろん、あくまで参考意見だ」

「マグノリアの茂みにもぐりこんで、土台を片っ端から調べるわけにはいきませんな」ドレイトンがひきつった笑い声をあげた。

グランヴィルは細くて上品な葉巻を一本出した。

「このご時世だ、そんなことをしたら逮捕されかねない」

彼は含み笑いすると、重心をかかとにあずけて葉巻をくわえた。

「この家は禁煙です」セオドシアは言った。

「ほう？」グランヴィルはくわえていた葉巻をはずし、指でくるくるまわした。

「外で吸えと？」

「お吸いになりたければ」とセオドシア。

グランヴィルはかぶりを振った。「なるほど。近頃じゃどこへ行っても吸うなと言われる」彼はデレインがいるほうに葉巻を突き出した。「あそこにいる女は誰だ？ ホットピンクのワンピースを着たべっぴんさんは？」

「わたしの友人で、〈コットン・ダック〉というブティックを経営しているデレイン・ディッシュです。お店の名前はご存じでしょう?」

「いや、知らない。だが、しゃれた感じの女だな」

セオドシアは、爬虫類のようにゆっくりとまばたきをした。「え、ええ、そうですね」

「あの男は弁護士と聞いていたが?」グランヴィルが猛スピードでふたりの前から消え、デレインめがけて突進していくと、ドレイトンが訊いた。

「変わった人だわ」セオドシアは小さく体を震わせた。「あんな人をお抱え弁護士にしようと思う?」

「わたしならひもでつないでおきたいところだ」ドレイトンは言った。「だが、デレインとは気が合うかもしれんぞ。男と女の関係や魅力は理屈では説明がつかないものだ。フェロモンやらなにやらが関係してくるからな」

しかし、あらたにまたひと組の客が到着し、セオドシアはそっちに気を取られることになった。

「セオドシア!」

ナディーンが大声をあげながら、ビル・グラスをぐいぐいと引っぱってくる。

「本当にすてきなパーティですこと! おうちもとってもすてき!」

「ありがとう」セオドシアは言った。「来てもらえてうれしいわ」

グラスがニコンのカメラを持ちあげ、セオドシアとドレイトンにまっすぐ向けた。それから細めた目でふたりを見やった。「もうちょっとくっついてくれ」

「写真を撮るつもりかね？」ドレイトンは呆気にとられた。

「そうとも」グラスはまだ目を細めている。「補足記事で使うんだ。《シューティング・スター》紙記者、新居お披露目パーティに出席ってな。ふむ、なかなかいい響きじゃないか。おまえはどう思う？」

ナディーンは熱心にうなずいた。「きっとすばらしい記事になるわよ、ビル」

「ねえ」セオドシアは片手をあげた。「きょうのパーティを記事にするのは困るわ」赤の他人に家のなかを見られるなんてごめんだもの。

グラスは意外そうな顔をした。

「困るだと？　本気かよ！　普通は、おれのところの新聞に写真をのせるためならなんでもするもんだがな。ほんのちょっとでいいから有名人気分を味わいたいと、頭をさげてくるんだぜ」

「写真なら明日の夜に撮ってはどうだね？」ドレイトンが提案した。

グラスはカメラをおろした。「どういう意味だ？　明日の夜になにがある？　もっとおいしいパーティか？　セレブ揃いのパーティか？」

「うちの店でお茶とチーズのテイスティングを開催するのよ」セオドシアは言った。「インディゴ・ティーショップも食とワインの祭典に参加してるから」

グラスは含み笑いを洩らした。「ワインとチーズじゃないのかよ？」

「いや、お茶とチーズだ」ドレイトンが言ったが、グラスはすでにどうでもいいとばかりに、あたりをきょろきょろしはじめた。

「それはともかく」セオドシアはグラスの関心を惹こうとして言った。「食とワインの祭典としてはちょっとした記事でも歓迎するわ」

突然、グラスがぎょっとして目を剝いた。

「あのでぶ刑事がいる！　ナディーンをしつこくいたぶってる野郎だ！」

「ティドウエル刑事よ」セオドシアは言った。困ったわ、まさかここで角突き合わせるつもりじゃないでしょうね？

「もう、あんな男、大嫌い！」ナディーンは歯を剝き出さんばかりに言った。するとグラスは猛然とティドウェル刑事に近づいていった。

ここで角突き合わせるつもりみたい。まいったわ。

「もう満足したんだろうな」グラスは大きくて耳障りな声で、ティドウェル刑事に言い放った。

刑事は大きな頭をかしげ、見下すような目をグラスに向けた。上唇の一部がばかにしたようにめくれた。

「わたしに言っているのですかな？」

フライパンで熱く焼けているベーコンさえも一瞬で凍らせる声だった。

「二度とおれの女にまとわりつくな」

グラスはすごもうとしたが、実際には落ち着きのない顔になるだけだった。どう終わらせるかわからないまま、ことを始めてしまったのだ。

「法の番人たるわたしを脅すつもりですか？」

ティドウェル刑事は軽蔑《けいべつ》の念もあらわに言った。

「でしたら、話は簡単です」

彼は上着に手を入れると、サイレンを鳴らしたパトカーを何台も呼び寄せるぞという顔で、携帯電話を出した。

刑事の肉づきのいい指が送信ボタンにかかったとき、ドゥーガン・グランヴィルが例のいやみったらしい態度で割って入った。

「葉巻でもどうだね？」

そう言うと、答えを待たずに刑事のあいている手に細い葉巻を押しつけた。

「コイーバだ。フィデル・カストロのお気に入り銘柄のひとつだよ」

ティドウェル刑事は目を白黒させながら、しばらく葉巻をじっと見つめていたが、やがて口をひらいた。

「いまのは本当ですかな？」

「バハマのフリーポート経由、あるいはケベック州モントリオール経由で入ってくる」グランヴィルは意味ありげなにたにた笑いを洩らした。「だが、アルコール・煙草・火器局には内緒にしていてもらいたい」

意外にも、ティドウェル刑事は興味を持ったようだ。「ためしてみるのも悪くなさそうだ」彼は言うと、本物の葉巻愛好家のように、親指と人差し指で葉巻を転がした。いましがたビル・グラスにとげとげしい言葉を放ったことなど、すっかり忘れたみたいに。

それまでひとことも発さず、用心深い猫のように様子をうかがっていたデレイシが、突然、前に進み出てグランヴィルに言った。

「レディにも葉巻をすすめていただけないこと？」

グランヴィルは顔をくしゃくしゃにして笑った。

「きみのためなら喜んで」

「あんな形でもやっかいな状況を解消できるとはね」マックスがぽつりとつぶやいた。

「おまけにみんないなくなってくれたし」セオドシアは彼のほうに向き直り、笑ってみせた。

「パーティ・ドリンクを持ってないじゃないの」

「パーティは苦手で」マックスは言った。「というより飲むのが」

「ワインもだめなの？　シャンパンは？」どっちも大量に用意してあった。

マックスは肩をすくめた。「アルコールはあまり好きじゃないから」

「じゃあ……べつの飲み物はどう？」

「たとえば？」

「お茶とか？」

「油でべとべとした地元の中華料理屋で鶏と野菜の炒め物を食べるときに、烏龍茶を飲むことはある」

「でも、レストランのお茶は必ずしもおいしいわけでも新鮮なわけでもないわ」セオドシアは言った。「たいていはティーバッグを使ってるし」

「ティーバッグじゃだめなのかい？」マックスは訊いた。

「あれは普通、茶葉を処理して箱詰めしたあとの残りで作ってるの。細かい葉や茎なんかでね。最高級のお茶をなにか淹れましょうか？」セオドシアは言った。

「いいね」とマックス。「なんでも歓迎だ」

窓から外を見やると、三本の葉巻の先端が赤く光っている。

「じゃ、用意してくる。すぐ戻るわ」

セオドシアはくるりと向きを変え、キッチンに通じるドアを押しあけ、なかに入った。

「すてきなキッチンだ」マックスがあとからついてきて言った。

セオドシアはびっくりして振り返った。マックスがこんなにすぐうしろをついてきているとは思ってもいなかった。

「リビングに戻って歓談してて。お茶は持っていくから。一分とかからないわ」

「いいんだ」とマックス。「ここにいると落ち着く。落ち着くし、静かだ」

落ち着くし、おもしろいんでしょ。デレインが葉巻に飽きて、ふらりと入ってきたらと思うと、ちょっと危険でもある。

「ところで」セオドシアはやかんが沸くのを待ちながら言った。「ギブズ美術館の新しい広報部長に就任したということは、ジャーナリズムかマスコミ学で学位を取ったんでしょう？」

マックスは首を左右に振った。「それがちがうんだ。博物館学を専攻していた」

「うそでしょ。大学はどちらへ？」

「湾岸戦争から帰還してすぐ、ニューヨーク大学でギリシア芸術とジャーナリズムのふたつを学んだ。そのあと、シカゴ大学で博物館学の修士号を取ったんだ」

セオドシアは頭のなかで計算をした。マックスは思っていたよりも年上らしい。

「それじゃ、ほかの美術館でも働いていたの？」

やかんをじっと見つめた。まったく変化がないように見える。コトコトという音もしないし、あぶくのひとつも出てこない。もっともそのかわり、セオドシア自身がそわそわしていた。狭苦しいキッチンで、魅力たっぷりの男性とふたりきりだなんて。

「何カ所かに勤めたよ」マックスは言った。「ワシントン州では発掘の仕事を受注していたし、ボストン近郊でしばらく緊急発掘調査に従事してたこともある。サンフランシスコのデ・ヤング美術館では広報やイベントの立案にたずさわっていた」

「多方面にわたって活躍してきたのね」

セオドシアはブラウン・ベティのティーポットにお茶を量り入れながらも、マックスがじりじりと近づいてくるのを痛いほど感じていた。

「何事も広く浅くなんだ」とマックス。

「ルネサンス時代の万能教養人みたい。こんな時代には、そういう人がもっとたくさん必要だわ」

マックスはセオドシアにほほえんだ。

「ギブズ美術館も食とワインの祭典に参加しているの？」セオドシアは訊いた。これもまたあたりさわりのない話題で、この場でどうにかひねり出したものだ。

マックスは顔をぐっと近づけた。

「参加はしてないが、食部門の参加店をいくつかのぞきたいとは思ってる。どこかお薦めはあるかな？」

セオドシアの口からバターのように言葉がなめらかに滑り出た。「明日の夜、うちの店でチーズとお茶のテイスティングを開催するの」言ったそばから、軽い気持ちで招待したのを後悔した。

しかし、マックスはそれ相応の興味をしめした。「おもしろそうだ」

足の爪が布地を引っかく音が聞こえたかと思うと、アール・グレイが犬用ベッドで起きあがり、仮のねぐらから出てきた。彼はものうげにのびをし、鼻の頭からしっぽの先まで全身をぶるっと震わせた。

「わたしの犬よ」セオドシアは言った。「アール・グレイというの」

アール・グレイはしっぽを振ってカツカツ足音をさせながら、タイルの床をマックスがいるほうに向かってゆっくりと進んだ。数インチ手前まで来ると、マックスを食い入るように見つめた。それからとてもゆっくりと、鼻づらをマックスの手に押しつけた。

「あなたのことが好きみたい」セオドシアは言った。

マックスはアール・グレイの鼻づらを手でそっと包みこむと、もう片方の手をのばしてセオドシアを引き寄せた。彼は背が高くて力強く、スパイシーな香りがした。されるがままになるしかなかった。

「ぼくはきみが好きだ」

彼の熱い吐息が喉をくすぐった。唇が喉を探りあて、ゆっくりと這いあがっていく。セオドシアは思わず息をのんだ。唇は彼女の唇から一ミリのところでしばしためらっていたが、やがていつくしむように重なった。

セオドシアはマックスの肩に手を置き、押しやろうとした。だめ、こんなことはしちゃいけない……。

しかしマックスはびくともせず、キスはつづいた。激しく情熱的なものになるにつれて、セオドシアの膝から下の力が抜け、昔の淑女のように、いまにも気を失いそうになった。

それを境にセオドシアはあらがうのをやめた。マックスの上着の襟《えり》をつかむと、力いっぱい彼を引き寄せた。

16

ジャスミン墓地は言いようのない美しさとかぎりない悲しみをたたえた場所だ。いく房もの灰緑色のスパニッシュ・モスをまとった風情あるオークの木が、二百年以上もの昔からある墓のあいだに、衛兵のように立っている。低くなったところにある小さな池が木漏《こも》れ日を受けてゆらめいている。なだらかな斜面に広がる古い墓地には、一平方メートルに一基の割合で彫像や墓、祈念碑や霊廟《れいびょう》が並んでいる。ここでは英雄である准将と一般市民とが隣り合って埋葬されてきた。ジャスミン墓地は、あの世へ旅立った人たちを平等にあつかう場所なのだ。

セオドシアとドレイトンが墓地に到着したのは、ロブ・コマーズの葬儀が始まる十分ほど前だった。守衛所に寄って目的の区画を確認すると、かなり大規模な墓前葬会場にたどり着き、黒くて安定の悪い金属製の折りたたみ椅子の最後列にすわらされた。

「落ち着かんな」安定の悪い椅子におそるおそる腰をおろしながら、ドレイトンがつぶやいた。

彼が言っているのは椅子のことなのか墓前葬のことなのか、セオドシアにはわからなかった。いずれにしても、彼の言うとおりだ。ふたりともロブ・コマーズの親しい友人というわけではない。それどころか、故人に会ったのはたったの一度、それも、彼が殺される直前、わずか五分ほど前のことだ。それがものの数に入るかわからないが、ふたりがこうして参列している理由になればと思う。

ドレイトンがあぶなっかしく椅子に腰かける横で、セオドシアはスカートのすそを気にし、濡れた芝生でせっかくのブルーノマリの靴がだめにならないかと気を揉んでいた。やがて、彼女の頭は昨夜のことに戻っていった。

新居お披露目パーティはもちろん、満足のいくものだった。友だち全員（なかにはたいして親しくない人も交じっていたが）が顔を出し、すてきな新居を褒めてくれた。

キッチンで唇を奪われたことは？　忘れようにも忘れられない。

当然のことながら、いちばんの問題はデレインだ。

ううん、そうじゃない。もうひとつ問題がある。パーカー・スカリーだ。

というのも、本当に本当に意外だったが、パーカーのことはほとんど頭になかった。稲穂色をした七〇年代風のコンロの奥のバーナーに追いやったも同然だった。

おかげで気になる問題がもうひとつ増え、罪悪感が詰まった袋を持って歩くはめになった。

この罪悪感を消すにはどうすればいいのだろう？　パーカーにすべてを打ち明けて、一からやり直す？　パーカーを捨ててマックスとつき合う？　あるいは、このままなにもしないか。

もちろん、やるべきなのは自分の気持ちをていねいにふるいにかけることだ。どういう結論に達したいのか、しっかり見きわめることだ。一時の気の迷いで無分別なことをしでかす前に。

セオドシアは口元を手で押さえ、緊張でしゃっくりが出そうになるのを必死でこらえた。すでに無分別なことをやらかしたのは充分に自覚している。マックスのキスに応えたのだから。彼の執拗《しつよう》で包みこむようなキスに頭がぼうっと夢見心地になり、いつしか自分からも求めていた。

こんな気持ちになったのは、いつ以来かしら！

正直に言っていい？　とてもひさしぶりだわ。

マックスのキスがすてきだったからだわ。そうじゃないでしょ。セオドシアは自分に突っこみを入れた。すてきなんて言葉じゃ足りない。流れ星と回転花火並みのすばらしさだった。

ドレイトンが顔を近づけてきて、自分の肩でセオドシアの肩を押した。

「カミラだ」彼はひそめた声で言った。

セオドシアはゆるゆると現実に戻った。顔をあげてあたりを見まわすと、カミラの姿があった。気遣うような表情のティモシー・ネヴィルに導かれ、杖《つえ》をついて足を引きずりながら芝の上を歩いてくる。膝丈よりも長い黒のワンピースを身につけ、楕円形のサングラスで目を隠している。額の一部はいまも白い包帯で覆われている。ふたりがスローモーションとしか思えない動きで最前列に近づいていくと、魔法でも使ったかのように二脚の椅子が現われた。葬祭業者が気をきかせたのだ。

制服のような黒い上下に身を包んだ白髪交じりの牧師が現われ、式の開始となった。讃美歌が歌われ、祈りと弔辞《ちょうじ》が捧げられたが、セオドシアの耳にはひとことも入ってこなかった。少しでもおかしな点はないかと、参列者の顔をうかがうのに余念がなかったからだ。セオドシアだけではなかった。左目の端に、まったく同じことをしているティドウェル刑事が映っていた。

すぐれた頭脳が考えることは同じ？　というより、疑り深い頭脳は波長が合うのかも。

式の締めくくりに、会葬者全員が大きな声で『アメイジング・グレイス』をアカペラで歌った。練習を積んだ聖歌隊はおらず、楽器の伴奏もなかったが、悲哀を帯びた歌声は朝の風に乗って、まいた灰のごとく飛んでいった。

「カミラから話を聞こう」ドレイトンが耳打ちした。

セオドシアはすでに立ちあがりかけていた。「そうね」

ふたりはほかの参列者をたくみにかわし、真っ先にカミラに駆け寄った。

「具合はどう？」

セオドシアはカミラに腕をまわしながら尋ねた。カミラは彼女に寄りかかりかけたが、すぐにしゃんとなって、端然と背筋をのばした。

「頭の怪我はよくなってきたけど」カミラは言った。「心はまだぼろぼろ」

「気の毒に」ドレイトンの目が憂いに満ち、涙が光った。

「この二日間はつらかったわ」カミラは頭の包帯に触れた。「でも、傷は治るものよ……いずれはね」彼女は黒いハンドバッグに手を入れ、白いハンカチを出して口に押しあてた。

「だけど、かわいそうなロブは……とてもいい若者だったのに」

「ティモシーも彼をずいぶんと褒めていたよ」ドレイトンはそう言ってなぐさめた。

「ええ、知ってる」カミラは言った。「ふだんはそういうところを見せないけど、とても思いやりがある人だもの」

「実はね、わたしたち……」

セオドシアはあたりを見まわし、誰にも、とりわけティドウェル刑事に聞き耳を立てられていないかたしかめた。

「ドレイトンとわたしとで調べているの。もちろん、非公式にだけど、ティモシーからぜひにと頼みこまれたものだから」

「ありがたいわ」

カミラは縁が赤くなった目を押さえた。それからドレイトンのほうに片手をのばした。

「ドレイトン、あなたもやさしい人ね。ときどき気むずかしいふりもするけど、本当はとても情に厚い人だわ」

「うれしいことを言ってくれるね」ドレイトンは声をつまらせた。

「こんなときに申し訳ないし、無理強いしたくもないんだけど……」セオドシアはしばらくためらった。「でも、いくつか訊きたいことがあるの。なにについてかと言うと……」

「かまわないから」カミラは消え入りそうな声で言った。「訊いてちょうだい」

「髑髏杯のことなの」セオドシアは言った。「あなたがあれを磨いたとティモシーから聞いたんだけど」

カミラはうなずいた。

「髑髏杯の底に文字が刻まれていたはずなの」セオドシアはそこでふたたび口をつぐんだ。

「なんて書いてあったか覚えてる？」

「底はひどく腐食していたわ」カミラは思い出そうとしながら言った。「でも、なにか彫ってあったのは見えたわね。ええ、あなたがたが知りたいのはそのことでしょ。残念だけど、そのときは気にもとめなかった」カミラはしだれたスパニッシュ・モスの隙間から洩れてくる、まぶしい朝の陽射しに目をしばたたいた。陽射しが白大理石の墓石に落とした影が、幻想的な模様を描いていた。「言ってる意味、わかるかしら？」

「なんとなく」

セオドシアはこれでおしまいにする気にはなれなかった。カミラを問い詰めるのは気が進まないが、ほんのちょっとでもなにか思い出してくれたら……。

「いくつか文字があったのはたしか。でも、とくに気をつけて見たわけじゃないの」カミラの表情は残念そうでもあり、とまどってもいた。「これじゃ、たいして役に立たないわね」

「あせらなくていいから、よく考えてみて。思い出してくれればどんなことでも参考になるわ」

ＪＰＥＧ画像が届けば刻まれていた文字はわかるが、カミラをもうひと押しして、彼女の記憶を確認しておきたかった。

カミラはふたたび考えこんだ。

「絶対とは言い切れないけど、刻まれていた文字は英語じゃなかった気がする」

「何語だったの？」セオドシアは訊いた。「もしかして、フランス語？」

カミラは唇を嚙み、目に涙をあふれさせた。「だめだわ、とても思い出せない」

セオドシアは両腕をカミラにまわした。

「そうよね。困らせるようなことを言ってごめんなさい」

「きみはとてもりっぱだ」ドレイトンも声をかけた。

「あとひとつだけ」セオドシアはカミラにまわした腕をほどきながら言った。「ほかにヘリテッジ協会の人で、髑髏杯に刻まれた文字を目にした人はいる？」

「ええ、数人だけど」カミラは答えた。


二十分後、セオドシアとドレイトンはインディゴ・ティーショップに戻った。

「お葬式はどうだった？」

ヘイリーがカウンターごしに身を乗り出して、ふたりを出迎えた。ひらひらのロングスカートにピンクのコットンのへそ出しニットを合わせた彼女は、どこから見ても、陽気で人なつこいウェイトレスそのもので、沈んだ黒のスーツに、やはり沈んだ気分のセオドシアとは対照的だった。

「しめやかだったわ」セオドシアは言った。

「胸が締めつけられたよ」ドレイトンがうなずいた。「葬式に出ると必ず、死からは逃れられないことを思い知らされる」彼は顔をしかめた。「われわれがこの世に存在できるのは、限られた時間だけだと肝《きも》に銘じておかなくてはな」

ヘイリーは腰に手をあて、セオドシアの顔をうかがうように見た。

「また始まった。ドレイトンたら、年寄りみたいな口をきいて」

「ときどきそうなるのよね」

セオドシアはそう言うと上着を脱ぎ、ロング丈の黒いギャルソン風エプロンを着けた。それからティールーム内をすばやく見まわした。ほぼ全席が埋まっていたが、有能なるピンチヒッターであるミス・ディンプルがてきぱきと注文の品を給仕している。こんなにお世話になってるんだもの、なにか特別なお礼をしなくては。ゆうべもきょうもたくさん手伝ってもらったうえ、おそらく今夜もまた頼むことになるんだし。

「ドレイトンも〝年寄り〟カードなんかちらつかせないでほしいものだわ」ヘイリーはセオドシアに言った。「だって、あたしはドレイトンを年寄りだなんて思ってないもん。まだまだこれからって感じなのに」

「まるで八六年型ポンティアック・フィエロみたいな言われ方だな」ドレイトンが言った。

「エンジンはまだ信頼できるが、車体はボコボコ、タイヤは溝がきれいになくなっている」

「あんなの、たいした車じゃないよ」ヘイリーが切り返す。

「お店は忙しかった？」セオドシアはさりげなく話題を変えた。

「そうでもない」

ヘイリーは赤と黄色のペイズリー柄のティーポットを手に取った。

「あたしはお茶を淹れるのと料理をミス・ディンプルに渡す係で、ミス・ディンプルがテーブルのあいだをせかせか歩きまわって料理を運んだの。お客様は彼女をすごく気に入ってくれたわ」

ヘイリーは鼻にしわを寄せ、いびつな笑顔をドレイトンに向けた。

「ドレイトンといい勝負」

「落ち着け、わたしのハート」ドレイトンは片方の眉をあげ、小さく震わせてみせた。

「それとあたしは、みんなが大好きなティーケーキもつくったわ。ミス・ディンプルが、お客様に出したのと同じ数だけ食べちゃったみたいだけどね」

「よっぽどおいしかったんでしょうね」セオドシアは言った。

「あ、そうだ」ヘイリーは厨房に引き返す足をとめた。「忘れるところだったわ、セオ。お客さんが来てる。ピーター・グレイスさんだって。そう言えばわかると言ってた」

セオドシアはティールームに目をこらし、今度はもっとていねいに各テーブルを見ていった。たしかに、ピーター・グレイスが小さめのテーブルについて、本を読みながらお茶を口に運んではスコーンを食べている。

「すごくかわいい人だね」ヘイリーは意味ありげな声を出した。「どこで見つけたの？」

「マンシー教授のところの大学院生なのだよ」ドレイトンが答えた。「海賊にまつわる追加の資料を持ってきてくれたようだ」

「あの人にだったらあたしという帆船に穴をあけられてもいいな」ヘイリーはそう言って笑った。「さっきちょっと話したけど、けっこういかしてたよ。まじめな若い男性の割にはね」

「すごくいかすから、デートしてもいいと言いたいのね」とセオドシア。

「そうとも言えるね。それに、魅力的で教養があるところもポイントが高いし」

「ねえ、ヘイリー」セオドシアは言った。「あなたもずいぶんと人を見る目が肥えてきたわね」


「ピーター」

セオドシアは声をかけ、向かいの席に滑りこんだ。

ピーター・グレイスはびっくりして読んでいた本から顔をあげ、あわてて口元を手でぬぐい、食べ物のかすをすばやく払った。

「どうも」とうれしそうな声を出した。

「また会えたわね」セオドシアは言った。「スコーンのお味はいかが？」

「おいしいです。テイクアウト専門のコーヒーショップで売ってるスコーンとは大ちがいだ。あっちのはたいてい、堅くてぱさぱさしてるから」ピーターは言葉を切った。「おたくのほうが断然おいしいですよ。しっとりしていて、ケーキみたいだ」

「だったらヘイリーを褒めてあげて」セオドシアは言った。

彼はぱっと顔を輝かせ、にんまりと笑った。「もう褒めました」

「次はレシピをねだってみたら？」セオドシアは冗談めかして言った。

「くれると思いますか？」ピーターは言い、にかっと笑った。ヘイリーに好意を抱いているのがばれたと思ったのだ。

「追加の資料を持ってきてくれたのね？」セオドシアはテーブルにのった書類の束を指差した。

「そうです。うちのファイルをあさって、引っ張り出しました」

「どんなものなの？」セオドシアは書類に手をのばしながら訊いた。

「きのうお会いしたときにはちゃんと触れなかった件に関するものです」ピーターは答えた。

「三つの博物館が、自分のところのものこそ本物の黒ひげの髑髏杯だと主張しているのはご存じですよね？」

セオドシアはうなずいた。「なんだか、髑髏杯はどこにでもあるおみやげのような気がしてきたわ」

「まったくです」ピーターは書類の一部を扇形に広げた。「どうやら、人間の頭蓋骨を取り出してコップにするのは、さほど特異な考えではないようです」彼は二枚の書類をセオドシアのほうに押しやった。「これは髑髏杯を所蔵している博物館と、髑髏杯全般に関する最近

「の参考文献の一覧です」

　セオドシアは書類に目をとおした。

「有名どころの博物館じゃないわね」

ひとつはノース・カロライナ州ベンドにある小さな博物館で、もうひとつはマサチューセッツ州リン郊外にある歴史協会だった。

「ええ」ピーターは言った。「そこが所蔵している髑髏杯を買い取りたいと、ニューヨークのメトロポリタン美術館が訪ねることは絶対にないでしょうね。ですが、興味深いことに、これらの髑髏杯には文字が彫られていません」

セオドシアとピーターの目が合った。「でもヘリテッジ協会のは彫られている」

ピーターはゆっくりと首を横に振った。「残念ながら、立証はできません」

「いいえ、できるわ。刻まれた文字を自分の目で見たという人がヘリテッジ協会に何人もいるもの」そこで腕時計に目をやった。「実はね、《ポスト＆クーリア》紙のカメラマンからJPEG画像をいくつか送ってもらうことになってるの。そしたら、具体的になにが書いてあったのかわかるかもしれない」

「写真があるんですか？」ピーターは驚いた顔をした。

「そう言ってた」

ピーターは椅子の背にもたれ、しばらく考えこんでいたが、やがて、それはよかったという顔になった。

「そうですか……それはよかった。というか、すごいことですよ。写真が用済みになったら、つまり、すべてが過去のことになって犯人が逮捕されたら……」

「そのときは、喜んであなたとマンシー教授に写真を差しあげるわ。おたくの海賊データベースにくわえてやって」

「そう言ってもらえると思ってました」ピーターは満面に笑みを浮かべた。「とにかく、本当に助かります」彼はきょろきょろとあたりを見まわした。「それで、あの……ヘイリーはいま手が離せないほど忙しいでしょうか？　ちょっと顔を出して、あいさつだけでもしたいのですが」


「来たわ！」

セオドシアは歌うように言った。デスクにつき、さわやかなおいしさの平水珠茶《ガンパウダー》を飲みながら、電子メールをスクロールしているときだった。

「なにが来たのだね？」ドレイトンがオフィスをのぞきこんだ。

「例のＪＰＥＧ画像よ」

セオドシアはキーボード上で手をせわしなく動かし、ＪＰＥＧファイルをひらいた。画面上に画像がぱっと表示された。

「おお、例のものが届いたのか」

ドレイトンはティーカップとジャムが入った箱をよけながら、せかせかとデスクをまわりこみ、セオドシアの真うしろに立った。もちろん、彼女の肩ごしにのぞきこむためだ。

「これが髑髏を正面から撮ったもの」セオドシアは言った。

「見るからに不気味だ」とドレイトン。

「そうは言うけど、わたしたちだって皮膚と肉の下はこうなってるのよ。誰だって同じ——なんて言ったらいいのか——内部構造をしてるの」

「きみが言うと、生々しいというより詩的に聞こえるね」ドレイトンは言った。

「こっちは横から撮ったものだわ」セオドシアはべつの画像をひらいた。

ドレイトンは頭をかたむけた。「この角度からだと、怒っているように見えるな」

「そのように作ってあるのよ」

「それはともかく、刻み文字はどうした？　それを写した写真はないのかね？」

「そうせかさないでよ。指をクロスさせて幸運を祈ってて」

セオドシアはさらにふたつのＪＰＥＧファイルをひらいたが、目的のものはなかった。ヴァン・ビューレンの勘ちがい？　もしかしたら、カメラマンはいわゆる刻み文字の写真なんか、そもそも撮っていないのかもしれない。

心のなかで指をクロスさせ、いい結果が出ますようにと祈りながら、最後のファイルをひらいた。やっと、髑髏杯の腐食した底面をとらえた写真が現われた。刻まれた文字はずいぶんと不明瞭《ふめいりょう》だった。

ふたりでじっと目をこらしていると、うしろでドレイトンが疑問を口にした。

「なぜカメラマンはこの写真を撮ったのだろうな？」

「さあ、エヴェレスト山の法則じゃない？」

「わかりやすく言ってくれたまえ」

「そこに被写体があるからよ」

「なるほど」ドレイトンは老眼鏡をかけ直した。「さて、謎めいた刻み文字を手に入れたが、なんと書いてあるのやら。写真をもっと大きく引きのばせるかね？」ドレイトンは、機械化反対をとなえたラッダイト主義者かと思うほど、ハイテクとは無縁だ。

「大きく引きのばして、プリントアウトすることだってできるわよ」セオドシアは言った。

「頼む」

しかし、レーザープリンタから画像がするすると出てきても、お手あげ状態に変わりはなかった。セオドシアは激しく落胆した。

「文字が並んでるだけだわ」セオドシアはじっと目をこらしながら言った。「文字が意味もなく並んでる」さらには、刻まれた文字は歳月のせいですり減り、ほとんど判読不能だった。セオドシアは頭に手を持っていき、こめかみのまわりに円を描くように、ゆっくりと揉んだ。こんなに苦労したのに、昔に書かれたものを読むと頭が痛くなるのがわかっただけなんて！

「見せたまえ」

ドレイトンはプリントアウトされた紙を手に取って、しげしげとながめた。いつもの穏やかな表情がしかめられ、目が一本の線になるまで細められた。

「ふうむ。たしかに読みにくいな」

「彫ったところがすり減ってるでしょ」

「まあ、こんなことだろうと予想はしていたがね。考えてもみたまえ、この髑髏杯はとても古いものなのだぞ」

「なにかわかりそう？」セオドシアは訊いた。「彫られているのは外国語だと思う？」

「どうもしっくりこない」

「ギリシャ語で書かれているとか？」

「そうではなく、なんかこう……妙だ」ドレイトンはつぶやいた。「でたらめに並んでいる感じがする」

「インターネットで検索しましょうか？　判読できるところだけでも」

「どうかな」

「なにが書いてあるかわからないの？」セオドシアは拍子抜けした顔で言った。それでは彼女もわからないに決まっている。

「ああ、いまこの場ではな」

「それじゃ、行きどまり《デッド・エンド》ね」

セオドシアは大きなため息を洩らした。がっかりすると同時に、少しばかばかしく思えてきた。ものすごい手がかりを追っていると思いこんでいたのに、いまは八方ふさがりの状態に陥っている。誰が好んで負けを認めるというのだろう？　誰が好んでタオルを投げ入れるというのだろう？

「ひょっとして……」

ドレイトンはつぶやくと、肩を引き、直立不動の姿勢になった。

「どうかした？」セオドシアは訊いた。

ドレイトンは答えなかった。仮面のような、考えの読めない顔で画像に見入っていた。古文書のたぐいを読むかのように、ゆっくり口を動かしている。プリントアウトを握った手から力が抜けた。それからじわじわと長い時間をかけて、いぶかるような、慎重ともいえる表情がしわ深い顔に広がった。

「どうかした？」セオドシアはふたたび訊いた。うなじの毛が逆立ちはじめたのがわかった。

「断言はできんが」

ドレイトンは声を押し殺した。

「こいつはシーザー暗号かもしれん」

17

どうしたことか、アンチョビとニンニクとクルトンを使ったおいしいシーザーサラダのイメージが、セオドシアの頭にぱっと浮かんでこびりついた。次に、同じくらい一瞬にして、ジュリアス・シーザーが取って代わった。

ドレイトンがいびつな警戒の表情で言った。

「わたしの考えているとおりなら、というか、考えているとおりである可能性は高いわけだが、これはジュリアス・シーザーが作った暗号で書かれているようだ」

「だから、シーザー暗号というのね」わたしったらばかみたい。もちろん理由はそれしか考えられないじゃない。

ドレイトンは上の空でうなずいた。「シーザーはみずから考案した暗号を用い、部下に重要な命令を伝えていた。敵に察知されないためだ」

「つまり、これは古いローマ時代の暗号なのね。もちろん、だとすると、解読するのはかなりむずかしいんでしょう？」

「いや、さほどむずかしくはない」

ドレイトンの声がいくらか熱を帯びてきた。

「シーザー暗号は暗号技術としてはかなり単純なものでね。もとの文の文字を、アルファベット順に一定の数だけ前、またはうしろにずらしたものなのだ」

え？　セオドシアは片手を頭より高くあげ、さっぱりわからないという仕種をした。

セオドシアのきょとんとした様子に、ドレイトンは言った。

「たとえばだね……三文字分ずらすとしよう。その場合、Aは実際にはDを表わすわけだ」

「なるほど！」セオドシアは言った。「やっとわかった。秘密の暗号解読指輪と同じね？」

「まあ……そんなところだ」

「じゃあ……解読できるのね？」急に希望がわいてきた。頭の切れるドレイトンのおかげだわ！

ドレイトンは自分の腕時計に目をやった。

「少し時間をもらえるなら、全力で取り組んでみるが」

「いいわよ」

セオドシアはデスクの上の置き時計に目をやった。

「ランチタイムが終わったらね」

「シェパード・パイではないか」

ドレイトンが舌なめずりせんばかりに言った。

「ヘイリー、これがわたしの好物だとよく知っていたな。きみはすばらしい直感の持ち主だ」

ヘイリーは楔形に切ったシェパード・パイをサラダ皿にひと切れのせ、シトラスサラダをこんもり添えると、無邪気《むじゃき》な青い目をドレイトンに向けた。

「まあ、どうしましょう、数が足りるかしら。ドレイトンの分まであるといいけど」

「意地悪言っちゃだめよ」セオドシアは笑った。「ドレイトンは好物となると、冗談が通じないんだから」

「心配しないで、ドレイトン」

ヘイリーはもうひと皿同じものを作り、シルバーの大皿に完成したランチプレート五つを並べた。

「ちゃんとひとつ取っておくから」

「どうだか」ヘイリーから大皿を受け取りながらドレイトンは言った。

「ちゃんと取っておくってば」とヘイリー。「本当よ」

「そのときは、ありがたくいただくとしよう」

ドレイトンはドアまで行くと、注文の品を運ぶためティールームに向かった。

「ずいぶんと意地悪なことを言うのね」セオドシアは寄せ木造りのカウンターのわきに立ち、ごつごつして形が悪いのでお客に出すには適さないとヘイリーが判断したブルーベリーのスコーンをもぐもぐやっていた。

「仕返ししただけよ」とヘイリー。「ボーイフレンドのことでしょっちゅう意地悪なことを言われてるもん」

「そう言えば、ピーター・グレイスとはうまが合ったみたいね」

「彼っていい男だと思わない？　背は高いし、チャーミングだし、おまけに頭もいいし」

「言いたいことはわかるわ」

セオドシアは言うと、マックスのことに思いをめぐらせた。昨夜の本格的なキスに。自分の言葉で表現するなら絶品ものの口づけに。

「いちおう言っておくけど、今夜、うちのお茶とチーズのテイスティングにピーターを誘ったからね」

ブザーが鳴ったので、ヘイリーはくるりとまわってオーブンミトンをつかみ、アプリコット・クッキーバーが並ぶ天板をオーブンから引き出した。クッキーはキツネ色に色づき、とろけたトッピングがぐつぐついっている。

「いまの話、かまわないでしょ？」

「もちろん」セオドシアは言った。「来てもらえたらうれしいわ。いろいろお世話になったことだし」

ヘイリーはクッキーバーの天板をカウンターに置き、おそるおそる指でさわった。

「ところで……例のマックスとかって人は誘ったの？」

「え？」セオドシアはぎくりとした。

「誘ったんでしょ？　だってあの人のことを気に入ってるみたいだし」

セオドシアはすぐさまとぼけるのをやめた。「わかってたの？」

ヘイリーはうなずいた。

「そりゃもう、ばっちりと。あの人のほうもあなたを気に入ってるみたいだね。ゆうべ、あなたを見る目でわかったもん。夢見るようなとろんとしたまなざしだったから」

「どうしましょう。ほかの人も気づいてた？」

まずい。ううん、わたし自身はまずくない。わたしのイメージにマイナスなだけ。理屈になっていないけど。

「どうかな」ヘイリーは言った。「みんな、お酒を飲んで浮かれてたから、気づいてなかったかも。でも、デレインにあんなふうに扱われて、彼のほうがうんざりしてるのは態度でわかった。彼にとってデレインは遠い過去の人みたい」

「本当にそう思う？」セオドシアは訊いた。そうであってほしい。あくまで、いい意味でだけど。これは理屈になっているかしら？

「それはもうまちがいないって」

ヘイリーは、いかにも若者らしく、世の中のことはなんでも知っているとばかりに言った。

「デレインは蹴り出されると思うな――それも近いうちに。だって、心の問題とかに関しては――」彼女はセオドシアにゆっくりとウィンクした。「――あたし、くわしいもん」

「どう、進み具合は？」

セオドシアは尋ねた。ドレイトンはお椅子様にすわって、ノートにあれこれ走り書きしながら、ぶつぶつとひとりごとを言っていた。

「うむ」

ドレイトンは目の前の仕事に熱中する性格で、邪魔されるのを好まない。

「少しは進んだ？」

ドレイトンはまたもやなにかを書きつけてから、ようやく顔をあげた。

「さっきのおいしそうなシェパード・パイをひと切れもらえれば、脳細胞の働きがぐっとよくなる気がするな」

「すぐ持ってくる！」

セオドシアは厨房に入ってドレイトン用にシェパード・パイをひと切れ取ると、入口のカウンターに向かった。ちょうどミス・ディンプルが、熱々《あつあつ》のおいしそうなお茶をポットに淹れたところだった。

「なんのお茶？」セオドシアは訊いた。

「オレンジ・ペコですよ。お客様からリクエストをいただいたので」

そこでミス・ディンプルは声をひそめた。

「もっとも、オレンジ・ペコがどういうものか、ちゃんとわかってるわけじゃないんですけどね」

セオドシアはお茶の缶の裏を確認した。

「これはこくのあるアッサムと、上等なセイロン・ティーをブレンドしたものね。豊かな味わいのある飲みやすいお茶よ」

「さすがによくご存じだこと」ミス・ディンプルは言った。「それがお茶レディたるゆえんですね」

「そうね」とセオドシア。「でも、全部頭に入れたつもりでも、ドレイトンが新しいものを見つけてくるのよ。ラプサン・スーチョンにアッサムをちょっぴりブレンドしたロシア・ブレンドとか、日本の番茶にバラのつぼみをブレンドしたものとか」

「お茶をブレンドするのは、香水の調合にちょっぴり似ていますね」ミス・ディンプルの声が大きくなった。「あれをちょっと、これもちょっとという具合で」

「でも、お茶のほうがずっとずっとおいしいわ」

「おいしいよ」

ドレイトンはそう言うとフォークをおろした。

「記憶にあるどのシェパード・パイよりいい味だ」

「ヘイリーにそう伝えるわ」セオドシアは言った。

「ついでに、アプリコットのクッキーバーも持ってきてくれたのだな」

「クロテッド・クリームをたっぷりつけてどうぞ。ヘイリーの思いつきなの」

ドレイトンは小さなスプーンでクロテッド・クリームをクッキーに塗りつけ、ひとくち食べた。「すばらしい」彼は味わうように口を動かした。「ほっぺたが落ちそうだ」

「じゃあ訊くけど」セオドシアは言った。「クロテッド・クリームを塗ってもおいしくならない食べ物なんてあるの？」

「さあ」ドレイトンはもうひとくち、大きくかじった。「そうだな……カブとか？」

「はずれ」セオドシアは言った。「カブもおいしくなるわ」

ドレイトンはデザートをたいらげると、皿をわきにのけてノートを手にした。

「少し前進したぞ」

「そう思ってた」

「あてずっぽうで、四文字ずつずれるのではないかと仮定したところ、有力なキーワードがふたつ判明した」

「そう」

「最初の単語は――」ドレイトンはなぞなぞでもしているみたいな口調で言った。「――イーロン（ealon）だ」

「え？」セオドシアの声が裏返った。今度はパズルじゃなくて、ちゃんとした単語になると思っていたのに。「イーロンってどういう意味？」

ドレイトンはちょっと考えこんだ。「おそらく名字ではないかな」

「かもね」セオドシアはパソコンの前にすわった。「簡単に検索してみるわね」そう言うと、グーグルの検索窓に〝ealon〟と打ちこんで、しばらく待った。「ほら、いくつかヒットした。独立戦争に参戦した、サウス・カロライナ出身のジョサイア・イーロン大佐の名前がある」

「それかもしれん」とドレイトン。

「もうひとつの単語はなんなの？」

ドレイトンは顔をしかめた。「読み取りづらいのだが、〝faesten〟らしい。なにか心あたりはあるかね？」

「本当にそう書いてあるの？」セオドシアは自分がプリントアウトした紙に目をやった。

「うーん、全然読めない」

ドレイトンは考えこむように、顔をしかめた。

「プレッシャーをかけてごめん」セオドシアは言った。「マスター・ティーブレンダーと暗号解読者を兼ねる契約じゃないのに」

ドレイトンはまたもやいくつか走り書きをし、それをしばらくじっと見つめた。

「さっぱりわからないわ」セオドシアは言った。

「ひょっとすると……」ドレイトンが小さな声でつぶやいた。

「どうしたの？」

セオドシアは腹ぺこのカモが水面すれすれに飛ぶ虫に食らいつくように、ドレイトンに襲いかかった。

「古語かもしれん」ドレイトンはほとんど抑揚のない声で言った。

「なにが？」

「いまのふたつの単語だよ。前に言ったろう、最近、わたしは『ベオウルフ』を読み返していて……」

「結論を言って！」セオドシアはせかした。

ドレイトンは眼鏡を押しあげ、ノートにおおいかぶさった。

「この〝ealon〟という単語が実際には〝ealond〟だとしよう」

「ええ」セオドシアは、まだ謎の解明にはつながらないと思いながら言った。

ドレイトンはインテリっぽい、学者のような表情でセオドシアを見つめた。「古い英語ではアイランド（island）、すなわち島を意味していたのだよ」

「島」セオドシアはつぶやいた。「周辺の島のことかしら？」頭が猛然と働きはじめた。「でも、どれのこと？　チャールストン近郊と海岸沿いには何百という島があるわ」

「もうひとつの単語にそれを解く鍵があるかもしれん」ドレイトンは期待と感動の入り交じった目でノートをのぞきこんだ。「faesten」

「締める（fasten）かしら？　ファスナーをあげる、みたいな？」

「そうじゃない」とドレイトン。「古い英語でfaestenはフォートレス（fortress）、すなわち要塞を意味していた。つまり、わたしの推理が正しければ――正しいと思うが――〝要塞島〟と書かれているわけだ」

「すごい！」セオドシアは跳びあがるようにデスクを離れ、ドレイトンに駆け寄った。「暗号を解読したじゃない！」

そう言いながら、両腕を彼にまわし、力のかぎり強く抱き締めた。

「だが、要塞島とはどれを指すのだろう」ドレイトンがくぐもった声で言った。

セオドシアは抱擁《ほうよう》の手をゆるめた。「いくつくらいあるの？」

「おそらく数十はあるはずだ。大半は、長い年月のあいだに消滅してしまったようだが」

「残念。でも……とにかく調べるしかないわね」

いまぱっと思いつくだけでも、いくつかの要塞島があげられる。ムールトリー砦《とりで》、キャッスル・ピンクニー、それにサムター要塞。

「で、このあとはどうする？」

ドレイトンは考えこんだ。「少し調査しなければならないだろうな」

「すばらしい」セオドシアはドレイトンの肩を軽く叩いた。「見事な仕事ぶりだったわ」

ドレイトンの表情は冴えなかった。「この調査はどうにも落ち着かない」

「どうして？」

「犯人探しだけでなく、宝探しにまで手を染めることになったからだ」

「だって、財宝が動機なのは明らかだもの。宝のありかにちょっとでも近づけば、犯人がわかるかもしれないでしょ」

ドレイトンは不安に顔を引きつらせ、セオドシアをじっと見つめた。

「ひとつ問題なのは」セオドシアは言った。「わたしもあなたも、あまり近づきすぎたくないことね」

インディゴ・ティーショップの午後のメニューは、アプリコットのクッキーバー、チョコチップ・スコーン、レモンとポピーシードのティーブレッドだった。お客はぽつぽつ入っていたが、いつもほどのばたばたした忙しさはなかった。おそらくみんな、今夜の食とワインの祭典が始まるのを待っているのだろう。十もの企画がイベントを盛りあげることになっているのだ。そして、インディゴ・ティーショップも予定どおり参加する。

「ヘイリー?」

セオドシアが厨房をのぞくと、ヘイリーはレシピ本とにらめっこしており、ミス・ディンプルがレモンとポピーシードのティーブレッドをスライスしていた。

「前菜の準備は大丈夫?」

「まかせて」ヘイリーは力強く言った。「四時をまわったらすぐ、〝閉店〟の札をかける。そしたらミス・ディンプルに手伝ってもらって、最終準備に入るから。そうよね?」ヘイリーがミス・ディンプルに向かってにっこりしてみせると、ミス・ディンプルも笑みを返した。

「このお店でお茶とチーズを出すなんて、まだ信じられませんよ」ミス・ディンプルは言った。「でも、話を聞くと、とてもオリジナリティにあふれてますね。意外な組み合わせを試食させてもらうのが、いまから楽しみで楽しみで」

「最高だわ」ヘイリーは言うと、セオドシアのほうを向いた。「ミス・ディンプルって最高よね？」

「だから手放したくないんじゃないの」セオドシアは相づちを打った。

「まったく、もう、あなたたちったら！」ミス・ディンプルは気恥ずかしさのあまり、顔をきれいなピンク色に染めた。

セオドシアは四人がけのテーブルにスコーンをのせた皿を運び、入口近くのカウンターに戻った。ドレイトンがアッサム・ゴールデン・ティップスを淹れていた。

「わかってると思うけど」セオドシアは声をひそめた。「製本屋についても調べなくちゃいけないわ」

ドレイトンは三杯めの茶葉を量り取ってから言った。

「やはり、やらねばならんのだね？」

「ええ」

「暗号石と呼ばれているからといって、そいつがぽんと飛び出てきて、手がかりをはいと渡してくれるわけではないのだぞ。なにしろ長きにわたって行方がわからないのだからな」

「わかってる」

「どこにでもあるような古い煉瓦か石ころに、文字が書いてあるか、記号が彫ってある程度のものだろう。建築廃材と変わらんよ」

セオドシアはドレイトンをまじまじと見つめた。「最後の部分をもう一度言って」

「どこにでもあるような煉瓦か石ころに……」

「そうじゃない。最後の最後のところ」セオドシアは指を振った。

「建築廃材？」

「天才ティーブレンダーのドレイトン、それよ！」


「マックス」

セオドシアは、電話に出た新しい友だち（それ以上の存在？　ええ、そうね！）に言った。

「セオドシアよ。覚えてるかしら、昨夜、あなたが……」

「もちろん、完璧に覚えてるさ」電話からマックスの甘い声が聞こえた。「きみの唇……きみとのキス……」

「やめて！」セオドシアは言った。そんな話をするために電話をかけたわけじゃない。だったら……彼に言わなきゃ。正直にそう言わないと。「そのことで電話したわけじゃないの」

「ちがうのかい？」マックスの声に落胆の色がにじんだ。

あのキスのことはそのうち話すとしても、いまはだめ。

「昨夜のことだけど」セオドシアは言った。「たしか、緊急発掘調査の経験があると言ってたわね」

「そうだけど」マックスはためらいがちに言った。

「相談にのってほしいことがあるの」

「緊急発掘をやるつもりなのかい？」今度はおもしろがるような口ぶりになった。

「そんなところ」セオドシアは言った。「それはともかく、チャールストンにつってはないかと思って。古い建物から資材を回収する会社とか、そういうものをあつかう業者に」

「そうだなあ……いくつか心あたりはある。なにをたくらんでるんだ？　いや、言わなくていい。ギブズ美術館の正面玄関から装飾壁と破風をはぎ取って、ネットオークションで売るつもりだな」

「そういうわけじゃないの」これは直接顔を合わせて話したほうがいいだろう。「会って説明したほうがよさそうね」

「いいね。今夜会おうか？」

「今夜は、うちのお店でお茶とチーズのイベントがあるのよ」

「それで思い出した。ゆうべはけっきょくお茶にありつけなかったな」

「誰のせいかしら」セオドシアはすっとぼけた。

「ううむ。じゃあ、今夜こそ期待しているよ」

「お茶のことよね？」

しかしマックスは含み笑いを洩らしただけだった。

18

暗く生暖かい夜で、ものうげなそよ風がクーパー川とアシュレー川から吹いていた。その風が、長くて白いピラーキャンドルの炎を揺らし、十以上もの異なるお茶の香りを舞いあがらせ、甘くてさわやかで麦芽のようで柑橘《かんきつ》類のような香りをつくり出していた。

「申し分のない晩になったな」

ドレイトンが声高らかに言った。彼とセオドシアは正面入口に立ってお客を出迎え、何種類ものお茶とチーズが並ぶスタンドへと案内していた。カクテル・パーティと同じで、間隔をあけて設置したスタンドのあいだをお客は自由に歩きまわり、てきとうにつまんでは、おしゃべりに興じていた。

セオドシアはふと思いたって、店内のテーブルと椅子の大半を外に出し、歩道に並べた。おかげでいまは、早く来て、すでにお茶もチーズも充分堪能したお客が外のテーブルを囲み、夜の空気とチャーチ・ストリート全体に流れるにぎやかな話し声を楽しんでいる。

半ブロック南では、チャウダー・ハウンド・レストランがブルークラブのチャウダーとシークラブのスープをふるまっている。近くのイタリアン・レストランは五品からなるテイスティングのメニューを勧めていた。小さなフレンチ・レストランではワインの試飲が楽しめ、フランス風オニオンスープが試食できた。

「こんなにたくさん来てくれるなんて夢にも思わなかった」セオドシアは言った。「食べるものが足りるといいけど」

誰も来ないのではないかと気を揉んでいたのに、いまは料理が充分あるかと気にしている。すごいことだわ。

「大丈夫だとも」ドレイトンが安心させるように言った。

お茶とチーズのセットのほかに、前菜もいくつかヘイリーが用意してくれていた。小さなエビのグリルをチーズ風味のクロスティーニにのせたもの。パルメザンツイスト。おいしいゴートチーズでつくったトリュフ。最後のはゴートチーズに刻んだアーモンド、ナツメ、生のバジルを混ぜたものを、フルーツ用くり抜き器で丸くすくい取ったものだ。

「おや」ドレイトンは言った。「ティモシーが来た」

しかし、ティモシーはひとりではなかった。並んでゆっくり通りを歩いてくるのはシドニー・プルーエット。ヘリテッジ協会で起こった不幸な出来事は、彼の祖父の寄贈に端《たん》を発していた。

「こんばんは、ティモシー」セオドシアは声をかけた。「またお会いできましたね、プルーエットさん」

「調子はどうだね？」ドレイトンはティモシーに訊いた。社交的な、それこそ形ばかりの質問だったが、ティモシーは犬が骨をくわえるかのごとく、夢中でそれに飛びついた。

「最悪だ！」

ティモシーは顔じゅうの筋肉をこわばらせて叫んだ。

「理事会の連中め、しつこく責めたておって——それもよってたかってだ！　ドレイトン、きみのことじゃない。ほかの連中のことだ。みな、今回の髑髏杯の件には怒り心頭のようだ」

彼はセオドシアに向き直って、声を落とした。

「なにかわかったか？　よく言われる魔法の剣のように理事の連中をおとなしくさせ、がたがた文句を言うのをやめさせるような新事実は出てきたか？」

「いまは、あの、翻訳のようなことをしているところです」セオドシアは言った。

ティモシーはよどんだ目をセオドシアに向けた。「ほう？　なんの翻訳だ？」

「髑髏杯の底に彫られていた文字の翻訳です。幸いなことに、《ポスト＆クーリア》紙のカメラマンが、そこそこ使える写真を撮っていたので」

「なにが幸いなことにだ」ティモシーはぴしゃりと言い放った。それからシドニー・プルーエットに顔を向けた。「あんたから聞かされた眉つばものの悪運話が本当に思えてきたよ」

「プルーエットさん」セオドシアはティモシーの怒りと癇癪《かんしゃく》をかいくぐって声をかけた。「沿岸の兄弟という名の組織を耳にされたことはありますか？」

プルーエットは顔をしかめて考えこんだ。「記憶にありませんね」

「よく考えてください」

「知らないと答えているだろうが！」ティモシーが割りこんだ。

プルーエットは決まり悪そうな表情になった。「よろしければ、祖父の古い書類を調べてみましょうか。なにかあるかもしれません」

「そうしていただけると助かります」セオドシアは言った。

お客はまだまだ、ひっきりなしだった。差し出されたカップにミス・ディンプルがものすごいスピードでお茶を注いでいくのにつられ、カウンターに立つドレイトンまでせかせかしていた。

「がんばってる？」

セオドシアはドレイトンに声をかけた。片方の目をてんてこまいのドレイトンに向け、もう片方の目で絶えず補充しなくてはならないお茶とチーズのテーブル四つを見張っていた。

「なんとかしのいでいるよ」ドレイトンは答えた。「かろうじてだが」

「あのピッチャーに入ってる飲み物はなんなの？」セオドシアは訊いた。ヘイリーがお客からお客へと急ぎ足でまわりながら、ガラスのピッチャーに入った冷たい飲み物を勧めているのが目にとまったのだ。

「ああ、あれか」とドレイトン。「ちょっとつくってみたのだよ。紅茶とワインのカクテルだ。きょうはいい天気で暑いから、冷たい飲み物もいいだろうと思ってね」

「おいしそうな組み合わせね。前にもつくったことがあるんでしょ？」

ドレイトンは首を横に振り、お茶の缶のふたをあけた。「いや」

「でも、飲んだことはあるわよね？」

またも首を横に振る。「全然」

サラサラと音をたてて茶葉がティーポットに落ちていく。茶葉はしばらく渦を巻いていたが、やがて底に沈んだ。

「だったら、どうしてお客様に出せると判断できたの？」ドレイトンには全幅の信頼をおいているが、それでも知っておきたかった。

ドレイトンは背筋をのばすと、染みひとつないクリーム色のリネンのジャケットの裾を引っぱり、蝶ネクタイを直した。それからゆがんだ笑みを浮かべた。

「このわたしのやることだからだ」

セオドシアの質問に傷ついたというより、おもしろがっているようだ。

セオドシアは両手を高くあげ、苦笑した。

「許して。すっかり忘れてた。おしゃれなお茶なら、あなたが味《テイスト》の権威だったわね」

「もうひとり、趣味《テイスト》の権威が来たぞ」ドレイトンはつぶやき、人混みに目を向けた。

セオドシアが首をめぐらせると、デレイン・ディッシュが機関車よろしくふたりのほうに突き進んでくるのが見えた。

「セオドシア！」デレインは大声で呼んだ。「すてきなイベントじゃないこと？　こんな奇妙なチーズのイベントで人が呼べるなんて、思ってもいなかったけど、すごいじゃないの……来てみて納得だわ」

彼女はすばやくドレイトンに目をやった。

「あなたもよ、ドレイトン。お茶とチーズ！　なんて奇抜な組み合わせなの！　こんなことを考えつく人なんてほかにいる？」

「そうだな……食通とか？」ドレイトンが言った。

デレインは片手で顔をあおいだ。

「まあ、あたしは頭の堅いチャールストンっ子だから、どっちかと言えばエビのピラフとか田舎風バーベキュー、それにシークラブのスープなんかのほうが好みだわね。おふたりさんには、悪いけど」

「ああ、わかっている」ドレイトンはさわやかで香り高い雲南紅茶の缶に手をのばした。

突然デレインは、レーザービームばりの視線をセオドシアに向けた。

「ナディーンとここで待ち合わせてるんだけど、まだ行き合わないの。変じゃない？」

「わたしも今夜はまだ見かけてないわ」

セオドシアは二十個ほどの陶器のカップを手早くトレイに並べた。

「目がまわるほど忙しかったから、目に入らなかっただけかもしれないけど」

そうは言ったが、ナディーンが目に入らないなんて不可能に近い。

「あたしの大事な姉さんは、いったいどこにいるのかしら」デレインは心配そうな顔になった。

「ビル・グラスと一緒なんじゃない？　彼には電話した？」

「そうね」デレインはうなずくと、あたりを見まわした。「もうじき現われるわ、きっと」

「あるいは」セオドシアの顔にいたずらっぽい笑みがじわじわと広がった。「ひょっとしてこっそり駆け落ちしたのかも！」

「そんなわけないわ！」デレインは金切り声をあげた。「あたしに結婚式のプランを練らせてくれなかったら、絶対に……絶対にナディーンを殺してやる！」

「姉妹愛ゆえの発言だと聞いておくよ」ドレイトンが言った。

「ええ、あたしたちは強い絆《きずな》で結ばれてるわ」

デレインはそう言うと、きらきらしたクラッチバッグに手を入れ、ショッキングピンクの口紅を出して、人混みから目を離さずに塗った。

「ねえ、セオ。例のハンサムで品のいいご近所さんは、今夜ここに来ると思う？」

デレインの目が、これから狩りに出るかのようにきらりと光った。

セオドシアがまず思ったのは、〝ハンサムで品のいいご近所さんなんていたかしら？〟だった。次の瞬間、はっとなり、デレインが言っているのはドゥーガン・グランヴィルだと気がついた。

「このイベントがあの人のレーダーに引っかかってるかどうかも知らないわ」セオドシアは言った。「だって彼……じゃなくて、わたしたちはそれほど親しいわけじゃないもの」これはひかえめな言い方だけど、と心のなかでつけくわえた。「それに、たしかあなたは、ほら、広報の人といい仲だったでしょ。マックスと」セオドシアはつとめて冷静な声で言った。冷や汗をかいてるのを見られるわけにはいかないわ、と自分に言い聞かせる。そんなところを見られたら、一巻の終わりだもの。それに、頭に血がのぼったデレインなら、純然たるいやがらせからマックスとは別れないと言い出しかねない。

けれどもデレインは、マックスの名を聞いても少し退屈そうな顔をしただけだった。

「マックスはいい人よ」

そこでわざとらしくため息をついた。

「しかも、ルックスは十点満点をあげられる。だけど、女の子——あたしのことよ、うふ——のハートを熱くするのは、もうちょっと、こう……なんて言ったらいいのかしら？　世慣れてる？　洗練されてる？」

デレインは目を細め、しなやかなネコ科の大型捕食動物の動きそっくりに、ものうげに腰を突き出した。

「あたしの好みを知りたい？　もっと無骨なタイプがいいわ」

お客はまだ続々と到着した。画商のトマス・ハッセルが、骨董博覧会の後援者でフレンチ・クォーターに店をかまえるチャズ・プアという名の男性と連れだって入ってきた。ヘイリーの新しい友だちであるピーター・グレイスも、きょろきょろしながら現われた。

「ヘイリーはいますか？」ピーターはセオドシアに訊きながらも、目をせわしなく店内にさまよわせた。ヘイリーはどこかと探しているのだろう。

「そっちにいるわ」セオドシアはすばやく手でしめした。「チェダーチーズの円板《ホイール》を新しく出してきたところ」

セオドシアは指をクロスさせ、チーズが品切れになりませんようにと祈った。なにしろ、どのお客も飢えたネズミの集団みたいに食べ物をほおばっているのだ。

「少し手伝ったほうがよさそうですね」ピーターは言った。「ぼくが手を貸したらいやがられるでしょうか？」

「ねえ、ピーター」セオドシアは言った。「あくまでわたしの直感だけど、ヘイリーはきっと大喜びするわよ」

少し暇ができると、セオドシアはアッサム・ティーの入ったカップを手に取り、気分転換にお茶を味わった。ただでさえ暖かい店内は、増えつづける一方の人でますます暑くなっていたので、涼しい風にあたってひと休みしようと、正面のドアに向かった。

「セオ！」外に出ると同時に、男性の声が聞こえた。

目をしばたたくと、チャーチ・ストリートに現われた真っ黒な人影に、ゆっくりとだが目が慣れてきた。やがて顔と声が一致し、セオドシアは顔を大きくほころばせた。

「パーカーなの？　戻ってこられたのね！」

パーカー・スカリーが両腕を広げると、セオドシアは吸いこまれるように飛びこんだ。彼は心地よくて、いつまでもこうしていたくなる。それに、とてもとてもすてきだ。セオドシアがきつく抱きつくと、彼は身をかがめ、頭のてっぺんにキスをしてくれた。

「ちょっとひとりにしたくらいで」少し低い男の声がした。「ほかの男の腕に抱かれるとはね」

セオドシアは身を硬くした。困った！　さっきまで全然感じていなかった恐怖が突如として突きあげてきた。パーカーとマックスが鉢合わせするなんて。特大級の〝まずい〟だわ！

「あら、マックス」セオドシアはパーカーの腕からたくみに逃れた。「またお会いできてうれしいわ。パーカー・スカリーはご存じ？〈ソルスティス〉というレストランのオーナーなの」

こんな具合に紹介をつづけた。どうでもいいことをしゃべりまくり、自分でもしゃべりすぎているのがわかっていた。絶体絶命のピンチと決まり悪さを同時に感じていた。

パーカーとマックスは握手をかわし、さりげないあいさつの言葉をぼそぼそ口にすると、それぞれ一歩ずつさがり、セオドシアを真ん中にはさんで立った。しばらく誰もなにも言わずにいたが、男ふたりは品定めし合ったのち、おたがい彼女に好意を抱いているのを見て取った。

低い雷が大嵐の接近を告げるように、セオドシアには次の展開が読め、ひと悶着ありそうだと不安になった。だったら、先手を打つしかない。

「デレインならなかよ」セオドシアはぶっきらぼうにマックスに言った。「あなたに会いたがってると思うわ」それからパーカーに明るくほほえみかけた。「ちょっと手を貸してもらえる？」そう言うと返事を待たずにすばやく向きを変えた。もちろん心の底から祈っていた。自分の姿が人混みにまぎれて見えなくなることを。

そううまくはいかなかった。

セオドシアはパーカーに真うしろにつかれたままカウンターに入り、やってもらうことはないかと必死に探した。

「なにを手伝えばいいんだい？」彼は訊いた。

彼女はほほえんだ。にこやかな笑みに見えるだろうが、自分では不自然に感じていた。

「ええと……」

手をのばし、ニルギリ茶の大きな缶をつかんで差し出した。

「これをあけてくれる？」

パーカーはいとも簡単にふたをあけ、彼女のほうに缶を傾けた。か弱き女性をよそおった作戦もこれまでだ。

「そしたら中身を量り取って」そう言って、木のさじを手渡した。

「分量は？」

セオドシアは反対側の棚から黄色い陶器のティーポットをおろし、彼に押しつけた。

「三杯か四杯」

パーカーは茶葉を量り取りながら言った。「やけに落ち着かない様子だね。大丈夫かい？」

「ごめんなさい。目がまわるような忙しさなものだから」

実際、それは本当だった。近くをうろうろしている客はみな、厚切りのブリーチーズや正三角形のチェダーチーズで小皿をいっぱいにしたうえ、お茶の小さなカップを危なっかしく持っている。

「明日の夜はうちもこのくらい忙しくなってほしいよ」

パーカーの店も食とワインの祭典の公式イベントとして、小皿料理の提供と赤ワインの試飲を予定している。

「きっとそうなるわ」セオドシアは言った。「今年の食とワインの祭典は大成功だって、たしかな筋から聞いたもの」

「たしかな筋？」

彼女はきれいなえくぼをつくった。「食とワインの祭典事務局の人」

ひとしきり、ふたりして小さな笑い声を洩らしたのち、パーカーは言った。「明日は来てくれるんだろう？」そう言って、あてにするような目で問いかけてきた。

「がんばってみる」セオドシアは言った。「でも、わたしたち、画廊のオープニングに行くってドレイトンに約束させられちゃったのよ」

パーカーは顔をしかめた。

「どういう意味だい、わたしたちって？　わたしたちっていうのはきみとぼくのことばかり思ってたけど」

そのとおりよとセオドシアは言いたかったが、口のなかが渇いてねばねばした。

パーカーは考えを整理するように足を踏みかえた。それから意を決したように言った。

「それから、さっき紹介してくれた男は何者なんだ？」

彼はティーポットをきつく抱き寄せ、説明を待った。

「ギブズ美術館の新しい広報部長よ」

「そうじゃない。きみにとってどういう存在かと訊いてるんだ」

「そうねえ……友だちかしら」

セオドシアは、あまりにお粗末な答えに自分でもうんざりし、言ったとたんに後悔した。パーカーはとても大事な人なのだから、適当にごまかすなんてもってのほかだ。だいいち、昔から不誠実な態度を毛嫌いしていたではないか。

パーカーはティーポットをおろすと、しばらく彼女をじっと見つめ、やがてくるりと背を向けて去っていった。

「パーカーはどこへ行ったのだね？」

ドレイトンがするりと横に立ち、さらにふたつのティーポットを手に取った。

「いま来たばかりと思ったが」

「パーカーとマックスが鉢合わせしちゃって」

ドレイトンの眉がさっとあがった。「それはそれは」高級住宅街の住民の洗練されたアクセントをまねて言った。

ドレイトンはひかえめに鼻を鳴らした。〝だから言ったではないか〟の意味をこめて。

「誰にでもいい顔をして、どっちつかずでいるからこういうことになる」

「自業自得ってこと？」

ドレイトンのユーモアもウィットも、はたまた彼の言わんとすることも、セオドシアには通じなかった。

「誰にでも親切にしちゃいけないの？　他人の気持ちを傷つけないよう、いろいろ気を遣《つか》ってきたのは無駄だったわけ？」

「なんとも言えん」ドレイトンは言った。「だが、わたしなら天国にボックス席を予約しろとは要求しないな」

「ふざけないでよ」

ドレイトンの豆知識

チーズとお茶

チーズとお茶——意外に思われるかもしれませんが、これが実はとても合う。お薦めの組合せは以下のとおり。

- ●カマンベールチーズとアッサムティー
- ●ゴートチーズとダージリン
- ●チェダーチーズと烏龍茶
- ●ゴルゴンゾーラチーズと包種茶
- ●パルメザンチーズと祁門茶

19

九時になる頃にはイベントも終わりに近づいていた。猛《たけ》りくるったネズミの集団が略奪をしかけたかのように、テーブルや床にはチーズのくずが点々と落ちていた。ティーポットはそこらじゅうに置きっぱなしにされ、なかはぐしょぐしょの茶殻があるだけだ。インディゴ・ティーショップの店内にはまだ十人ほどが残っており、夜が終わるのが惜しいのか、思い思いにおしゃべりしている。

デレインはとっくの昔に退場していた。その彼女に以前はやさしく接していながら急によそよそしくなったマックスは、まだ残っていた。ピーター・グレイスは皿をせっせと片付け、おとなしい大型犬の子犬のようにヘイリーのあとをついてまわっていた。

「あれではあの若者はくたくたになってしまうぞ」ドレイトンが言った。彼はセオドシアとマックスの三人で入口近くのカウンターでくつろぎ、お茶を飲みながらにぎわいが完全におさまるのを待っていた。

「若い恋のなせるわざだ」マックスがぽつりと言った。

「同感だね」ドレイトンはすばやくセオドシアを横目で見てから、ヘイリーに視線を戻した。

「それで」マックスはセオドシアに言った。「緊急発掘を手がける業者の情報がほしいという話だったね」

「ええ。いまもほしいわ」

「で、その理由を説明してくれるはずだった……直接会って」とマックス。

「理由は暗号石よ」セオドシアは言った。

マックスは怪訝な表情をした。「なんだって？」

「なんでも、昔の妙な石があるらしく」とドレイトンが言った。「それに手がかりが書いてあるとされているそうだ」

「さっぱりわからないや」マックスは陽気に言った。「なんの手がかりなんだい？」

「それが、黒ひげの財宝らしいの」セオドシアは小声で告げた。

マックスは呆然とセオドシアを見つめ、それからドレイトンに視線を向けた。さらに、もう一度セオドシアを見つめた。さんざん間をおいたのち、彼は口をひらいた。

「ヘリテッジ協会の殺人事件と関係あるんだね？」

セオドシアはうなずいた。

「きみはそれに巻きこまれてるわけだ」マックスは彼女の顔をのぞきこんだ。

「お遊び程度だがね」ドレイトンが答えた。

「実際には、かなり深く巻きこまれてるの」セオドシアは言った。素人探偵活動をしていることはいまのうちにマックスに話しておいたほうがいい。万が一、彼との関係が……なんて言うか……進展した場合にそなえて。

「きみがすご腕の素人探偵だってことはデレインから聞いてる。でも、てっきり冗談かと思ってたよ」

「冗談ではないのだよ」ドレイトンが言った。

マックスはセオドシアをじっと見つめていたが、やがてその顔に笑みが浮かんだ。

「まったくたいした人だ」

「そんなことない」セオドシアはすっかり気恥ずかしくなった。「まだなんの進展もしてないもの」

「〝まだ〟というのが肝腎でね」とドレイトン。

「じゃあ、緊急発掘の会社を調べるのも、先日の殺人事件と関係あるんだね？」

「いいえ」とセオドシア。

「そうだとも」とドレイトン。

「いわば試行錯誤の連続なのよ」セオドシアは説明した。「いろんな仮説を立てては検証するのを繰り返してる。それで、あなたは緊急発掘調査の経験があるそうだから……まあ、それで思ったの……」

虫がいいのはわかっていたが、マックスが手品のようにいくつか名前を出してくれないかと淡い期待を抱いていた。

マックスはポケットに手を入れ、小さならせん綴じのノートを出した。それをひらいてページを一枚破り取り、セオドシアに差し出した。

「チャールストンにある会社の名前をふたつ書いておいたから、話を聞いてみるといい」

「ふたつ」セオドシアは紙切れに見入った。手がかりとしてとても充分とは言えない。

「少ないよね」とマックスは言った。「でも、とっかかりにはなるんじゃないかな」

「見せてくれたまえ」ドレイトンが眼鏡をかけながら言った。

マックスは、なかばおもしろがり、なかばうっとりした表情でセオドシアを見つめた。

「で、きみはその――なんと言ったっけか。暗号石だっけ？　それがいまもどこかに存在すると思ってるんだね？」

セオドシアは肩をすくめた。「ひょっとしたらね。もっとおかしなことが起こった例もあることだし」そうよ、もっとおかしなことだって起こったじゃないの。

マックスは納得しなかった。「たとえば？」

「一カ月ほど前、うちのチューリップの花壇から、南北戦争時代の兵士の骨が見つかったの」

「それ、本当？　羊なんかの家畜の骨じゃないのはたしか？」

「ええ、もちろん。正真正銘、人間の大腿骨だった」こんな話をでっちあげるわけがないでしょう？　そんな人がどこにいるのよ。

マックスはセオドシアの顔をのぞきこみ、ふいに口の両端をくいっとあげた。

「いまの話は誇張してるね、もちろん。本当はチューリップなんか植えてないんだ、そうだろう？」

「なにも植えてないわ」セオドシアは言った。「わたしには植物を育てる才能が皆無だと思ってるもの。でも、ありがたいことに、前の所有者はわたしよりもずっと才能にめぐまれていて熱心な人だったから、サルスベリ、ハナミズキ、マグノリアなんかがたくさん植えてあった。それにもちろん、昔の訪問客が骨というおみやげを置いていってくれたし」

「人間の骨を」マックスは、まだ本気にしていない口ぶりだった。

「人間のだ」ドレイトンがセオドシアの話を裏づけるように言った。

「まちがいないわ」セオドシアは言った。「チャールストンは一七〇〇年代初頭にはすでに人が住んでいて、骨が出てくるなんてしょっちゅうだもの。人間のものも、人間以外のものもね。州の考古学者が教えてくれたけど、庭から南北戦争時代の不発弾が見つかることもよくあるそうよ」

「ミモザの花壇からミニエ弾が見つかることもある」とドレイトン。

「だけど、いまのきみたちは、いわゆる暗号石とやらの行方を追っているんだろ？」マックスが訊いた。

「百聞は一見にしかずだ」ドレイトンが言った。「コンピュータで打ち出したものを見せてあげるといい」

セオドシアは人差し指を曲げのばしした。ドレイトンの言うとおりだ。一切合切を打ち明けるべきだろう。

「ついてきて」

セオドシアは言うと、マックスをしたがえ、パーティの残骸をかきわけながら、奥のオフィスに引っこんだ。

「居心地のいい部屋だ」

マックスはセオドシアのテリトリーに足を踏み入れると、あたりを見まわした。

「散らかっているけど、居心地がいい」

彼はお椅子様の上の壁に目をこらした。オペラのプログラム、父の古いヨットに乗ったセオドシアの写真、異国情緒のあるお茶のラベルが額に入れて飾ってある。

「〈T・バス〉のフット・トリートメントが届いたの」

セオドシアはデスクそばに寄せてある段ボール箱の山をしめした。同じ場所に野ブドウの蔓で作ったリースが積みあげられ、夏用の麦わら帽子が危なっかしくのっかっている。

「だから、少し狭苦しくなっちゃって」

「フット……？」マックスはとまどった顔になった。

「〈T・バス〉というオリジナル・ブランドを立ちあげたの」セオドシアは説明した。「店でもネットでも売ってるわ。鎮静効果のあるお茶をブレンドしたローションとか、そういうもの。フット・ローションにグリーン・ティー入りのローション、カモミール入りの保湿クリーム……」と、いくつかの商品を紹介した。

「敏腕実業家じゃないか」マックスは言った。「ティーショップとケータリング業だけじゃないんだ」彼はすっかり感心していた。

「ありがとう」

セオドシアは言い、《ポスト＆クーリア》紙からもらった画像を編集したプリントアウトの束を渡した。

「でも、本当に見てもらいたいのはこれよ」

マックスはプリントアウトを一枚一枚見ていき、最後の、髑髏杯の底が見える画像にしばらく目をとめ、それからまた最初の一枚に戻った。髑髏杯を正面から撮ったもので、いわば顔写真だ。

「興味深いな」彼は言った。

「なにが興味深いの？」

「うん、さっきの暗号の話はおいとくとしても、この髑髏杯に使われてるモチーフは、ジャスミン墓地の墓に刻まれた模様を彷彿《ほうふつ》させる」

「偶然ね」セオドシアは言った。「けさ、そこに行ったばかりなの」

マックスは彼女を見つめた。「本当かい？」

「ドレイトンとふたりでロブ・コマーズのお葬式に参列したから。殺された研修生よ」

「ああ、そうか。とても思いやりがあるんだね」

「最後のページをもう一度よく見て。髑髏杯の底が写ってるページを」

セオドシアはマックスの知恵を借りようと必死だった。なにしろ彼は頭が切れるし、ありとあらゆる芸術や工芸品をあつかってきているのだ。

「どう思う？」

「文字の並び方に意味がありそうだ。つまり、いいかげんに並んでるわけじゃない」

「ドレイトンはシーザー暗号と考えてるようなの」セオドシアは言った。

「ありうるな」マックスは人差し指でプリントアウトを叩いた。「意味のある単語なのはたしかかい？」

「それ以外に考えられる？」シーザー暗号と古英語というドレイトンの説は鉄壁としか思えない。

マックスは頭をうしろにそらせ、しばし考えてから答えた。

「文字は数字に置き換えられる場合もある。スコットランド女王のメアリーが使っていた暗号は、単純に文字を数字に置き換えただけのものだった」

「そう」セオドシアは言ったが、まだ半信半疑だった。実のところ、ドレイトンの説に気持ちが大きく傾いていた。とは言うものの、文字と数字が呼応しているというマックスの意見もこじつけとは思えない。

「ちょっと言ってみただけだ。その線も考えてみてくれ」

マックスはプリントアウトをデスクに置くと、セオドシアににじり寄った。

「まさにシャーロック・ホームズだな。現実の殺人事件の謎を解き明かそうとするなんて」

セオドシアは彼とふたりきりなのが少し気恥ずかしくなって、首をすくめた。

「詮索好きなミス・マープルだとは思わないの？」

「うーん、どうかな。ミス・マープルはかなりの年配だ。でも、きみは……」

彼はセオドシアを舐めまわすように観察し、さらに一歩接近した。

「わたしは、なんなの？」

またもや、マックスのバイタリティだか化学反応だか知らないが、魔法の力のようなものが伝わってきた。

マックスは両腕を広げて彼女を包みこみ、おでこに唇を軽く触れると、そのまま下へ下へとおろしていった。

「そうだな、きみは」

彼はかすれた小さな声で言った。

「いまがいちばん輝いているよ」

セオドシアはドレイトンの家の正面に愛車のジープをとめ、ギアをパーキングに入れた。

「数字の暗号かもしれないわ」

「なんのことだね？」

ドレイトンは片手を助手席側のドアにかけていた。体重を移動させ、あとは飛び降りるだけだ。

「髑髏杯の底面の話。マックスにプリントアウトを見せたら、刻まれた文字は数字に対応してるんじゃないかって。スコットランド女王メアリーの暗号に、そういうのがあったそうよ」

ドレイトンは不承不承といった様子でシートにすわり直した。

「要するにこうか。Aは1で、Bは2で、以下同様ということかね?」

「そんなところ」セオドシアはちょっと考えた。「あなただって、それがもっとも基本的な暗号の形式だと思うでしょ」

「たしかに。海賊が数学に強いという話は聞かないからな」

「もうひとつあるの」セオドシアは言った。「マックスによれば、あの髑髏杯のデザインは、ジャスミン墓地のお墓の装飾に気味が悪いほど似てるらしいわ」

ドレイトンは薄暗い車のなかでセオドシアの顔をまじまじと見つめた。

「どちらも死に関係しているからではないかな?」

「あるいは、どちらも同じ時代のものだからかも」セオドシアは言った。「というのも……けさ、とても古いお墓の前をいくつか通りすぎたけど、そのすべてに番号が振ってあったのに気がついた?」

「墓地の昔ながらの付加番号方式だろうな。一七〇〇年代に確立したと思われる」

「そのとおり」とセオドシア。「一七〇〇年代よ」

「まさか……」

数秒がじりじりと過ぎ、セオドシアはようやく口をひらいた。

「あの文字を数字に変換したら、特定の墓石の番号と一致するんじゃない？」

「どうだろうな」ドレイトンはシートにすわったまま落ち着きなく体を動かし、頭をかき、それから考えこんだ。

「相関関係があって、特定の墓石に結びついたとして、それがまたべつの手がかりにつながると思うのかね？」

「わからない」

ふたりの車のわきを、車高が低い流線型の車がかなりのスピードで通りすぎていった。車が走り去ったあとも、かすかな音楽が尾を引いた。

「例のプリントアウトはあるかね？」

「運よく持ってきてる。ぱぱっと調べる気はある？」

ドレイトンの肩から力が抜けた。「残念だ。あとちょっとで脱出できたのに」

「そんなこと言わないで、ドレイトン。単なる仕事じゃなくて、冒険なのよ！」

「あちこち走りまわったり、あやしい人間の身辺を嗅ぎまわるのはひと休みしたかったのだがね。老いて衰えたこの体が、ひと晩ゆっくり休みたいと訴えているのだよ」

「手早く調べるだけだから」セオドシアはバッグからプリントアウトを出し、ドレイトンに渡した。

「まったく強引だな」ドレイトンは唇を尖らせた。「ごり押ししおって」

「やんわりとお願いしただけでしょ」とセオドシア。「でも、気が進まないなら……」

三十秒が漫然と過ぎ、やがてまるまる一分が過ぎた。ドレイトンはようやく片手をあげ、暗い道路に向かって漠然と振った。

「やってみるか。調べに行こう」


夜十時のジャスミン墓地は影と霧ばかりだった。うっすらと白い巻きひげのような薄霧が、あらぬ方向に傾いた古い墓石のあいだをうねうねと這っていく。墓石は、欠けたり不恰好だったり黄ばんだりした歯が並んでいるようにしか見えない。長い歳月のあいだにねじくれたオークの巨木が、夜風にそよぐ濡れたスパニッシュ・モスをのぼりのように揺らしている。春になると必ず沼のようになる長い斜面の先、雑木林のほうからアメリカフクロウのせつない鳴き声が聞こえてきた。

小動物がたてるせわしない音も霧でくぐもり、死者だけが住むこの世界には、セオドシアの震える手が握る小さな懐中電灯以外、明かりはひとつもなかった。

「本当に、やるつもりかね？」ドレイトンが訊いた。

ふたりは露をたっぷり含んだ芝生を歩いていた。湿っているうえ、気味が悪いほどふかふかしている。

「墓地のいちばん古い区画をぱっと見てまわるだけよ」

セオドシアは朽《く》ちかけた四本のギリシア式柱で装飾された大きな墓を、懐中電灯で照らした。

「そしたら、引きあげましょう」

いったん帰宅して、アール・グレイを連れてくるんだったと、激しく後悔した。体の大きな用心棒がいてくれれば、少しは心強く感じられるのに。

「いちばん古い区画か」ドレイトンはつぶやいた。「ここが、そのいちばん古い区画ではないかと思うが。靴がぐしょぐしょで、靴下にまで水が染みてきている」

「わたしもよ」セオドシアは言い、ふたりは芝に覆われた斜面をゆっくり歩いていった。ドレイトンは足が濡れて《コールド・フィート》いるだけでなく、怖じ気づいて《ウェット・フィート》もいるようだった。

「なにがあろうと、懐中電灯は落とさないでくれたまえよ」ドレイトンは釘を刺した。「真っ暗ななかをうろつきまわるなんてのはごめんだ。わたしくらいの歳になると、転んで腰の骨を折りかねん」

ふたりは、ぬかるんだ地面をぐしゃぐしゃと音をさせながら、さらに三十歩進んだ。

「オベリスクがある」

セオドシアはひそめた声で言った。懐中電灯の光を高さ三十フィートの石塔の下から上へと這わせ、次に上から下へと這わせた。白い大理石が、きれいに肉がついばまれた骨のように光っている。

「気味が悪いわね」

「ここは南北戦争を戦った兵士の埋葬場所だ」ドレイトンが小声で説明した。「南軍、北軍、両陣営の戦死者が眠っている」彼は顔をしかめた。「目的地はこの隣だ。一世紀分隣だ」

ふたりの呼吸が速くなるのに反比例して、歩みはぐんと遅くなった。

「だんだん近くなっている」ドレイトンは言った。年齢のわりに元気とはいうものの、はつらつとした若者でもない。

「いちばん古い区画まであと少しだわ」セオドシアはあいかわらず声をひそめていた。「トラベル・チャンネルの『心霊スポット』で撮影された区画よ」

「幽霊なんてものは存在しない」ドレイトンはぴったりのおまじないが見つかったとばかりに言った。

「聖ピリポ教会の墓地で見た人魂はどうなの？」

夜遅くにゲイトウェイ遊歩道を歩いていたドレイトンが、聖ピリポ教会の裏の古い墓地で青く光る火の玉を見たことを言っているのだ。

「人魂の件はまったく話がちがう」

「本当に人魂が現われたわけじゃないってこと？」

「ああ、あれは、なんと言うか……化学反応の一種だ」

最後の坂を小走りに下る途中、セオドシアの片脚がぬかるんだ地面に沈みこみ、そのまま吸いこまれて転びそうになった。腕をばたつかせてどうにか回避し、ドレイトンがさっと出した手を借りて体勢を立て直した。足元を懐中電灯で照らした。

「どういうこと？」

ドレイトンは顔をしかめた。「このあたりの地面はかなり凹凸が激しい。おそらくは、長い年月のあいだに木の棺が……」と言葉を濁《にご》した。

「つぶれてしまったのね」セオドシアはあとを引き取った。恐ろしくて、考えただけでぞっとする。いま自分たちは二百年以上も昔に死んだチャールストン市民が眠る場所を歩いているのだと思うと足がすくんだ。

「うん、このへんだろう」昂奮が最高潮に達したのか、ドレイトンの声はうわずっていた。

「わたしがあっちを調べて、あなたは――」

「いや」とドレイトン。「離れないほうがいい。懐中電灯が一本しかないからな」

「そうね、わかった」

セオドシアもべつに、ひとりで調べてまわりたいわけではなかった。おばけは怖くないが、現世の人間は怖い。ヘリテッジ協会でロブとカミラを襲った犯人のような人間は。

「導き出した数字を見てみよう」ドレイトンは言った。

来る途中、彼はプリントアウトとにらめっこしながら、Aは1と対応させて変換していき、十三桁の数字を得た。彼は桁が多すぎると主張したが、とりあえずこれで調べてみようとセオドシアに説き伏せられたのだった。

セオドシアはいちばん手前の墓石を照らした。口をあけた髑髏が彼女をぽかんと見つめ返してきた。「すてき」懐中電灯の光をわずかにふらつかせながら言った。

「実はだね」とドレイトンが話しはじめた。「二、三百年前までは、死は生の一部だったのだよ。死者は自宅で体を洗われ、服を着せられた。棺は手づくりだったし、埋葬も家族がおこなった。この置物は……」彼は髑髏のひとつを指差した。「誰もがいずれこうなるという、気味の悪い戒《いまし》めのようなものだ」

「すてきな考え方だこと」セオドシアはつぶやいた。

「だが、それによって死は謎めいたものではなくなり、いわば、ゆりかごから墓場までが論理的に結びついた」

セオドシアは隣の墓へと移動した。「もう一度、さっきの番号を確認させて」

ドレイトンは紙切れに目をやると、セオドシアのほうに差し出した。彼女はそれを懐中電灯で照らし、顔をしかめた。

「桁が多いわ」

「そうとも。さっきからそう言っているではないか」

セオドシアは墓石に目をやり、数字と日付を書きとめた。「日付とお墓の番号を対象にしても……」

「まだ数字があまる」

「ほかのお墓を見てみましょう」セオドシアは移動した。

「仰《おお》せのとおりに」とドレイトン。

しかし、いくら調べたところで、いかなる形にせよ、自分たちが突きとめた数字に対応する墓は見つからなかった。

「あなたの言うとおりね。行きどまり《デッド・エンド》だわ」セオドシアは言葉を切り、縁起の悪い言い方をしたのを後悔した。

「文字どおり、行きどまりだ」ドレイトンはうなずいた。

「要塞島説に戻るしかない？」

「だろうな。だが、要塞島とはどれを指すのだろう？　チャールストン周辺だけでもキャッスル・ピンクニー、ムールトリー砦、それにサムター要塞がある。ハリケーンで壊滅したものや、この二百年間で姿を消した古い要塞は、それこそ数えきれない。ジョンソン要塞や、モリス・アイランドにある悪名高きワグナー砲台とか」

「時とともに失われたのね」セオドシアはつぶやいた。ハンドバッグをあけ、紙を一枚出した。

「今度はなにをするつもりだね？」セオドシアから懐中電灯を預かり、ドレイトンは尋ねた。

「この数字と日付の拓本をとるの」そう言いながら、ショルダーバッグのなかを引っかきまわした。「もしかして、鉛筆を持ってない？」

ドレイトンはおざなりに自分のポケットを叩いた。「いや。申し訳ない」

「いいのよ」セオドシアは言うと、小さな化粧道具入れを探った。「アイブロウ・ペンシルがある」キャップをはずした。「シエナブラウン色だけど」紙を数字の上にあてると、慎重な手つきで表面をならし、アイブロウ・ペンシルでこすりはじめた。「懐中電灯をしっかり持ってて」力を入れずにペンシルを大きく動かしていくと、少しずつ凹凸が写しとられた。

「いい感じだ」ドレイトンは終わる寸前の仕事ぶりに目をこらしながら言った。「だが、なぜだね？　どうしてこんなものが必要なのだ？」

「いちおう……まあ……調べてみようかと思って」セオドシアは言った。「あるいは、あとでなにか思いついたときの用心か。さあ、あと少しよ」

湿った冷たい霧が、濡れぞうきんのようにふたりをすっぽり包んだ。

短い沈黙が流れ、やがてドレイトンが口をひらいた。「今夜、きみがふたりの男性と話しているのを見かけた」

セオドシアは額に落ちてきたひと筋の鳶色の髪を吹き払った。

「パーカーとマックスのこと？」

「そうだ」ドレイトンは小さく忍び笑いを洩らした。「男がふたりいれば、混迷が深まる」

セオドシアは紙をはがした。

「あるいは霧が深まるか。どっちが先かしら」

20

アザレア、ツバキ、ラッパズイセンが、美しいレッドクリフ・ハウスの裏庭に目も覚めるような色を放っていた。大きな三段の噴水の水が軽やかな音をたてながら小ぶりな池へと流れこみ、小さい金魚が暗くよどんだ底に逃げこんでいく。黄色と黒のキアゲハが花から花へと飛びまわり、蜜をおいしそうに吸っている。十人ほどのお茶ツアー参加者は広々とした石敷きのパティオに並ぶ白い錬鉄のテーブルを囲んで、セイロン・ティーを味わい、粉砂糖でつくったグレーズをかけた猫の頭ほども大きなマラスキーノチェリー・スコーンをほおばっていた。

セオドシアとドレイトンはいつものふたりに戻り、十時のお茶ツアーを朝の軽食でスタートさせた。運が味方したのか、日光はさんさんと降り注ぎ、花々は咲き乱れ、参加者にも恵まれた。昨夜の薄気味悪い墓地探検とは大ちがいだ。

「皆様」ドレイトンが言った。「ピンク色のツバキが植わっている花壇へと目をお向けください。ツゲの低い生け垣に囲まれたあたりです」

彼が一行の前でバレエの指導者のようにぴんと背をのばして立つと、全員の目が注がれた。

「ここは昔ながらの本格的なイングリッシュ・ガーデンが、かなり忠実に再現されております」

ひとつのテーブルでおずおずと手があがった。

「でも、こちらのお宅はイギリス風ではありませんよね？」

「まもなく皆様をご案内いたしますが、この美しい住宅、レッドクリフ・ハウスはイタリア様式で作られております」

ドレイトンはセオドシアのほうに目を向け、先をつづけた。

「この界隈にお住まいの方はご存じでしょうが、このりっぱな住宅は一八二〇年、大きな米《こめ》農場の裕福な経営者であるダニエル・レッドクリフによって建てられました」

セオドシアは最後のおかわりを注ぐと、急いでドレイトンの説明につけ足した。

「ついでながら、庭にぐっと突き出ている温室《オランジエリー》は一九一二年に増築されたもので、ヴェルサイユ宮殿のオランジェリーを再現したものです」

「さて、たっぷりエネルギーを補給したことでしょうから」ドレイトンは両腕を差し出し、身振りで立ちあがるよう指示した。「ツアーを開始いたしましょう」

コマドリの卵の殻を思わせる薄緑色がかった青いスーツと同色の帽子をかぶった女性が手をあげて質問した。

「もう一度うかがいますけど、どこを見学するんでしたか？」

ドレイトンは形ばかりの笑みを浮かべた。

「レッドクリフ・ハウスの一階を見てまわったあと、近くのヴァーナー・ハウスも簡単にご案内いたします。そのあとはチャールストン図書館協会まで足をのばして見学し、古くからあるゲイトウェイ遊歩道をそぞろ歩きます。そこから駆け足で——本当に走るかどうかはともかく——チャーチ・ストリートを進み、最終的にはインディゴ・ティーショップでたいへんおいしいランチを召しあがっていただきます」

セオドシアは参加女性全員が一列になってレッドクリフ・ハウスの裏口からなかに入っていくのを見送り、最後尾についた。屋内に入ると、風情あふれる居室ふたつと図書室を見てまわりながら、ドレイトンがこれといったものを紹介していった——ヴェルニ・マルタン技法によるフランス製の椅子、ヘップルホワイト様式のサイドボード、金めっきしたチッペンデール風の鏡。また彼は、トスカーナ地方の屋敷を思わせる手塗りの壁画や、有名なアメリカ人画家、エドワード・サヴェッジの手になる暗く陰鬱な油彩画にも参加者の目を向けさせた。

見学を終えて外に出ると、今度はセオドシアとドレイトンを先頭に、オークの巨木が青々とした天蓋をなす遊歩道を歩き出した。乗合馬車が房飾りを揺らしながら鈴の音も高らかに通りをのしていき、美しい大邸宅が肩を寄せ合う年配の貴婦人のように建ち並んでいる。

ほどなく彼らは、ヴァーナー・ハウスの幅広の石づくりの階段をあがっていた。

現在の所有者、レノーラ・ペリーという名の女性が玄関口で出迎え、ざっとなかを案内した。やわらかな曲線が特徴の貴重なルイ十五世様式の脚付き整理簞笥に風格ある化粧漆喰《しっくい》仕上げの暖炉。ポール・リヴィア風のシルバーの燭台。優雅な曲線を描く豪勢な階段の上から、美しいクリスタルのシャンデリアがぶらさがっていた。

またもや外に出ると、今度はチャールストン図書館協会に向かった。そこで一行は足音を忍ばせるように古い建物の最深部まで進み、短時間ながら手稿室を見学した。白い木綿の手袋をはめたガイドが、ジョージ・ワシントンや沼の狐と呼ばれた独立戦争の英雄フランシス・マリオンが書いた額入りの手紙を見せてくれた。

陽気な一行は移動を再開し、ゲイトウェイ遊歩道を歩いていった。ガバナー・エイケン門を抜け、ギブズ美術館のすぐ前を通りすぎた。

セオドシアの口から忍び笑いが洩れそうになった。いま頃マックスはデスクでプレスリリースを書いているのかしら。あるいは会議で次の企画展についてメモをとっているのかも。そう思ったらいても立ってもいられず、いますぐツアー客を置き去りにし、ちょっと顔を出してびっくりさせたくなった。

しかしすぐさま現実に引き戻され、今度は彼とは本当にうまくいくのかしらと考えはじめた。うまくいくとしても、パーカー・スカリーとはどうしよう?

おそらく(たちまち不安が盛大に渦巻きはじめた)、マックスとちゃんとした関係を築くのは無理だ。だってパーカーの存在があるもの。デレインの存在だってある。おそらくわたしも彼も、心から好きな相手とは男女を越えたいい関係を築く運命で、目がくらむような恋愛関係になってはいけないのだろう。

ちょ、ちょっと待って。順番が逆じゃない？　そうよ。だって、まじめな話、わたしはマックスをどう思ってるの？　愛してる？　とんでもない。そこまで断言するには、いくらなんでも早すぎる。そうでしょ？　そうよ、もっと時間をかけなきゃ。

「セオドシア、セオドシア？」

頭を振って物思いから覚めると、ドレイトンに名前を呼ばれていた。「なあに？」と片手をあげ、にこやかに返事をした。

「よかったら、ここにあるペルセポネーの美しい像について、みなさんに説明してもらえないだろうか？」

「いいわよ」

全員が、ギブズ美術館の裏庭を飾る白大理石の像を囲むように集まった。

「みなさんもよくご存じと思いますが、ペルセポネーはギリシア神話に登場する女神のひとりです。彼女はたいへん美しく、それがために冥界の神ハデスに拉致《らち》され、冥府へと連れ去られてしまいます。冥府というところは、わたしたちが住むチャールストンの夏のように蒸し暑いところなんです」

そのひとことに大きな笑い声があがり、セオドシアは説明をつづけた。

「いろいろあった末、ペルセポネーは解放されますが、一年の三分の一は冥府に戻ることを余儀なくされてしまったのです」

セオドシアはひと呼吸おいた。

「六月から九月にかけてわが街を襲う暑い季節と同じ長さですね」

またもや大きな笑い声をあげながら、一行はミーティング・ストリートを横断し、目をみはるほどすばらしいロマネスク様式で建てられたサーキュラー会衆派教会をぐるりと一周した。

そこからのゲイトウェイ遊歩道は、庭園、幽霊、そして墓石が共存するすてきな場所に変化する。一六〇〇年代から残るスレートの不気味な目印の多くは、髑髏と骨の絵柄が描かれているが、『マイアミ・インク（フロリダのタトゥー・パーラーを舞台にしたリアリティ番組）』から飛び出たような天使の翼を持つ髑髏を冠した銘板もまぎれこんでいる。

歩く道すがら、ドレイトンが日時計やツタのからまる石のように硬い木の幹、オベリスク、さらには逸話や伝説が記された石の目印や銘板について蘊蓄を披露した。

庭園と墓所の奥の奥へと入っていくと、セオドシアはたくさんの石や記念碑、目印や銘板に思案をめぐらせずにはいられなかった。

じゃあ、暗号石は？

だいたいにして、暗号石はなにでできているのだろう？　煉瓦？　由緒あるジロン・ストリートに敷き詰められているのと同じ玉石？

それとも、暗号が刻まれていればどんな石でも暗号石になるのだろうか。

古い書体の文字が刻まれた大きな墓石の前を通りすぎる際、セオドシアはじっくりとながめた。墓石の片側には苔《こけ》が生え、文字がほとんど消えかけていた――容赦なき運命という早足は、心やさしきそなたが読めば心痛むものとなる。

予言めいた文章だわ。それにちょっと気味が悪い。

「さて」

ドレイトンは居心地のいい小さなティーショップの入口ドアを大きくあけた。

「インディゴ・ティーショップへようこそ」

店内に入った女性たちから次々と歓声があがった。最後にドアをくぐったセオドシアも思わず見入った。というのも、ヘイリーとミス・ディンプルがまたもや見事な仕事ぶりを発揮してくれたからだ。ツアー客用に用意された三つのテーブルは、シェリーの黄色と緑のサクラソウ模様の皿で輝いていた。糊のきいた白いリネンのナプキンは、手のこんだ白百合の紋章《フルール・ド・リス》の形に折ってある。さらには、全部の椅子の背に黄色いシルクの布を結び、ふわりとした大きなリボンにしてあった。

美しくコーディネートされたテーブルにドレイトンがお客を案内しはじめると、セオドシアは接客モードに入った。

「本日はランチ・ティーのセットをお楽しみいただきます。最初にお出しするのはクスクスのサラダとズッキーニのブレッド、次にキュウリの冷製スープとなります。メインディッシュはベーコンとパプリカのキッシュ、それにもうひとつ、手づくりのクランペットにチキンサラダやクランベリー・ジャムをのせ、上からチェダーチーズをかぶせてグリルで焼いたものもお出しします」

「それにお茶もだ」忘れちゃ困るとばかりにドレイトンが言った。

「ドレイトンが何種類かのお茶をご用意します」セオドシアは言った。「ぜひとも舌と味覚を総動員して、異なる味わいをお楽しみください。聞くところによると、ダージリン、烏龍茶、それにバニラ・チャイを選んだようですよ」

そう言うとセオドシアはくるりと背を向けてその場をあとにした。一般客に声をかけつつ、お茶ツアーの女性たちにも目を配り、ミス・ディンプルと一緒に料理を運んだ。その間ドレイトンは、お茶を淹れることに専念していた。

メインディッシュが終わる頃には、ドレイトンが何種類ものお茶のよさについて語ったせいで、お客は小さなティーカップを差し出して味見をせずにはいられなくなっていた。

「デザートがあるのもお忘れなく」セオドシアはお客たちに声をかけた。「ブランデーソースをかけたパンプディングに、当店オリジナルのクリームたっぷり夢見るパフェ、さらにはレモンのチェスパイもご用意しています」

「すみません」ひとりの女性が言った。「レモンのチェスパイってよく聞くけど、具体的にはどんなもの？」

「当店専属パティシエであるヘイリーによれば」セオドシアは言った。「もともと農家でつくられていたパイだそうです。あり合わせの材料でつくるのが本来なんだとか」

「見栄えがいいわけでも、高価なわけでもありませんが」とドレイトンが口をはさんだ。

「愛情のこもったデザートです」

セオドシアが持ち帰りのスコーンの注文をせっせと書きとめていると、マックスがふらりと現われた。彼はうっすら笑みを浮かべて店内を見まわし、鼻をほんの少し上向けた。お茶の香りを嗅いでいるのかしら、とセオドシアは首をかしげた。

急ぎ足でマックスを出迎えに行き、愛想よくも好奇心いっぱいに尋ねた。

「どうしてまたここに？」

彼女はマックスがふらりと顔を出したことに、驚くと同時に喜んでもいた。もしかしたら彼って……超能力者？ わたしが午前中にギブズ美術館の前を通りすぎたときに、ビビッときたのかも。

「スコーンをもらいに来たんだ」マックスは言った。「聞くところによると、ここのはしっとりしていてボソボソしてなくて、この街でいちばんだそうだから」

「誰に聞いたの？」セオドシアは尋ねた。デレインかしら？

マックスはものうげにほほえんだ。「みんなそう言ってるよ」そこでちょっと間をおいた。「ゆうべはツキに恵まれたかい？」

セオドシアは一瞬、身をこわばらせた。「ゆうべのことを、なぜ知ってるの？」まさか、尾行してたわけじゃないわよね？

「そんなむずかしい推理じゃないさ。きみの考え方がよくわかってきたからね」

「嘘よ。わたしのことなんかなにもわかってないくせに」べつにむっとしたわけでも、つむじを曲げたわけでもない。ただ……心の底からそう思っただけだ。

「でも、本当にわかりかけてきてるんだ。その一瞬一瞬を楽しんでる」

ま、いいか、とセオドシアは心のなかでつぶやいた。ここは調子を合わせておきましょう。

「それで」とマックスは言った。「なにか見つかった？」

「ううん、なんにも」

「だったら、申し訳なかったね。そんな雲をつかむような探索をさせてしまって」

「気にしないで。あなたに言われたから出かけたわけじゃないもの。わたしが自分で決めたことよ」

「彼女ったらなにを言ってるのか、さっぱりわかんない」

ヘイリーがそう言いながら、セオドシアに電話を差し出した。

「ヒステリーを起こしてるんだもん」

「今度はなんなの？」セオドシアは言った。

マックスも、ランチの客の大半もいなくなり、藍色の持ち帰り用ボックスに最後のスコーンの注文を詰めているところだった。

「誰がヒステリーを起こしてるですって、ヘイリー？」

ヘイリーは鼻にしわを寄せ、上等なカーテンのような髪をうしろに払った。

「デレインじゃないかな。でもさ、やけどした猫が間違い電話をかけてきたみたいな声なんだ」

「デレイン？」セオドシアは電話に言った。「どうしたの？　なにがあったの？」

「セオ！」

デレインは泣き妖精バンシーのような、大きくて悲痛な金切り声をあげた。

「ナディーンがシルクとワインのショーの手伝いに現われないの！　それどころか、連絡すら取れないの！」

「彼女なら大丈夫よ」セオドシアは言った。「ゆうべも言ったでしょ。ビル・グラスと一緒に決まってるわ」その理由は想像したくもないけどね。

「わかってる、わかってるってば」デレインは早口に言った。「でも、ナディーンらしくないわよ。あたしに負けず劣らずシルクとワインのショーを楽しみにしてたんだもの。もう、やんなっちゃう！」

「きっと現われるわよ」セオドシアは心から気遣っているように言った。

「そうね」デレインは涙声になった。「でも、現われなかったら、あたしひとりじゃなんにもできない！」

「ジャニーンがいるでしょ」セオドシアは言った。ジャニーンというのはデレインのもとで働く、仕事ばかり多くてお給料の少ないアシスタントのことだ。気の毒に彼女はいつ見てもストレス過剰で、すぐにでも抗鬱剤のザナックスを飲んだほうがよさそうな顔をしている。もっとも、デレインのところで働いていたら、ストレスがたまらないほうがおかしい。

「だめだめ。ジャニーンよりもっとセンスのいい人でなきゃ」

冗談じゃない。デレインたら、わたしに助けを求めるつもりじゃないわよね？　わたしにナディーンのかわりをさせようってつもりじゃ……？

ううん、きっとそのつもりだわ。

「セオドシア！」デレインは甘えるような哀れっぽい声を出した。「お願い、こっちに来て手を貸してちょうだいよ」

「冗談言わないで！」

「だって、きょうのイベントに出席のお返事をくださったお客様が、少なくとも五十人はいるんだもの！」デレインはキンキン声で訴えた。「飛びこみの人だって何十人といるはずよ！」

「わたしだってとても忙しくて……」

セオドシアはもごもごと言い訳した。デレインがごり押しするのはいつものことで、セオドシアも反射的に力になりたいと思ったが、その気持を必死に押さえつけた。

「まずいことにね」とデレインは盛大に洟《はな》をすすりあげた。「もうのっぴきならない状態なの。お金はたくさん使っちゃったし、上等なシルクの服を得意とする大物デザイナーをふたりも招待しちゃったし。モデルもいかした新しいＤＪも、それにバーテンまで雇っちゃったんだから。このままじゃ、シルクとワインのショーが惨憺《さんたん》たる結果になるのは目に見えてるわ！　なにもかもだいなしになって、あたしはいい笑い者よ！」

セオドシアは同情した。電話を胸のところまでおろし、ティーショップの様子をうかがった。目がまわるほど忙しいというほどでもない。ドレイトンとヘイリーのふたりでなんとかなるだろう。それに、と自分に問いかける。デレインからマックスを奪った（というか、もて遊んでいる？）ことで、少し気がとがめているんじゃないの？　彼はまだデレインと完全に別れていないかもしれないのだから。

　もちろんよ、と心のなかで答える。いくらかはね。

「手伝いに行くわ」セオドシアは言った。午前のツアーがうまくいったせいで、気が大きくなっていた。

「まあ、セオ！」デレインは声をうわずらせた。「あなたって本当にいい人。命の恩人よ！　この親切は一生忘れない。いつか、きっと埋め合わせをするわね。どんなことでもする。なんでも言って《ネーム・イット》！」

　その名《ネーム》はマックスよ……なんて。

「三十分くらいで行くわ、デレイン」セオドシアは電話を切った。

「今度はいったいどんな緊急事態が彼女のささやかな世界を揺るがしたのだね？」ドレイトンが訊いた。片手に福建省産の紅茶の缶を、もう片方の手に金芽紅茶の缶を持っている。ポットにお茶を淹れる前に、それぞれのお茶の長所を比較しているにちがいない。

「シルクとワインのイベントのことで癇癪を起こしてるみたい」セオドシアは説明すると、いまのは冗談よとばかりに目をぐるりとまわした。

「デレインが癇癪を起こしていないときなどあるのかね？」

「でも動揺する気持ちもわかるわ。お姉さんは手伝いに現われないし、シルク好きの女性たちが大挙して店にやって来るんだもの」

「デレインの店でやる、いつものファッションショーの話かね？」ドレイトンは訊いた。

「実際のところは、払う金がないのに商品を発注するための手口にすぎんがな」

セオドシアは思わず噴き出した。

「ドレイトン、他人のたくらみにまどわされず、自分のひねくれたものの見方を貫くあなたは本当にすばらしいわ」

「たいしたことじゃない」

「じゃあ、ちょっと抜け出してデレインの手伝いをしてくるけどいい？」

「かまわんよ」

ドレイトンはようやく福建省産紅茶に決めた。

「さっさと行きたまえ。手伝いならミス・ディンプルがいる。このあとは彼女とわたしで切り盛りできるとも」

21

「大好きよ、セオドシア！」

〈コットン・ダック〉の入口をくぐったとたん、デレインの甲高い声が飛んできた。

「わたしはなにをすればいいの？」

店内を見まわすと、薄地のワンピースや綿のスラックス、Tシャツがかかった何台ものラックがわきに押しやられ、ゲストであるデザイナーふたりのためのスペースができていた。祭壇を思わせる対の白いパーソンズテーブルにはカタログやノベルティグッズが並び、すぐそばには色とりどりのシルクの服でいっぱいのラックが置かれている。

ふだんのデレインのブティックは、蒸し暑いチャールストンの気候にぴったりマッチした、シックでありながら軽やかな綿素材の服がメインだ。ほかにも薄手のトップスや丈の長いイブニングドレス、蝶の羽ほども軽いスカーフにパールのネックレス、軽やかなスカート、さらにはヴィンテージものの古着などを揃えている。最近ラインアップにくわわったのは、ラ・ペルラ、コサベラ、それにグイア・ラ・ブルーナといったイタリアのブランドをメインとする、高級ランジェリーの数々だ。

「なにから手をつけるかですって？」デレインが声を張りあげた。彼女は必死の形相できょろきょろ見まわしたあげく、セオドシアに視線を戻した。それから完璧に整えた眉をひそめ、とげとげしい口調で言った。「まずはあなたをなんとかしないと。とりあえず、その服を替えるわよ」

「なんですって！」セオドシアは大声をあげた。いま着ているサマードレスのなにが悪いの？

「シルクとワインのショーみたいなおしゃれなイベントでは、こっちもある程度アルタモーダな感じにしなきゃ」デレインはつくり笑いを浮かべた。

セオドシアはハイスクール時代の語学の授業をすばやく振り返った。

「アルタモーダって高級ファッションの意味？」

デレインはそっけなくうなずいた。

「とにかくね、セオ、きょうは上流階級のご婦人方が何人もいらっしゃるの。チャールストンの大物中の大物ばかりよ。それに《ポスト&クーリア》がファッション担当のカメラマンをひとり寄越すと約束してくれてる。だからね、そんなものはさっさと脱いで、シルクのブラウスとスラックスに着替えてちょうだい……きょうお招きしたデザイナーの手によるものじゃなきゃだめよ、もちろん」

「どうしていま着ている服じゃだめなのよ？」デレインの気が変わらないのは承知のうえで、セオドシアは訊いた。

デレインは鼻にしわを寄せ、慎重に言葉を選んだ。「そこらの疲れた女店員みたいなんだもの」

「そう」セオドシアは言った。「あなたがそう言うんじゃしかたないわ」

有名な詩人、W・H・オーデンもひねくれた言いまわしで言っていたっけ――男子学生なら誰もが知っている、恩は仇《あだ》で返されると。オーデンの言うとおりだわ。時間と労力を無償で提供してるわたしのことをあげつらうなんて。それも辛辣《しんらつ》な言葉をたっぷり交えて。もっとも、こういう展開もまた、デレインらしいと言える。

「藍色と青緑色とどっちがいい？」デレインは近くのラックからシルクの服を二着選んで高くかかげ、服がゆらゆらするまで揺すってセオドシアの注意を惹いた。どっちも品のいいチュニックと細身のスラックスの組み合わせだった。

「藍色がいいわ」セオドシアは言った。これ以上異議をとなえるよりも、負けを認めるほうが得策だ。「それ一着のために何匹の蚕《かいこ》が犠牲になったことやら」以前、公営放送で中国のシルク産業をテーマにした番組を見たが、蚕はせっせと働いたあげく、自分がつくった繭《まゆ》に入ったまま哀れにも茹《ゆ》でられてしまうのだった。

「それがなにか問題でも？」

「あなたにはどうでもいいことよ」セオドシアは言った。

デレインは藍色の服をセオドシアの手に押しつけ、嚙みつくように言った。「お願いだから急いでちょうだい！」

更衣室から出ると、すでにバーテンダーが到着し、パールやブローチやスカーフをすっかりどけた木のカウンターにシラー・ワインのボトルを並べていた。反対側では、頭を剃りあげ、シルバーのピアスに黒革のジャケット姿の若いＤＪがサウンドチェックの真っ最中だ。

「セオドシアさんも着替えさせられたんですか？」

ジャニーンが声をかけてきた。大きくて濡れた茶色い目をして、茶色のシルクのシャツとスラックスを着ているせいで、デレインの長年のアシスタントは悲しそうなバセットハウンド犬そっくりだった。茶色の縮れ髪はぺたんこ状態で、何日も寝ていないように見える。デレインのもとで働いていれば、そうであってもおかしくない。

「この服、なかなかしゃれてるじゃない？」

セオドシアはくるっと小さくまわって、三面鏡で自分の姿を確認した。うん、ホーボー・シックっぽいわ。ホーボー・シックがどういうものか、ちゃんとわかっているわけではないが、ファッションに敏感な人たちのバイブルである《ヴォーグ》誌でさんざん使われていたのを覚えている。

「お値段は二千百です」ジャニーンが言った。

「二千百ドル？」セオドシアはいきなり現実に引き戻された。二千百リラか二千百ドラクマなら考えられなくもないけど、ドルですって？　冗談でしょ。

ジャニーンはいつもの暗い顔でうなずいた。

「トップスもスラックスもダイアン・サイファートのコレクションのものです。彼女が使うのは、三十分ごとに桑の葉を食べさせた蚕から採る良質のシルクだけだそうですよ」

「そんなによく食べる虫っていったい何者？」セオドシアは訊いた。「よく、というより頻《ひん》繁《ぱん》と言うべきかしら」

「だから、蚕です」ジャニーンはきまじめな声で答えた。

「そのダイアン……なんとかさんは、きょう来ているデザイナーのひとり？」

店の奥に目をこらすと、長身でおしゃれなブロンド女性と、ぴったりしたブレザーを着て首にスカーフをぐるぐると巻いている男性の姿が見えた。

「もうひとりはネヴィル・ベイリーさんです」ジャニーンは言った。「ベイリーさんは……あそこにいる男性ですが……イギリスのデザイナーの異端児的存在で、スラブヤーンやダメージ加工したシルクですばらしいドレスやブラウスをつくっている方です」

「それじゃあ、お値段はあまり高くないのね」

「とんでもない」ジャニーンは言った。「ベイリーさんのお品はサイファートさんのものよりもずっとお高いんですよ」

「ふたりともここにいたのね！」デレインの声がした。「やらなきゃいけないことがたくさんあるのに、無駄話なんかして」

彼女も服を着替えてきており、黒いシルクのすとんとしたワンピースに赤いシルクの帯風ベルトを締めて、ばっちり決めていた。長い黒髪をねじってまとめているせいか、ハート形の顔がより強調されている。近寄りがたくて奇抜に見えた。

「わたしはなにをしたらいい？」セオドシアは訊いた。「なんでもいいから言って」

「そうねえ」デレインは考えこんだ。「入口のところでお客様を迎えてもらおうかしら」

「わかった」

セオドシアは内心、安堵のため息をついた。出迎えるだけなら簡単だ。何度か〝いらっしゃいませ〟と声をかければ、ここをあとにできる。鳥のように自由の身に戻れる。

「それが終わったら」デレインは甘ったれた声を出した。「お客様のあいだをまわって、注文を書きとめるのを手伝ってね」

「服の注文？」セオドシアは舌をもつれさせた。「そんなの、わたしにはとても無理よ」

「ばかなこと言わないの」デレインはたしなめた。「すっごく簡単な仕事だから、子どもにだってできるわよ。お客様が買うものを決めるのを手伝って、サイズと色と数をメモすればいいの」

セオドシアは納得がいかなかった。

「それじゃ、ほとんど販売員だわ」

お客をうまいこと誘導して買わせたら、二十パーセントの手数料がもらえるのかしら？まさかね。セオドシアはますます、いまだ現われないナディーンのアパートメントに押しかけ、彼女の耳をつかんでここまで引っぱってきたいという気持ちに傾いた。

「きょうはお金があって流行に敏感な女性が大勢いらっしゃるんですからね」デレインはまた同じことを繰り返した。「その人たちは注文するつもりでいるの。当然、あなたがなにくれとなく世話を焼いてくれるものと思うはずよ」

「そんなことを言ったって……」

セオドシアは抗議したが、すでにデレインは走り去ったあとだった。

「大丈夫ですよ」ジャニーンがこわばった顔で言った。

セオドシアはうなずいた。ジャニーンがいつも陰気な顔をしている理由がわかりかけてきた。


ふたをあけてみると、新作発表会はまさしく悪夢だった。まずは、続々となだれこんでくるごてごて着飾った痩せぎすの女性たちを、入口のところで出迎えなくてはならなかった。この人たちときたら、キンキン声であいさつし合うだけでは飽きたらず、携帯電話に向かってのべつまくなしにわめいてもいた。そのあとは彼女たちをふたりのデザイナーと、彼らのブランドがたっぷりとかかったラックのほうへ、さりげなく誘導した。たちまち、一カ所に集められた猫のような大騒ぎが始まった。ひとりでも店内のべつの場所にあるぴかぴかのオーナメントに目をとめたり、ワインバーに足を向けるような客がいると、デレインが不満そうな目でにらみつけた。

最後には、力ずくで仕切るほかなくなった。まるで、海岸地区にある男くさい酒場の用心棒にでもなった気分だった。もっと悪い言葉で言うなら、ラスヴェガスのボトルガールだ。

ようやく入口という持ち場から解放されたと思ったら、今度は毛皮のオーダー帳を押しつけられ、ワインをがぶ飲みする者あり、サンプルサイズの服に体を詰めこもうとする者あり、一心不乱に携帯メールを打つ者ありの、ラグビーのスクラム状態の一団へと向かわされた。

「すみません、ちょっと通してください」

セオドシアは言いながら、集団のなかに割って入った。しかし、誰ひとり見向きもしない。セオドシアは作戦を変えた。

「どなたかご注文の品がございましたら……」

今度は強く肘で押された。

ささいなことに目くじらを立てない、わりとおっとりした性格のセオドシアだが、このときばかりは寛容レベルの針が一気にゼロまで落ちた。無記入の注文帳をカウンターに叩きつけ、もうやめると言おうとしたちょうどそのとき、ほがらかな女性の声がした。

「セオドシア、あなたなの？」

ギブズ美術館で会った画商のスカーレット・バーリンだった。満面の笑みを浮かべ、半ダースもの髑髏の指輪をはめたスカーレットが、シルクのチュニックを両手でしっかり抱えていた。

「こんなところでお会いするとは奇遇ね」スカーレットは言うと、小さくつくり笑いを浮かべた。「今夜のうちのオープニングで着る服をお探しなの？」彼女は期待のこもった顔でつけくわえた。「来てくれるんでしょ？　あなたも、あのすてきなドレイトンも」

「ふたりともそのつもりでいるわ」

その言葉が口からこぼれたとたん、セオドシアの頭に疑問がわいた。いったいどうして、このおかしな人の画廊に行かなきゃいけないの？　というのも、セオドシアの頭のなかでは、スカーレットは容疑者リストの最後尾についているからだ。

「よかった！」スカーレットははしゃいだように言った。「イベントが始まるのは七時だけど、よかったら少し早めに来て。そしたら、いろいろお話しできるでしょ」

「楽しみだわ」セオドシアは言ったものの、スカーレットとおしゃべりなんて、少しも楽しそうに思えなかった。

「注文を取ってるんでしょうね？」

デレインがいつの間にかうしろに立っていた。

「わたしが注文しようと思ってたところ」スカーレットが言った。「それで……」持っていたチュニックをかかげ、ぶらぶらと揺すった。「サンプル品も売ってもらえるのかしら？」

「すべてご購入いただけます」セオドシアが言ったとたん、ほかにも三人が駆け寄ってきて、注文したいと告げた。

セオドシアは大車輪の働きぶりで、商品番号、サイズ、色、それに顧客情報を書きとめていった。必要事項を記入した注文書をジャニーンにまわすと、彼女は合計金額を出し、言葉たくみに五十パーセントの内金を払わせた。

「なかなかの働きぶりだったわよ」

約四十分後、セオドシアとシラー・ワインを飲みながらデレインが言った。

「思ってたほど注文は多くないけど、とにかくとても助かったわ」

「ありがとう」セオドシアは言ったが、デレインの言葉は単なるお世辞で、心からのものでないことくらいわかっていた。もっとも、注文取りはさほど大変ではなかった。むしろ、どの品を注文したらいいかアドバイスするなど、ものづくりにたずさわっているような気分が味わえた。

「だけどねえ」デレインが鉛筆の尻を嚙みながら言った。「ナディーンが来てくれないなんてがっかりだわ」

「ニューヨークに帰ったなんてことはない？」セオドシアは訊いた。「急用ができたのかもよ」

デレインはにべもなかった。「あたしになにも言わずにいなくなるはずないでしょ」

「アパートメントには電話した？」

「したに決まってるでしょ。それこそうん千億回もかけたけど、一度も出ないの」

デレインの険のある顔が突然ゆがみ、彼女は声を詰まらせながらすすり泣いた。

「なにかあったんだわ！　そうに決まってる」

「落ち着いて」セオドシアは少しでも落ち着かせようと言った。「ビル・グラスと喧嘩したんじゃない？　痴話喧嘩でもして、すごく頭にきてるのかもよ。でなければ、決まりが悪いのかも」

デレインはきょとんとなった。「姉さんがなにを決まり悪がるっていうのよ？」

もう、わからない人ね。そう言ってやりたかった。ビル・グラスみたいなこの世でいちばんのろくでなしとつき合ってることを恥じてるんじゃないの、と。しかし、言うのはやめておいた。

デレインは肩を怒らせ、ごくりと唾をのみこんだ。

「ナディーンはきっと来る。来るに決まってる」

「そのうちぶらりと現われるわよ」セオドシアは相づちを打った。

「実を言うとね」

デレインはセオドシアの手を強く握り、秘密を打ち明けるように握りしめた。

「ナディーンは昔からわが家でいちばん、おつむが弱かったのよ」

セオドシアはわが意を得たりと思ったが、ここでも、よけいなことは言わずにおいた。


「そろそろ帰ろうと思っていたところだ」

セオドシアがインディゴ・ティーショップの正面入口から入っていくと、ドレイトンが言った。

「ヘイリーとミス・ディンプルは半時間ほど前に帰った」

店内に人けはなく、ドレイトンは宜興製の小さなティーポットをすすぎ終えたところだった。

「いてくれてよかった」セオドシアは言った。

　ドレイトンは半眼鏡をはずし、どういうことかという目で彼女を見つめた。

「少し疲れているようだぞ。デレインのところの手伝いは、いい気分転換にはならなかったようだな」

「デレインに言われてお客様のお出迎えをしたら、それだけでもうくたくた」セオドシアは言った。「おまけに、注文取りの手伝いまでやらされたのよ。ジャニーンがいつも交通渋滞から抜け出た直後のような顔をしてるのも無理ないわ」

「だったら、まっすぐ家に帰ればよかったじゃないか。癒《いや》し系のCDでも聴きながら、きみが開発した〈T・バス〉のバブル・ティー入浴剤を入れたバスタブでのんびりすればいい」

「だって、例の緊急発掘調査の会社ふたつを訪問する時間があると思ったんだもの」

「やめたほうがいい」ドレイトンは蝶ネクタイをいじくった。「そんな余力は残っていないだろう。そうじゃないかね？」

「ぱぱっとやればいいでしょ」セオドシアは言った。

「会社を訪ねたところで袋小路に入りこむだけだ」ドレイトンはかぶりを振った。「なんだってまた、そんなところを訪ねなくてはならんと思いこんでいるのやら」

「そうは言うけどね」セオドシアは言った。「こんな雲をつかむような調査をしてるのは、ティモシーからロブの事件を調べてほしいと頼みこまれたせいなのよ。しかも、わたしの記憶によれば、あなたも彼と一緒になって、けしかけたはずだけど」

　ドレイトンは小さく顔をしかめた。「そうだったな」

「だから、さっさと上着を取って、出かけましょう」

22

ふたりがまず訪れたのは、〈カロライナ・ローズ廃材リサイクル〉だった。ソサエティ・ストリートに建つ小さな店で、クーパー川のクルーズ船が係留されている場所から数ブロックと離れていなかった。

「およそ手がかりが得られそうにない店だな」

かつては茶色だったが、いまは風雨にさらされて白茶けたこけら板の小さな建物に入っていきながら、ドレイトンは言った。しかし、なかに入ったとたん、ふたりは十八世紀か十九世紀にタイムスリップした。天井からはアンティークの真鍮の照明器具がぶらさがり、古い木のドア、暖炉の炉棚、鉄細工が内壁にもたせかけてある。おまけに教会の会衆席や装飾窓、古い蛇腹《じゃばら》、ハートパインの床材が床を埋めつくしていた。

店主のジーン・フリッツがふたりを愛想よく出迎えた。

「アンティークの石を探しているんです」セオドシアは少し慎重に切り出した。

フリッツは彼女に目をやった。「庭に置くようなやつかね？」

「そうです」

「裏にある」

フリッツはふたりを引きつれ、ごちゃごちゃした店内を縫うように進んでいきながら、裏口をしめした。

「石でできたやつとか大きな品は全部、裏に置いてある。アシスタントのジミーがいるから、やつに訊くといい」

「ジミーさんだね」ドレイトンが復唱した。

裏口を出たところは砂利が敷きつめられ、石、奇抜な柱、記念碑、大理石の彫像、渦巻き模様の鉄細工、それに古い煉瓦が山と積まれていた。広さは二十フィート×三十フィートほど、周囲にめぐらした高さ八フィートの金網フェンスは、灰色のプラスチック片を編みこんでなかが見えないようにしてある。

最初、セオドシアにはアシスタントの姿が見えなかった。埃にまみれた灰色のつなぎに、ロング丈の灰色のエプロンという恰好のせいで、門番よろしく立っている石像のひとつかと思ったのだ。

「こんにちは」

セオドシアは声をかけると足をとめ、石造りの巨大な日時計をながめた。ジミーのすぐそばまで行くのはためらわれた。近づけば握手をしなくてはならないが、車に除菌ジェルのピュレルを置いていないのだ。

「あなたがジミーさん？」

男性がうなずいた。よくよく見ると、第一印象よりもいくらか若かった。

「そうだよ。なんの用だい？」

「こちらであつかっているなかに」とドレイトンが言った。「古い石、あるいは隅石はありますか？」

「ああ」ジミーは言った。「そういうものは常時置いてる。とくにこれというものを探してるのかい？　庭石かなにか？」

セオドシアとドレイトンは顔を見合わせた。

「ええ」セオドシアは言った。「庭に置く石よ」

「だが、少しばかり特殊なやつでしてね」ドレイトンが言い添えた。

「彫り物がある古い石を見たことはあります？」セオドシアは尋ねた。

ジミーは考えこみながら、顔をかいた。かく手をとめると、くっきりとした筋が顔に一本ついていた。

「先住民族関係のやつかい？　その手の人工遺物が出たら、州の考古学研究所に提出することになってんだ」

「いつも規則どおりにしているの？」セオドシアは訊いた。

ジミーは口ごもった。

「おれは芸術史の専門家じゃないからさ、ひとつひとつの由来について、正しく判断できるわけじゃない」

人工遺物。ひとつひとつの由来。この人は芸術史にそうとう通じている。

「わたしたちが探してるのは、歴史をほんの少し感じる程度のものなの」セオドシアは説明した。

「しかも彫り物のある石か」

ジミーは口のなかでもごもご言うと、下に目を向け、商品を確認しながら歩いていった。

埃まみれのブーツで花崗岩をしめした。

「こいつは古い銀行で使われてた隅石だ。一八七七年にまでさかのぼる」

「すばらしい」ドレイトンが言った。

「外国語が彫られたものはない？」セオドシアは訊いた。「あるいは古い英語でもいいわ」

「そういうのはないと思うね」

ジミーは煉瓦の大きな山を指差した。

「チャールストンの古い茶色の煉瓦ならたっぷりあるが」

「どこから持ってきたものなのだね？」ドレイトンが訊いた。

「あちこちだ。ああいうのの大半は、戦前に建てられたお屋敷にあったものでね。なかには、取り壊された古い建物から回収したものもある」

ジミーは小さく顔をしかめた。

「うるさい連中は保存しろと怒るけどな」

「そうだろうとも」

ドレイトンは冷ややかな口調で言った。

「おかしな話だよ」ジミーは言った。「古い彫像や柱が急にまた脚光を浴びるようになるなんてさ。昔はあんなものが売れるなんてありえなかった。てきとうにぶった切って埋めてたんだぜ。それがどうだ、いまじゃ裏庭を飾るホットで新しいアイテムなんだからな」

「でも、彫り物の入った石や隅石はひとつもないのね？」セオドシアは訊いた。

「あることはあったよ」ジミーは言った。「以前はね。でも地元の業者がきれいに持ってっちまった。定期的にやって来ては、ひとつひとつ選り分けてくんだ」彼はそこでにやりと笑った。「普通の人間は、ここにそんな価値のあるものが置いてあるなんて考えもしないが、そいつらは目が肥えてたんだな」

「何人か名前を教えてもらえないかしら。最近、ここのものを購入した業者の名前を」

セオドシアとドレイトンがジミーを追って店に入ると、彼は紙切れにいくつか名前を走り書きしてくれた。

「ありがとう」セオドシアは言った。「とても役に立ったわ」

「来週、また来なよ」ジミーが熱心に言った。「古い教会の廃材がトラック一台分届くことになってる」

「どうだね？」車に戻るとドレイトンが訊いた。

セオドシアはリストをひらいて目をとおし、ドレイトンに渡した。

ドレイトンはすばやく読んで、顔をしかめた。

「〈シルバー・プルーム〉がリストに入っている」

「トマス・ハッセルの店ね」

セオドシアは言うと、急いでエンジンをかけた。

「そっちも訪ねるつもりかね？」ドレイトンは訊いた。「様子を見に？」

「もののついでよ」セオドシアは言った。


しかし、トマス・ハッセルの店——チャールストンでもかなり高級な地区にある煉瓦造りの建物——に来てみると、明かりが消えていた。ガラスをちりばめた錬鉄の扉には几帳面な文字で〝閉店〟と書かれた札が内側からぶらさがっていたが、ためすだけためしてみた。あかない。しっかり施錠されている。窓からなかをのぞきこむと、古い銀器やバロック時代の真珠のネックレス、アンティークのオルゴールがシルバーの額や古いカメオと並んでいた。しかし、人の気配はないし、奥のオフィスで明かりが煌々《こうこう》とついている様子もなかった。

「行き違いのようだ」ドレイトンが言った。「残念だが」

ふと見ると、わきに路地——ハッセルの煉瓦のビルと赤い砂岩造りのビルのあいだにくねくねとのびる細い道——があった。

「せっかくだから、ぐるっと見ていかない？」

セオドシアは通路を指差した。

ドレイトンは気が進まない様子だった。「裏にまわるのかね？」

「そうよ。ものの一分もかからないわ」

ドレイトンは肩をすくめた。

「見るくらいならかまわんだろう」そう言うと、セオドシアのあとについて玉石敷きの通路を歩き出した。「それ以上のことはしないんだろうね。ただ見るだけで」

「あたりまえでしょ」

やがて見えてきた裏庭らしき場所は、さっきの〈カロライナ・ローズ〉とよく似ていたが、大きな金属の門が立ちはだかっていた。レバーに手をかけ、門を揺すってみる。すると〝ひらけゴマ〟と唱えたかのように、なぜか門が大きくひらいた。

「なかに入るのはまずいと思うぞ」ドレイトンが言った。

「でしょうね」セオドシアは言いながら、裏庭に足を踏み入れた。

「もう帰ろう」ドレイトンは少し不安そうな声で言った。「ぶらぶら見てまわったくらいで暗号石が見つかると、本気で思っているわけではなかろうに」

「そんなことわからないわ」

セオドシアは古い銀行の天井蛇腹から取り払われたとおぼしき、石造りの大きな鷲に歩み寄った。

「もとは銀行にあったものでしょうね」

「銀行が銀行らしかった時代のものだろう」ドレイトンが言った。「最近の、レンタルビデオ店みたいな銀行ではなく」

そろそろと足を進めていくと、さっきのとはべつの石造りの天井蛇腹、気むずかしそうな顔をした三羽のガーゴイル、丸みを帯びた大きなお腹をした仏陀の石像、それに、石柱が見つかった。

「ドーリア式だ」ドレイトンは柱のひとつに手を這わせた。

「こっちのはイオニア式だわ」セオドシアは言った。

「さすがは美術館に足繁く通っているだけあるな」ドレイトンが言った。

どうせなら、美術館の広報部長のもとに足繁く通いたいものだわ。セオドシアはそう心のなかでつぶやいた。

「それにしても、こいつは本当に意外だ」ドレイトンは言った。「トマス・ハッセルが建築遺物をあつかっていたとは、まったく知らなかった」

「こういった品を何年もあつかってきてるなら、暗号石についてもなにか知ってるかもしれないわね。少なくとも逸話くらいは」

「かもな」ドレイトンは言った。

「その一方」セオドシアは言った。「髑髏杯を盗んだのがハッセルさんなら、それが失われた手がかりだったのかも。すでに暗号石は手に入れていて、宝のありかを特定するのに髑髏杯を必要としたのかもしれない」

「考えられなくはない」ドレイトンは納得していなかった。「だが、いまの話には信憑性のかけらもない」

「単なる希望的観測だもの」セオドシアは言った。

「妄想とも言う」ドレイトンは言った。

「そのとおりよ」セオドシアはうなずいた。「それでも……ハッセルさんにもう少し質問する価値はあると思う」

ふたりは歩道まで戻り、セオドシアの車に乗りこんだ。

「ほかはしっかり施錠されてるみたいね」セオドシアは言った。

「だろうな」ドレイトンは腕時計に目をやった。「こんなところでうろうろしてたせいで、ギャラリーのオープニングに遅刻しそうだ」

「デレインのお店でスカーレット・バーリンと出くわしたの。わたしたちが来るかどうか、気にしてたわ」

「なんと答えたのだね？」

「必ず行くと言っておいた」セオドシアは数秒おいた。「行くんでしょ？」

「そうだな」

「メトロポリタン美術館みたいなところのオープニングとはちがうのよ」セオドシアは言った。「芸術を愛する人たちが連れだってやってくるんだもの、見逃す手はないわ」

「えらく彼女にご執心《しゅうしん》だな」ドレイトンは言った。「それもこれも髑髏だのなんだののせいか。そうだな……簡単にあいさつしておいとまするとしよう。とにかく、きみは例の……虫の知らせとやらを感じたわけだ」

「そのとおり」セオドシアは言った。「さあ、行くわよ」

23

クリスタル・グラスの軽やかな音が響き、インダストリアルテクノ音楽が激しいビートを刻む。芸術家、美術品収集家、美術評論家、熱心な美術ファンという豪華な顔ぶれが、バーリン画廊に展示された最新のポストモダニズム絵画を少しでもいい場所で鑑賞しようと争っていた。

「芸術家風のよそおいだね」ふたりして人混みをかきわけながら、ドレイトンが言った。

セオドシアは黒いニットのチュニックに黒のレギンスを合わせ、催眠術にかけるかのように揺れている長くて真っ黒なイヤリングは、ビーズのバッグにぴったりだった。ドレイトンはいつものドレイトンらしい装いだった。ツイードのジャケットにカーキのスラックス、そしてスリッポン式のローファー。

「ソックスを履いてなければ芸術家風に見えるのに」セオドシアは言った。

ドレイトンは小ばかにしたように鼻で笑った。

「ソックスを脱げだと？　勘弁してくれたまえ。紳士たるもの、常にソックスを履くべきだ」

セオドシアはギャラリー内を見まわした。もともと倉庫だったところを、ぴかぴかに磨きあげた木の床と最近はやりの白い壁でリフォームしてある。

「人が多すぎて、絵なんかろくに見えないわね」

実際、巨大でカラフルなキャンバスの上のほうしか見えなかった。

「では、バーで一杯やるとしようか」ドレイトンが提案した。

ふたりは背中を丸め、よくは知らない相手とすれちがいざまに体が接触してしまうときに見せる笑みを浮かべながら、バーに向かった。

「おやおや」ようやくバーにたどり着くとドレイトンが言った。「トマス・ハッセルがいるではないか」

ハッセルは持っていたドル札をカウンターの奥に滑らせると、自分のマティーニを手にし、つくり笑いを浮かべてふたりに向き直った。

「さきほど、お店にうかがったんですよ」セオドシアは言った。遠まわしに言う必要なんかないわよね？

ハッセルは顔を前に突き出し、なみなみと注がれたマティーニのグラスに唇をつけた。

「ほう？」彼はさんざんじらしたのちに言った。

「裏の敷地も見させてもらいました。サルベージ建具でいくつかほしいものがあって」

表情に変化はないかと、ハッセルの顔をのぞきこんだが、ぴくりとも動かなかった。

「セオドシアは新居の裏庭に置くものを探しているのだよ」ドレイトンが横から割りこんだ。

「キングストゥリー屋敷の隣に建つ、小さいながらもしゃれたキャリッジハウスを最近購入したものでね」

「あそこならよく知っている。ほれぼれするような家だ。ヘンゼルとグレーテルが住んでいたのもあんな感じだったかもしれんな」ハッセルはまたマティーニに口をつけると、「失礼」とつぶやいて、そそくさと立ち去った。

「どう思う？」セオドシアはドレイトンに訊いた。

「なんとも言えんな。なにひとつ伝わってこなかった。動揺も、不安も、好奇心も」

セオドシアはかぶりを振った。「わたしもよ」

彼女はただただとまどっていた。かなり精度の高い人間嘘発見器だと自負していたのに、ハッセルの答えからはなにも感じ取れなかった。たしかに、人殺しや異常人格者の多くは、緊張にさらされても冷静でいられる特異な能力を有している。それゆえ、彼らの大半は一般的な嘘発見器を出し抜けるのだ。

ふたりは顔を見合わせた。

「まだしばらくここにいるのなら」ドレイトンは言って、さっきから辛抱強くオーダーを待っているバーテンダーのほうに頭を傾けた。

「白ワインをいただくわ」セオドシアは言った。

「ダーティマティーニを頼む」ドレイトンはバーテンダーに告げた。「あれば、ブルーチーズを詰めたオリーブを添えてくれたまえ」

「いつからマティーニを飲むようになったの？」セオドシアは訊いた。「シェリーか赤ワインしか飲まないと思ってた」

「たまには変えてみるのもいいものだ」ドレイトンは答えた。

変えてみる？　いいものだ？　ステレオセットでレコードをかけ、コンピュータや携帯電話など、ほんのちょっとでもテクノロジーのにおいのするものを毛嫌いしてる人の言うことかしら？

「きっと、ヘイリーの悪い影響ね」そう言った直後、思わず叫んだ。「あら、スカーレットだわ！」

今夜のスカーレット・バーリンは取り巻きを引きつれていた。チャイナ風の真紅のドレスに身を包んだ彼女は、ほうぼうにあいさつし、賞賛の言葉を受け、おおむねとても満足そうな顔で、時代の最先端を行くギャラリーをのし歩いている。

「あいさつに行きましょう」セオドシアは言った。「だって、彼女のほうから今夜はぜひにと言ってきたんだもの」

ふたりは自分の飲み物を手に取ると、ふたたび人混みをかきわけ、スカーレットに声をかけるための急ごしらえの列に並んだ。

「セオにドレイトン！」スカーレットはふたりに気づき、はしゃいだ声をあげた。「お会いできてうれしいわ。来てくれて本当にありがとう！」

「すばらしい展覧会だ」ドレイトンは言ったが、実際にはどの絵もろくに見ていなかった。

「ダミアンは本当にたいしたものでしょ」

スカーレットはそう言うと、隣で煙草をはすにくわえているみすぼらしい若者に、母親のような顔でほほえんだ。

「彼はウズベキスタン人なの。英語はひとこともしゃべれないけど、褒められてうれしくないわけじゃないわ」

彼女は屈託のない笑顔を彼に向けた。

「でしょ、ダーリン？　あなたはスターよ！」

「スパシーバ」ダミアンは言った。〝ありがとう〟の意味だ。

「スパシーバ」スカーレットはふふふと笑った。「どういたしまして」

ダミアンがセオドシアに流し目を送った。「ティ・タカヤ・クラシーバヤ」

「あなたはとても美しいですって」スカーレットが通訳した。「よかったらダミアンと……」スカーレットは最後まで言わずにウィンクした。

「ありがたいけど、わたしのダンスカードはいまのところびっしり埋まってるの」

「ダンスカード」スカーレットは顔をしかめた。「うまく通訳できそうにないわ……」

「セオドシアは忙しい女性なんですよ」ドレイトンが割って入った。彼は〝引っこんでろ〟と言わんばかりの顔をダミアンに向けた。

「新しい指輪をはめてるのね」セオドシアはスカーレットに言った。きょうの髑髏指輪はゴールドできらきら光っていた。

スカーレットは手を前にのばして、指をひらひら動かした。

「このあいだスイスに行ったときに買った安物よ。おもしろいでしょ？」

「すてきだ」ドレイトンがぼそぼそと言った。

セオドシアは黙っていた。おぞましい感じがするし、ナチス親衛隊の制帽についていた紋章によく似ているからだ。

スカーレットがセオドシアに顔を近づけた。

「ヘリテッジ協会で起こった窃盗事件をあなたが調べてると、小鳥さんから聞いたわよ」

「どの小鳥さんかしら？」デレインだろうか？　そうとしか考えられない。

「教えてあげない」

スカーレットが笑うと、ダミアンも一緒になって含み笑いを洩らした。それから彼女はいきなり真顔になった。

「でも気をつけたほうがいいわよ。一寸先は闇と言うでしょ」

「あら、そう？」からかわれているのだろうか？　それとも言い方が大げさすぎるだけ？

「でも、頭蓋骨と殺人の話はもうたくさん」スカーレットは言った。「今夜はみんなでパーティーを楽しまなきゃ！」

「まいったわね」

スカーレットがふらつく足取りで立ち去ると、セオドシアはぽつりと言った。

「うちの次のイベントも〝ティー・パーティー〟と呼ばなきゃいけないかしら」

「震えているようだな」

ドレイトンが言った。

「少なくともきみのビーズのバッグが震えているのはたしかだ」

セオドシアはクラッチバッグに手をのばして携帯電話を出すと、通話ボタンを押した。

「セオドシアです」

かけてきたのはいったい誰？　ヘイリー？　パーカー？　あるいは、ひょっとして……マックスとか？

「ああ、よかった、セオ！」デレインのわめき声が耳に飛びこんだ。「どうしてもあなたの助けが必要なの！」

「今度はどうしたの？」セオドシアは訊いた。デレインが一日に二度も助けを求めて泣きついてくるなんて。まぎれもなく新記録の樹立だわ。思いっきりうんざりする新記録だけど。

「うちの玄関に誰が現われたと思う？」デレインが涙声で訊いた。

マックスかしら？

「ナディーンよ！」

「よかったじゃない」スカーレットに目をこらすと、祝福をあたえるかのように、誰かの頭に手をやっている。

「そうじゃないんだってば！」デレインはわめいた。「それはもうひどい状態なのよ！　かわいそうに、誘拐されてたんだから！」

「なんですって？」

「運が味方してくれて、どうにかこうにか逃げてきたの！」

デレインはそう言うと喉の奥から嗚咽《おえつ》を洩らした。

「だけどあの様子からすると、縛られて、猿ぐつわをされて、湿地帯を引きずりまわされたとしか思えないの」

「どういうこと？」まったく、なにおかしなことを言ってるのよ？

「セオ、たしかに姉さんは前に作り話をしたわ」デレインは咳きこむように言った。「でも、今度ばかりは、本当のことを言ってると思うの。ええ、誓ってもいい。だからあなたにお願いが……」

「誘拐されてたの？」セオドシアはひきつった声で同じつぶやきを繰り返した。とてもじゃないけど、まだ信じられない。

「誰が誘拐されたのだね？」ドレイトンが興味津々の様子で、顔を近づけてきた。

何千もの考えがセオドシアの頭になだれこんだが、大事なことから処理しようと精一杯がんばった。「本当なのね？」

「あたりまえでしょ、本当よ！」デレインは怒ったように言い返した。

「ナディーンはいま、どんな様子？」警察だけでなく、救急車も呼ぶことになるだろうと思いながらセオドシアは尋ねた。

「髪の毛はめちゃくちゃで、服は泥だらけ」デレインは嗚咽交じりに言った。「おまけに卵が腐ったみたいな……下水管を這いずりまわったみたいなにおいをぷんぷんさせてるのよ！」

「でも、ひどい怪我はしてないのね？」セオドシアは訊いた。

電話線の向こうからもごもごとくぐもった声が聞こえ、やがてナディーンの声がした。

「両脚はひっかき傷だらけだし、ネイルなんか全部だめになっちゃったわ！」

デレインが電話を替わった。「爪は一本残らずぼろぼろで、脚なんか生皮を剝がれたみたいなありさまなの。大げさでもなんでもなく、こんなの、いままで見たこと……」

「ティドウェル刑事に電話するわ」セオドシアは言った。「いますぐに。ふたりともそこで待ってて」

「あなたも来てくれるわよね？」デレインがせがんだ。「あなたはいつだって、ものすごく……人を落ち着かせるのがうまいもの」

「十分で行く」セオドシアは約束した。「そこでじっとしてるのよ。お願いだから絶対に……ばかなことはしないで」

「ばかなことぉ？」デレインは金切り声をあげた。「誰にものを言ってんのよ」

デレインの自宅前に車をとめると、ティドウェル刑事がクラウン・ヴィクトリアの車内で待っていた。前方の駐車スペースにセオドシアの車が入ってくるのを認めた彼は、冬眠から覚めたばかりのクマがほら穴から姿を現わすように、のっそりと巨体を出した。

「いちおう言っておきますが」刑事は迷惑千万という顔をしていた。「あなたから電話がかかってきたとき、わたしは『まあだだよ』のディレクターズ・カット版を観ていたんです」

「ほう、刑事さんは黒澤映画のファンでしたか」

刑事はドレイトンのコメントを無視した。「非番の邪魔をされるのはひじょうに不愉快です」彼はつぶやくと、頭を振り、怒りのこもったうなり声を発した。

「心からお詫びします」歩道を急ぎ足で歩きながらセオドシアは謝った。「でも、誘拐事件なんです。警察で知っている人といったら刑事さんしかいなくて。それに信頼できる人も」

「ありがたいことで」刑事がぼやくと、ドアがバタンとあき、デレインがひよこを追い立てるメンドリよろしく三人をなかへとせき立てた。

ナディーンはブロケード織のソファに丸くなり、青いカシミアのアフガンをまとって、大きなコップに入った生《き》のスコッチとおぼしきものを飲んでいた。ティドウェル刑事は彼女の真向かいにある花柄のクラブチェアに巨体を沈め、セオドシアとドレイトンとデレインも近くの椅子に腰をおろした。

ナディーンはあいさつする間も惜しいようだった。「わたし、誘拐されたんですの！」恐怖で目を大きく見ひらいて訴えた。

「いつ？　どういういきさつだったの？」セオドシアが訊くかたわらで、ティドウェル刑事がたっぷり時間をかけて手帳をひらき、ぴかぴかのモンブランのペンのキャップをはずした。

「きのうのことですわ。スカンロンの雑貨屋から出てきたところでした」彼女はすばやくスコッチをあおった。「ほら、カンバーランドに、ちょっとしゃれたお店があるのをご存じないかしら？　新鮮でおいしいアミガサタケやトリュフオイルを置いてるお店なんですのよ」

セオドシアはうなずいた。その店なら知っている。

「車のドアをあけようとしたら急に……うしろから男の人に取り押さえられたんです！」ナディーンはわざとらしいほど昂奮した表情を浮かべ、かすれ声で訴えた。「もちろん、抵抗しましたよ。野良猫みたいに。でも、相手のほうがずっと強くて、無理矢理トラックに乗せられたんですの」一部始終を語るのがつらくてたまらないのか、ナディーンの頬を数滴の涙が落ちていった。「そしたらドアが閉まって、出ようにも出られなくなってしまったんです」

「ピックアップ・トラックでしたかな？　それともパネルトラック？」刑事が訊いた。

「そうねえ、たぶん」デレインが言った。「パネルトラックじゃない？」

「いえ」刑事は言った。「ナディーンさん、あなたにうかがったんです」

ナディーンは下唇を震わせ、本格的に泣き出した。

「わかるわけないじゃありませんか！　あっという間の出来事だったんですもの！」

「覚えてる範囲でいいから、刑事さんにお話しして」デレインが声をかけた。それからセオドシアのほうを向いて言った。「かわいそうに、パニック障害を起こしてるんだわ」

ナディーンは深々と息を吐き出し、しゃくりあげた。「あと覚えているのは、感謝祭の七面鳥みたいに縛りあげられて、何時間も車に揺られてたことだけ」彼女は手の甲を側頭部にあてがった。「ひどいショック状態になったらしくて、しばらく気を失っていたようですの」そう言うと、気の毒なほど弱々しい泣き声を洩らし、またもやスコッチをたっぷりあおった。

「そのトラックだかバンだかにウィンドウはありましたかな？」ティドウェル刑事は質問した。「どこに向かっていたかわかりますか？」

「いいえ、全然」

「人相はどうです？」刑事は訊いた。

ナディーンは顔の前で手をぎくしゃくと動かした。「犯人はスキーマスクをかぶっておりました」

「それからどうなったの？」セオドシアは最悪の事態を覚悟しつつ尋ねた。

ナディーンは悲しみに暮れた子犬のようにうなだれた。「山奥の掘っ立て小屋みたいなところに引っ張りこまれて、質問を浴びせられました」

「どんな質問だね？」ドレイトンが突然、割りこんだ。

「日曜に目撃したものについてに決まってるじゃありませんか！」ナディーンはヒステリックにわめいた。「ヘリテッジ協会で！」

そんな、まさか。セオドシアはみぞおちがきゅっとなるのを感じた。ナディーンが殺人犯に捕らえられていたなんて。

「それでなんて答えたの？」デレインが訊いた。

「なんにも見てないと言いましたとも！」ナディーンはわめいた。「なにひとつ見てないと！

なのに同じことを何度も何度も訊いてくるんです。脅しつけるみたいにして!」そこでまたスコッチをあおった。「もう怖くて怖くて! 生きた心地がしませんでしたよ」

「落ち着いてください」

ティドウェル刑事が大きな手をあげた。身をぐっと前に乗り出し、ナディーンをまじまじと見つめた。

「だいたいの特徴でいいので教えていただけませんかな?」

「言ったじゃありませんか! スキーマスクをかぶっていたと!」

「ですが、だいたいの感じはわかったはずです。若かったですか? 年配でしたか?」

「わかりませんよ! 身分証を見せてもらったわけじゃありませんもの」

「ちょっと待って」セオドシアは言った。「ひと晩、閉じこめられていたんでしょ?」

ナディーンはうなずいた。

「どうやって逃げ出したの?」

「ロープを嚙み切りましたの」ナディーンが小さくしゃくりあげるたび、大きなしゃっくりをしたみたいに体全体が揺れた。「わたし、歯がとても丈夫なものですから」

「そうよねえ」デレインは姉の背中をさすりながら、やさしく言った。「子どもの頃なんか、ネズミの血が流れてるみたいなんて言ってからかったものよ」

「そんなこと、言わなくてもいいでしょうに!」ナディーンが怒った。

「ナディーン……」セオドシアはうながした。

「ああ、そうでしたわね」ナディーンがぱっと顔の向きを変えたいきおいで、髪が大きく舞いあがった。「たったひとつ頭に浮かんだことをやったわ……男がいなくなったのを見計らって、窓を蹴破り、走って逃げたんです！」

「落ち着いて思い出してね」セオドシアは言った。「脱出したとき……掘っ立て小屋を脱出したとき、どこにいると思った？　チャールストンのどのへん？　市街地のどこか？　郊外のほう？　どこだった？」

「人里離れたところでしたわ」

ナディーンはすすり泣いた。せわしなくまばたきを繰り返したせいで、アイメークが顔の両側を流れ落ち、悲しみに暮れるアライグマのようになった。

「汚い水だらけで気持ち悪い沼をえんえんと歩いて、どうにかこうにかハイウェイまでたどり着いたんですの」

「どのハイウェイかわかるかね？」ドレイトンが訊いた。

ナディーンの下唇が細かく震えた。「ええと……メイバンク・ハイウェイだったかしら？」

「だとすると、ワドマロウ・アイランド付近に幽閉されていたことになるな」ドレイトンはセオドシアを横目で見た。ワドマロウにはチャールストン茶園があり、インディゴ・ティーショップでも業務用のお茶を大量に買い入れている。

「どうやってここまで帰ってきたの？」セオドシアは訊いた。どう考えても、ナディーンの話には肝腎な点がいくつか欠けている。

「ヒッチハイクをいたしました」この意外な事実を、ナディーンはこともなげに伝えた。

「それはまたずいぶんと危ないまねをしましたな」ティドウェル刑事は言った。あきらかに彼は、ナディーンの失踪を深刻に受けとめていなかった。

「嘘じゃありません！」ナディーンは言った。「本当に恐ろしい体験をしたんですから！初めは、わたしがあまりに汚くてよれよれだったものですから、誰も乗せてくれなくて、さんざん手をあげたあげくに、ようやくガタピシいう古いピックアップ・トラックがとまってくれたんですの。乗せてはくれましたけど、年老いて貧相な黄色い狩猟犬の隣にすわらされたんですのよ。マダニに感染してるような犬の隣に！　もうなにからなにまでショッキングなことの連続で、映画の『脱出』みたいでしたわ！」

「どうにも信じがたい話ですな」ティドウェル刑事は言った。

「かわいそうに」デレインはあやすように言った。「ダニにくわれるとライム病になることがあるんですってよ」

「ライム病ですってぇぇぇ！」ナディーンが叫び声をあげたちょうどそのとき、玄関のドアを乱暴にドンドン叩く音がした。

次に〝ナディーン〟と叫ぶ男性の声が聞こえ、ビル・グラスがいきおいよく居間に飛びこんだ。

「ビル！」

ナディーンは腰を浮かし、腕を大きく広げた。片手を額にさっとやった姿は、現代版椿姫といったところだ。

「わがいとしの、命よりも大事なキンポウゲ！」ビルが叫んだ。

「あなた！」声を張りあげたナディーンを、グラスがかがみこんで抱き寄せた。

ティドウェル刑事が立ちあがった。

「この茶番の残りを演じきるのに、わたしは必要なさそうですな」

「お願い！」デレインがすがりついた。「まじめに取り合ってちょうだい。大事件なのよ！」

「それはなんとも」

「だったら弁護士を呼ぶわ！」デレインは鼻息を荒くした。「嘘じゃないわよ、例のすてきなグランヴィルさんに電話してやる」

ティドウェル刑事は出ていこうとドアノブに手をかけたが、セオドシアがそれを押しとどめた。彼女は刑事の上着の袖をつかみ、デレインの家の玄関ポーチへと引っぱっていった。

「事件として捜査してもらえないの？」セオドシアは訊いた。

ティドウェル刑事の眉が、二匹の毛虫のようにぴくぴくとあがった。

「なんの事件ですかな？」

セオドシアは怖い目でにらんだ。ここまで鈍い人だったなんて。

「誘拐に決まってるでしょ！」

「しかし、ご本人はちゃんといるじゃありませんか。無傷だし、精神状態もすこぶるよさそうだ」

そのとき、苦しそうな悲鳴が聞こえ、ふたりは正面の窓からなかをのぞいた。ナディーンがまたヒステリーの発作に襲われたのか、どれほど大変な思いをしたかをグラスに訴えているのが見えた。

「まあ、少なくとも無傷なのだけはたしかです」刑事は前言を訂正した。「すっかり気が動転していますが、無傷です」

「でも、行方不明事件として対応はしないの？」セオドシアはせっついた。

「見たところ、当の女性はもう行方不明ではないようですが」

「でも、いっときは行方がわからなかったのよ！」

「しかし、こうして戻ってきたではありませんか。一件落着です」

「そもそも捜査に手をつけてもいないじゃないの！」


ドレイトンを家まで送る車中、癒し効果のあるサラ・マクラクランのCDをカーステレオでかけてみたが、セオドシアの苛立ちと怒りはいっこうにおさまらなかった。

「ティドウェル刑事め、絞め殺してやる」と怒りをぶちまけた。「緊急事態だから呼び出したのに、まともに取り合ってくれないなんて！」

計器類が緑色に光る以外真っ暗な車内で、助手席のドレイトンもやはりむっつりしていた。

「たしかにひどく突っけんどんな対応だったな」

「まったくだわ」セオドシアはまだぷりぷりしていた。

「しかしきみは、誘拐されたというナディーンの話を信じるわけだね？」

「もちろんよ。ナディーンは頭がどうかしてると思うけど、それでもあの話は本当だと思う」

「しかし、そもそもの動機はなんだね？　誰が彼女を拉致し、なぜそんなことをしたのだね？」

「思いつく理由はひとつ。ナディーンが嘘をついたから」

ドレイトンは目をぱちくりさせた。「いまなんと？　誰に嘘をついたのだね？」

セオドシアは加速して、遅いトラックを追い越した。

「ナディーンはヘリテッジ協会で犯人を見たと嘘をついたの。ニック・ヴァン・ビューレンにも嘘を言い、彼がそれを記事にした。そのうえ彼女は警察をも手玉に取った」

「しかし、犯人が知っていることと言えば」ドレイトンはすばやく事実をつなぎ合わせながら言った、「《ポスト&クーリア》紙に書いてあることだけだ」

「当たり《ビンゴ》」セオドシアは言った。

「ナディーンはそのせいで誘拐されたと言うのかね？　作り話をしたから？」

「その作り話を犯人は信じたのよ！」セオドシアは言った。

「まだ全体像がよくつかめないのだが」

「ナディーンがひと芝居打ったと思う？　誘拐事件はすべて彼女のでっちあげだと？」

「いーや」ドレイトンはゆっくりと言った。「第一に、あれほど潔癖な彼女が、泥のなかを這いずりまわるはずがない」

「でしょ?」

そのあとしばらく、車は無言のふたりを乗せ、チャーチ・ストリートをくだり、インディゴ・ティーショップの前を通りすぎ、トラッド・ストリートに折れてドレイトンの自宅を目指した。イタリア様式の豪邸やヴィクトリア朝様式やチャールトン様式のシングルハウスを横目に見ながら。アンティークな街灯に照らされたそれらの姿は、古い幻燈機に映し出された映像のようだった。

車はようやく、ドレイトンの築二百年になる小さな家の前に到着し、音もなくとまった。闇が真っ黒でやわらかな枕のようにふたりを包み、エンジンがカチカチいいながらゆっくりと冷えていく。

「これからどうしたらいいのかしら」セオドシアは疑問を声に出した。

「なにをだね?」

「犯人の洗い出し」

「そんなことはしないほうがいい」

「でも、うまい方法があるなら」

「絶対に安全な方法でなければだめだ」ドレイトンが諭《さと》す。

ふたりはそれから、たっぷり五分間、それぞれの考えにふけっていた。

ようやくセオドシアが口をひらいた。「いま何時?」

ドレイトンは手首を顔に近づけた。「もうじき九時半になる。どうしてまた?」

突然、セオドシアの頭にアイデアが芽生えたが、同時に時間が逼迫していると知って、全身に戦慄《せんりつ》が走った。

「あの記者に電話しなきゃ。ニック・ヴァン・ビューレンに」セオドシアは言った。「明日の新聞にちょっとした工作をしてもらえないか訊きたいの」

ドレイトンは気乗りしない様子だった。「ナディーンが誘拐された記事を書いてもらうのかね?」

「ちがうわ。黒ひげの髑髏杯に関する特ダネを書いてもらうの。本物の髑髏杯を題材にした特別記事を」

24

土曜の朝、ヘリテッジ協会地下の収蔵室に集まったのは、選ばれたわずかばかりの顔ぶれだった。

セオドシアとドレイトン。ティモシー・ネヴィル。そしてブルック・カーター・クロケット。

「うまくいくと確信しているのか？」ティモシーが訊いた。このたくらみのせいで緊張感が増し、顔のしわがいっそう深くなっている。四人は上に大きな業務用蛍光灯がぶらさがる小さな金属のテーブルを囲んでいた。テーブルの中央には、人間の頭蓋骨が鎮座していた。

「いままでで最高のアイデアです」セオドシアは答えた。「でも、最終的に決めるのはあなたです。頭蓋骨の持ち主はあなただし、今夜のパーティを主催するのもあなたですから」

ティモシーは小さな前歯をぎりぎりいわせながら、セオドシアの提案を最後にもう一度検討した。そしてついに決断した。

「よかろう、やるとしよう。可能であるならば」

「ブルック？」セオドシアは親友に目を向けた。

「やってみる価値はあるわ」ブルックは言った。

「わかった」

セオドシアは手をのばし、頭蓋骨をおそるおそる持ちあげた。片側に傾け、つづいて逆に傾けてから、ティモシーに目をやった。

「あなたのご先祖様のものですか？」

ティモシーは青ざめた。「そうではない」

「それが、たまたまここにあったとはね」ドレイトンが言った。

力のない笑みがティモシーの口元にただよった。

「こういう古い施設の収蔵室となると、普通でない妙なものがいつの間にかまぎれこむものだ」

セオドシアはブルックに向き直った。「時間がかぎられてるの。夜までになんとかなる？」

ブルックは指を一本のばし、うやうやしいほどそっと頭蓋骨に触れた。

「まかせて。ただし、できたものはものすごく……その……壊れやすいと思うの。むやみにさわったりはできないけど、本物の髑髏杯にかなり近いものがつくれるわ」

「すごい」セオドシアは言った。ブルックの力を借りれば、絶妙な罠が仕掛けられる。殺人犯を誘いこむための罠が。

ティモシーが落ち着きなく上着のポケットを叩き、眼鏡を出した。それをかけると、彼の目が大きく見えた。

「記事を見せてもらえんか？」

ドレイトンが《ポスト&クーリア》紙の朝刊をテーブルに置いた。一面の折り目のすぐ下に、セオドシアがニック・ヴァン・ビューレンに書かせた記事が掲載されている。

実際、ヴァン・ビューレンの記事は最高だった。盗まれた髑髏杯と、それが偽物だったいきさつについて、おどろおどろしくもテンポのいい筆致で書いていた。情報の合間には、チャールストン警察への賛辞と日曜日に起こったロブ・コマーズ殺害事件の犯人がまもなく逮捕されるだろうとの憶測をうまく混ぜこんであった。

しかし、もっとも見事だったのは、本物の髑髏杯の存在を伝えるでっちあげの記事だった。髑髏杯は値のつけようのない逸品であるとの協会の判断で、複製品が展示されていたことがほのめかされていた。記事の最後の一行には、正真正銘の黒ひげの髑髏杯が、今夜ティモシー・ネヴィルが私的にひらくパーティで展示されると書いてあった。

「この記者さんにいろいろと吹きこんだようね」ブルックが言った。

「ニックはそれはそれは協力的だったわ」セオドシアは言った。「まあ、今夜のパーティはどこでも出入り自由にすると約束させられたし、犯人をあぶり出したあかつきには独占取材に応じることになってるけど」

「やれやれ」ドレイトンはうんざりした表情で言った。「そんな言葉が既成事実であるかのように、きみの口から出てくるとはね」

「そうなるよう祈ろうではないか」ティモシーが言った。

むんでしょ?」

「髑髏杯のことに話を戻すけど」セオドシアはブルックに言った。「ダイヤモンドも埋めこ

ブルックはうなずいた。「ええ」

「本物のダイヤを使うのかね?」ドレイトンが訊いた。

「まさか」

ブルックはにこにこと言った。

「大粒でりっぱな十カラットのダイヤが手元にあればよかったけど、残念ながらないの。でも、大きなキュービック・ジルコニアを使うわ。にせの髑髏杯でも陳列ケースにきちんと飾って、照明のあて方に気を配れば、誰にも見抜かれっこないわ」

「ここにいる四人をのぞけばな」ドレイトンが言った。

「それで、諸君はこれでうまくいくと信じているのだな?」ティモシーが言った。「話し合いが始まったときよりさらにげっそりとやつれている。「きみたちの考えでは、これで犯人がおびき出され……」彼は最後まで言う気にならないのか、言えないほど緊張しているのか、かぶりを振った。

「馬脚《ばきゃく》を現わすと?」セオドシアは不安よりも昂奮が先に立っていた。もちろん、いい形の昂奮だ。「ええ、そう考えてます」

「警察の協力が必要だな」ティモシーは言った。

「それはわたしのほうで手配します」セオドシアは言った。

ドレイトンはうなずいた。「それから、ジョリー・ロジャー・クラブの会員、大海賊展の来場者、容疑者とおぼしき人間、それに美術品や骨董をあつかうえり抜きの業者に電子メールの招待状を送らないとな」彼は言葉を切った。「もっとも、電子メールを送るのはわたしじゃない。ヘイリーに頼む」

「そうか」とティモシー。

「この招待にはふたつの意図がある」ドレイトンは説明をつづけた。「多くの人に、本物の黒ひげの髑髏杯を見てもらうことと、わたしの誕生日を祝うサプライズ・パーティに出てもらうことだ」

「ごめんね、サプライズじゃなくなっちゃって」セオドシアは彼の腕を軽く叩いた。

ドレイトンは咳払いをした。「気にしていないよ」

「それじゃ、これで」セオドシアは言った。「やることはわかったわね」

ドレイトンが顔をしかめた。「マンシー教授の名前もリストに入っているのかね？　覚えていないのだが」

「招待してあるとも」ティモシーがぴしりと言った。「なんとしても犯人をいぶり出さねばならんからな」

「忘れないで」セオドシアは忠告した。「相手は殺人犯よ。冷酷な人殺しなの」

その後、四人は階上にあがり、それぞれが物思いにふけった。ドレイトンはヘリテッジ協会の小さな記録保管室に向かい、セオドシアはなんとなく展示室のひとつに入っていった。変な感じ。大海賊展はまたたく間に終了し、すでに新しい展示会の準備が進行中だ。次回は、低地地方でかつておこなわれていた米のプランテーション農業がテーマだ。プランテーションハウスや水車の写真、プランテーションの分布をしめす地図、サンティー川を撮影したすばらしい写真が飾られている。当時をしのばせる道具として、米を搗《つ》くための古い木の搗《つ》き棒やパルメットヤシの葉で編んだ脱穀用バスケットが並んでいる。このバスケットはかつて、搗いた米をふるって、もみ殻を吹き飛ばすのに使われていたものだ。

セオドシアは稲作にくわしい。おばのリビーが住むケイン・リッジ農園は、かつては米を栽培するプランテーションだった。昔の水路やあぜ道や樋管《といかん》の多くはいまも目に見える形で残っているが、大半は鬱蒼とした葛《くず》に覆われている。

「当時はカロライナ・ゴールドというお米を作っていたのよね」そうつぶやいたとき、携帯電話がけたたましく鳴った。彼女は電話を出した。「もしもし?」

「ゆうべはぼくのところの小皿料理とワインの試飲に来てくれなかったね」

パーカーからだった。その声は失望と非難を半々に含んでいた。

「ごめんなさい」セオドシアは謝った。「バーリン画廊のオープニングに出かけたら、あれこれあって」

「トラブルかい?」

「大騒動よ。デレインから電話で、お姉さんが誘拐されたと連絡があったの」

「わかったぞ。彼女のもとに駆けつけたんだな」

「ええ……まあね。デレインもお姉さんも当然のことながら、ひどく取り乱していたんだもの」

「どうせなら、ぼくの身に不幸が起こればいいのにと思うことがあるよ。そうすれば、きみはぼくを守りに駆けつけてくれるだろうからさ」

「そんな不吉なことを言わないで」

「でも、そう言いたくもなるよ。いまのぼくの正直な気持ちだ。で……今夜はどう？　会って話せる？」

セオドシアは数秒ほど返事につまった。ティモシーのパーティーで偽の髑髏杯を仕掛けようというときに、パーカーとしんみり話をするのはどうだろう？

「いいんだ」セオドシアが答えられずにいるとパーカーは言った。「ほかにやることがあるのはわかってる。しょうがないよ……さよなら」

カチリという音が聞こえ、電話が切れた。

セオドシアは手のなかの電話をじっと見つめた。いますぐかけ直すべき？　改心して謝ったほうがいい？　だけど、なにを謝るというの？　べつに邪険にしたわけではないし、嘘をついたわけでもない。気を持たせるようなことだってしていない。パーカーとはずっと素顔でつき合ってきた。たしかに好意は抱いている。でも、あくまで好意であって、いまの彼女が求めている身も心もとろけるような情熱とはちがう。

だったら、どうすればいいの？　セオドシアは大きくため息を洩らし、正解を得ようと、適切な行動を見きわめようとした。そして気がついた。どんな場合にも適切と言える行動など存在しないことに。

人差し指で電話を叩きながら、自分の気持ちに正直な行動はなんだろうと考えた。

意外なことに、彼女はマックスの番号をダイヤルしはじめていた。

彼は不在だったが、留守電にメッセージを残した。うまくいけば、今夜、ふたりで会えるかもしれない。髑髏杯の問題がすべて片づけば。仕掛けた罠がうまくいけば。

近くで足音が聞こえ、セオドシアは振り返った。

「要塞島についてちょっと調べてみたよ」

ドレイトンが高窓から入る陽射しを背中に受け、廊下の突端に立っていた。

セオドシアは米のプランテーションなどきれいさっぱり忘れ、すぐさま彼のもとに駆け寄った。

「興味深いものが見つかったの？　調べる価値のありそうなもの？」

「そう言っていいだろう」ドレイトンは研究者モードに切り替わった。

「まず、たいへん役に立ちそうな古い地図をいくつか見つけた」

「古い要塞の場所がわかるもの？」

「そうとも。ほら、これを見たまえ」

ドレイトンはガサガサ音をさせながら古い地図をひらき、セオドシアに渡した。

「ワドマロウ・アイランドの地図ね」

「そのとおり」

ドレイトンは人差し指で、ある地点を軽く叩いた。

「偶然にも、ここに古い要塞があったようだ。ダンドリッジ要塞として知られている。独立戦争の頃に建造されたものらしい」

セオドシアの脳裡《のうり》にひらめくものがあった。

「ナディーンが見つかった場所にかなり近いようだけど」

「わたしもまったく同じことを考えたよ」

「そこに古い要塞があったのが事実なら。ナディーンはその近くにとらわれていたんじゃないかしら？ 森の奥の湿地帯に建つ、古い掘っ立て小屋に」

「考えられなくはない」

「でも、なんとなく察しはついてるんでしょ」実のところセオドシア自身も、この古い地図を見た瞬間からなんとなく察しはついていた。

ドレイトンは自分の蝶ネクタイをもてあそんだ。「まあな」

「ここは一大決心をして、ワドマロウ・アイランドまで出かけるしかないわ。ちょっと探索してみましょう」

ドレイトンの顔に不安がよぎった。「あらかじめ、ティドウェル刑事に話しておいたほうがいいんじゃないのかね」

「ワドマロウ・アイランドに行くことは言わなくていいんじゃない？　今夜の作戦については、もちろん話しておくべきよ。そもそも、あの計画にはティドウェル刑事の助けが欠かせないもの。それにあの人のことだから、きょうの新聞の一面を見た瞬間に、からくりを見抜くに決まってる」

「すでに、見ているかもしれんな」

「だったらいま頃、ティーショップの電話が受話器がはずれるほどけたたましく鳴ってるでしょうね」

「あるいは、耳から湯気を出してテーブルに着いているかもしれんぞ」

「かんかんになりながら、口いっぱいにスコーンをほおばってたりしてね」セオドシアは言った。「いずれにしても、今夜六時頃にはお知らせの電話をするつもり。いわば、大芝居へのわたしからの招待ね」

「うまくいけばの話だ」ドレイトンが言った。

「うまくいくよう祈りましょう」

「つまり、そうやって警察の支援を得るわけか。ティドウェル刑事がティモシーのパーティに現われるよう仕向けるわけだな」

セオドシアは肩をすくめた。

「もっといい作戦はある？」

ヘリテッジ協会の受付エリアに出たところで、カミラとばったり会った。まだ杖をついていたし、歩みもゆっくりだが、目は生き生きと輝いていた。

「カミラ！」セオドシアは大声で呼びかけた。「ここで会えるなんて最高！」

「復帰したのだね」ドレイトンも感激したように言った。

「ぼちぼちといったところ」カミラはそう言うと、いったん気持ちをととのえてから、セオドシアとドレイトンに探るような目を向けた。「今夜の計画のこと、ティモシーから聞いたわよ」

「ほう？」ドレイトンはとぼけた顔をした。

「偽の髑髏杯をつくる計画のことね」セオドシアは言った。「ええ。たしかに大きな賭けだけど、やってみる価値はあると思うの」

「とてもよくできた作戦じゃないの」カミラは言った。「危険かもしれないけど、警察がこれまで提案してきたものにくらべたら格段にいいわ」

「わたしたちもそう思ってる」セオドシアは言った。「そうであってほしいし」

「あのね」カミラはセオドシアの腕をつかんだ。「ロブはわたしにとって息子のような存在だったの。あなたたちが知ってるかわからないけど、わたしは一度も結婚したことがなくて、だから、子どもを持つ喜びにも恵まれなかった。とにかく、理由はなんにせよ、ロブとわたしはぴったりウマが合っていたの。強い絆で結ばれていたのよ」

「言いたいことはわかるわ」セオドシアはにじみ出る涙を押し戻した。

「大切な人が思い出に変わると、その思い出は宝物になるの」

カミラは目に涙を光らせながら、つかんだセオドシアの腕をさらに強く握った。それから、小さくてこわばった声で言った。

「犯人を捕まえて。ロブを殺した犯人を捕まえて、地獄へと引きずりおろしてちょうだい！」

「なにを探しているのだね？」

ドレイトンが訊いた。車はメイバンク・ハイウェイを飛ぶように走り、チャールストン茶園への出口ランプを過ぎ、ベアーズ・ブラフ・ロードに入った。いまはワドマロウ・アイランドの中心部を走っている。エンジェル・オーク骨董店、特定の品種のコオロギを売る釣り餌《え》店、ゴシック様式の尖塔と〝LOVE〟のネオンサインが特徴の小さな白い教会の前を通りすぎた。四十八エーカーもの肥沃《ひよく》な土地で四種類のマスカダイン・ブドウを栽培しているアーヴィン・ハウス・ブドウ園も素通りし、くねくねとした二車線道路をひたすら急いだ。

「このへんのはずなんだけど」

セオドシアはつぶやくと、スピードを落として道路の両側をうかがった。ここ数年、この道は通っていなかった。それでも、周辺の様子はさほど変わっていない。農場があり、小さな集落がある一方、手つかずの木深い森と沼地が何百エーカーも広がっている。塩を含んだ沼の水からワニの目がのぞき、ヌマミズキの木が濃い紫色に染まった茂みを見張る歩哨のように立っている。

「〈バザード・バー&オイスター・ハウス〉だと」

小さなレストランの前を猛スピードで通りすぎる際、ドレイトンが声をあげた。かつては黄色だった木の壁が風雨にさらされて白茶けている。錫《すず》でできたコカ・コーラ、パルメット醸造、トマス・クリーク・ブルワリーの看板が正面の壁に釘で打ちつけてある。ドアの上にちょこんととまっているのは、翼を大きく広げ、口を大きくあけた黒い錬鉄のノスリだ。

「あのレストランはなかなかいいわよ」セオドシアは言った。「何年か前に食事したの。牡蠣《オイスター》はブラフトンのメイ川で獲れる極上品だし、エビはジョージタウンで獲れた新鮮なものを使ってた」

「今度、食べに来てみよう」ドレイトンは言った。「Tシャツとキャップ帽姿でないと浮いてしまいそうな場所だが」

「それはそうと」セオドシアは言った。「そのジャケットはいったいどういうこと?」

ドレイトンはサファリ・ジャケットによく似たカーキ色のジャケットを着ていた。

彼は前身頃に触れた。「オーヴィス・バンデラのジャケットだ」

「まるで、クフ王のピラミッドでも発掘しに行くみたいな恰好ね。でなければ、コンゴの失われた都市を探しに行くのかしら」

ドレイトンは唇を尖らせた。「だんな《ブワナ》と呼んでくれたまえ」

車はさらに数マイル進んだ。

「このへんのはずなのに」セオドシアはつぶやいたが、突然、うわずった声をあげた。「わかった、ここだわ」急ハンドルを切ると、タイヤが白い砂利を跳ねあげ、やがて車は小さな駐車場で停止した。

目の前に現われた羽目板張りのこぎれいな建物に、ドレイトンが目をぱちくりさせた。

「ワドマロウ歴史センター？」

「そう」セオドシアは言った。「ここを探してたの」

「教えてもらいたいものだな。ヘリテッジ協会になくてここにあるものとは、いったいなんだね？」

「地元の歴史よ」

セオドシアはシートベルトをはずした。

「それにたぶん、地元のゴシップも」

ワドマロウ歴史センターはひと部屋だけの施設だった。額に入ったモノクロ写真が漆喰壁にかかり、ガラスケースが三つ、部屋の中央に置いてある。奥の壁に沿って並んでいるのはベージュのファイルキャビネット群、緑色のスチールのデスクが二脚、それにブーンと音をさせている自動販売機など。白髪の年配女性がデスクのひとつにつき、名札に名前を手書きしていた。青く染めた髪以外はふたごのようなもうひとりの女性が進み出て、セオドシアたちを迎え入れた。澄んだ青い目が印象的な小柄で小鳥のような人で、つけていた名札には〝バーニス〟とあった。

「なにか？」女性は熱心なガイドらしい笑みを浮かべた。

「ちょっとなかを見せてもらいに立ち寄ったんです」セオドシアは答えた。「以前にも来たんですが、もう……何年も昔のことで」

「ご用があればいつでも……」バーニスは小さな手をあげた。

セオドシアとドレイトンは、真鍮のランプと航海日誌が展示されているガラスケースに歩み寄った。

「すばらしい海洋遺物を揃えておいでだ」ドレイトンがぽつりと言った。

バーニスは満足そうにうなずいた。「しかもかなり古いものなんですよ。十九世紀初頭にまでさかのぼります」

「オーデュボンの手によるスケッチの原画までありますね」ドレイトンは次のガラスケースに移動して言った。ジョン・ジェイムズ・オーデュボンはチャールストン近郊の沼地や森で数多くのスケッチを描いた人物だ。

「そちらの品は借り物なんですよ」バーニスは言った。「もちろん、ほんの短い期間とはいえ、当館に展示できるだけで感激です」

「ちょっとおうかがいしたいのですが」セオドシアは言った。「海賊にまつわる品をごらんになったことはありますか？」

「何年か前に、うちで海賊展を開催しましたよ」バーニスはうしろを振り返り、デスクにいる女性に声をかけた。「海賊展はいつだったかしらね、レティ？　二〇〇八年？」

「二〇〇六年じゃなかったかしら」レティが答えた。

バーニスはうなずいた。「わたしくらいの歳ともなると、一年がどんどん短くなってきてね。まるで展開の速い映画みたい」彼女はちょっと照れくさそうに、セオドシアに向かってほほえんだ。「来月で八十七になります」

「おめでとうございます」セオドシアは言った。「生まれてからずっとこの土地に？」

「ほとんどずっとです」

「だったら教えてください。黒ひげの伝説や言い伝えを耳にしたことはありますか？　この地域にまつわるものですけど」

バーニスはセオドシアの顔をのぞきこんだ。「財宝をめぐる話でしょうか？」

「財宝についてなにかご存じで？」ドレイトンがバーニスの答えに食いついた。

バーニスの表情が真剣なものに変わった。

「黒ひげが財宝を隠した場所のひとつがこのあたりにあると言われていることくらいですけど」

「絶対にありますとも」背後からレティの声がした。「この地に埋められていると、誰もが信じています」

「そうお考えになる根拠はなんですか？」セオドシアは訊いた。ひょっとして、住民だけが知っている、古くから伝わる特別な手がかりでもあるのかしら？

バーニスは意味ありげに目を細め、ひそひそ声で言った。

「ティーチの釜の近くに財宝が埋められていると、まことしやかにささやかれているんです」

25

しばらく、セオドシアのまわりだけ時間がとまったようになり、室内から空気がなくなった感じがした。彼女はようやく口をひらいた。

「わたしの聞きまちがいかしら？　いま……ティーチの釜とおっしゃいました？」

それ以上なにか言うのが怖くて、口をつぐんだ。見つけた。黒ひげの異名で知られる、あの恐ろしいイギリス人紳士エドワード・ティーチとのつながりを。

「ティーチの釜とはどういうものですか？」ドレイトンが質問した。「史跡の説明板のたぐいとか？」

「それはですね」バーニスは歴史の知識をひけらかすチャンスとばかりに、にこにこ顔で言った。「黒ひげが造らせた古い石釜のことなんです。船の修理に使うタールを加熱するのに使われていました。ノース・カロライナ州にひとつあって、当地にもひとつあるんです」

「信じられん」ドレイトンはびっくりして言った。「そんな話は初めて聞いた」

すると、奥にいたレティが腰をあげ、三人のほうまでやってきた。

「昔は加熱したタールを穴に流しこんで、船に防水処置をほどこしていたのよ」

「わたしたちも穴を埋める必要があるんです」セオドシアは言った。

「財宝を探しておいでなのね？」バーニスが辛抱強い心得顔で言った。おそらく、少なからぬ数のお宝ハンターが情報を、さらには支援を求めてこのセンターを訪れているにちがいない。

「ええと、その……べつに財宝が目的じゃないんです」セオドシアは言った。

「黒ひげという人物を歴史的に考察するほうに興味がありまして」ドレイトンは言った。

「でしたら、ぜひボーン・ビーチに行ってごらんなさい」レティが横から口を出した。

「ちょっとお訊きしたいのですが」ドレイトンは地図を出し、ざっとながめた。「このあたりに古い要塞はありませんでしたか？」

「ありましたとも」バーニスが言った。「ダンドリッジ要塞というのがね。四二年のハリケーンで全壊しましたが。一八四二年のことですよ」彼女は小さく笑った。「もちろん、わたしはまだ生まれてもいなかったわ」

「当時の名残《なごり》はなにもないんでしょうか？」セオドシアは訊いた。

「煉瓦一個も残ってませんね」レティが言った。「根こそぎ抜けた流木が散乱するビーチがあるだけ。寄せては返す波が、ありとあらゆるものを運んでくるの。さながら大西洋の墓場という感じよ。でも陸側を探せば、古いタール用大釜の跡が運良く見つかるかもしれませんね。聞いた話では、石の三分の一はまだそのままということだから」

「興味深い話ではないか」

ドレイトンは横目でセオドシアをうかがった。

「ボーン・ビーチにはどう行けばいいんでしょう？」セオドシアは訊いた。

バーニスは手をひらひらさせた。

「行きどまりにぶつかるまで、この道をまっすぐ行ってください。それから左、つまり東に折れて、森にぶつかるまで砂丘を進めば見つかります」

「乗ってきた車がオフロード・タイプだといいわね」レティは車《ビークル》という単語を、警察官のように三つの音節にはっきり分けて発音した。「かなりきつい道だから」

「もうひとつだけ」セオドシアは言った。「なぜボーン・ビーチという名前がついたのですか？」

バーニスの目がきらりと光った。

「知らないほうがいいと思いますよ」

「この道を先まで行けばいいのだな」

車に揺られながらドレイトンが言った。

「道といえるものじゃなさそうだけどね」セオドシアは言った。「少し先でアスファルトが終わってるみたい」

たしかに、細く、うねうねした未舗装の道に変わっている。

「いいところだ」

ドレイトンはもうもうたる土埃から逃れようと、ウィンドウをあげた。

「冒険の始まりよ、ブワナ」セオドシアは言った。飛ぶようなスピードできつい斜面をのぼりきると、今度は急な下り坂に変わり、二十フィートほどの濡れた砂がつづいた先には、塩気を含んだ水がどこまでも広がっていた。ブレーキを踏みこむと、ジープはジグザグに進んで斜めに停車した。

「この先は流砂になっているようだ」ドレイトンが言った。

「そうみたいね」セオドシアは言った。「でも、幸いにして、ここからは左に行けばいいの」

「右に行く道もあるぞ」

「でも、バーニスは左に曲がれと行ったわ」

「なら、そうしよう。四駆に入れたかね？」

「ええ」

セオドシアはエンジンの回転をあげると急ハンドルを切り、そのまま低木林に突っこんだ。

「うわっ！」

ドレイトンが叫んだ。背の高い木がウィンドウを叩き、低木が車の底をこする。

「ディズニーランドの乗り物みたい」セオドシアはけらけらと笑った。「ジャングル・クルーズとか」

「カリブの海賊はごめんだぞ！」

「いやあね、ドレイトンたら。度胸がないんだから」

「度胸はあるとも。首の骨を折るのが嫌なだけだ」

しかし十分もすると、道はますます険しくなった。泥が砂に変わったせいで、タイヤがじゃりじゃりいい、横滑りしはじめた。

「車で行けるのはここまでね」セオドシアは言った。「あとは降りて、歩くしかないわ」

「まいったな」

ドレイトンがぼやいた。ふたりはかれこれ十分ほども砂の上を歩いていた。背の高い葦が顔を叩き、トマトダマシの鋭いとげで足首がちくちくする。

「ソックスを履いてきてよかったよ」

「その上着を着てきたのもよかったわね」セオドシアは言った。

「方向は合っているのかな？」

「さあ」セオドシアは言った。「これだけ葦と下草がびっしり生えてるんじゃ、ティーチの釜から十フィートと離れてないところを通っても、気づかないかもしれないわ」

「ベアーズ・ブラフ・ロードにはクマ《ベアー》が出るのだろうか？」ドレイトンは訊いた。

「どうかしら。でも、わたしがクマなら、行動範囲は隠れる場所にことかかない森と湿地帯だけにしておくけどね」

正午をまわり、陽射しが容赦なく照りつけていた。風は葦の先端をそよがすだけで、ちっとも涼しくしてくれない。

ふいにドレイトンが足をとめた。「もうギブアップしたくなってきた」

「わたしも」

ふたりはその場で数分、真っ赤な顔で疲れたようにハアハアとあえいだ。

「聞こえる？」弱い風に乗ってかすかな音が聞こえてきたのだ。

「なにがだね？　鳥の鳴き声か？」

「ちがう」セオドシアは砂山をのぼりながら言った。「岸に打ち寄せる波の音よ」

斜面をのぼりきると、広々としたボーン・ビーチが目に飛びこんだ。砂浜は真っ白で、見わたすかぎり、白茶けた流木が点々と転がっている。原始の生物を思わせる、ねじくれた巨大なその姿は、倒木が何度も波に洗われ、場合によっては遠くアフリカから波に乗って運ばれてきた結果だ。

「すばらしい」ドレイトンが言った。「かれこれ三十年近くもこの地に住んでいるが、こんな場所があるとはいままで知らなかったよ」

「わたしも話には聞いてたけど」とセオドシア。「見るのはこれが初めて」

「これもある種の美しさだな」ドレイトンは周囲を見まわした。「このうえなく素朴な美しさだ」

「想像してみて」セオドシアは言った。「黒ひげが水路を経由して船をここまで運んできたところを。乗り入れたのはおそらく満潮のときでしょうね。水が引くと、船が浜に乗りあげる恰好になったから、修理できたんだわ」

「知る者がほとんどいない、秘密の場所だったわけだ」ドレイトンは言った。

「あるいは、見つけるのは不可能だったのかも」

波がひたひたと寄せ、マーシュグラスの草むらでセミがやかましく鳴いている。この草むらは数カ月前なら冬の緑色をしていたのだろうが、いまは夏の黄金色に変わりつつあった。

ドレイトンは肩ごしにうしろを慎重に見やった。

「では、ティーチの釜はここから少し内陸に行ったところにあるわけだ」

「おそらく」

ドレイトンは目を細めた。「きみの考えでは、ナディーンが捕らえられていたのはここなのだろう？」

セオドシアは肩をすくめた。それはあくまで仮説にすぎない。

「なんとも言えないわ。近くに建物らしいものが見あたらないもの」彼女は広々としたビーチを見おろした。「そもそも、なんにもないわ」

「おそらくナディーンは、完全に方向感覚を失っていたのだろうよ」ドレイトンは言った。

「そうね」セオドシアは言った。「でも……そうとも言い切れないわ」


土曜の午後遅く、ホワイト・ポイント庭園で開催中のシーフード・パーティは最高潮を迎えていた。カントリー・バンドがギターをかき鳴らし、『幻想の地へ』をノリノリバージョンで演奏するなか、何十台という揚げ鍋が泡立ち、パチパチと音をたて、アカウオやハタの切り身をさくさくとした黄金色のフィッシュ・フライに変えていく。赤と白の縞模様のテントは風をはらんだ帆のようで、テーブルがびっしりと並び、人々はひしめき、談笑し、ダンスし、食べ、なかには毛布にのんびり横になっている人もいる。

ワドマロウ・アイランドへの遠出から直接駆けつけたセオドシアとドレイトンは、早く食べたくてそわそわしていた。

「ヘイリーはどこだ？」

人混みをかき分けて進みながら、ドレイトンが心配そうに言った。

「われわれの分のテーブルを取っておいてくれるはずだが」

セオドシアは屋台からスイート・ティーの入ったトールグラスを二個取って、ひとつをドレイトンに差し出した。

「落ち着いて、ドレイトン。ちゃんと見つかるわよ」

「フェザーベッド・ハウスのアンジー・コングドンとテディ・ヴィッカーズと一緒にいると言っていたのだがな。わたしたちの分も場所を取っておくと聞いているのだよ」

「だったら、ちゃんとやってくれてるって」

セオドシアは目の上に手をかざし、たくさんのピクニック・テーブルをながめわたした。ようやく、こっちに向かって手を振るヘイリーの姿が見えた。

「いたわ。アンジーもいる」

「椅子はありそうかね？」ドレイトンは不安そうな声を出した。「すわる場所は？」

「まったくもう。なにもいま、そんな心配をしなくても」

セオドシアはバッグに手を入れ、電話の電源をオンにした——きょうはほとんど切っていたのだ。大量の着信があったようで、しかも大半は同じ番号からだった。履歴を調べ、ほとんどがティドウェル刑事からだとわかったとき、手のなかの電話がけたたましく鳴り出した。セオドシアは通話ボタンを押した。

「もしもし?」

「まったく、やることが軽率すぎますぞ」

ティドウェル刑事の大声が耳に飛びこんだ。〝どうも、お元気ですかな〟も〝やあ〟のひとこともなかった。いきなり集中砲火を浴びせてきた。

「けさの《ポスト&クーリア》紙を読んだようね」セオドシアは言った。この刑事さんが見逃すはずがないわ。

「読みましたとも。あなたのやったことはとんでもない愚行です」

「あら、わたしはとても巧妙な計画が立てられたと思っているのに」セオドシアは人混みを離れ、ハナミズキの茂みのほうへと移動した。そのほうが、ティドウェル刑事の言葉という爆撃をかわしやすいと踏んだのだ。

「知恵がまわりすぎるから、よけいに危険なんです!」

ティドウェル刑事は一喝《いっかつ》した。

「だから、刑事さんにも今夜のパーティに来ていただきたいの」セオドシアは言った。「うまく犯人をいぶり出せた場合にそなえて。有能な部下の方を何人か連れてきていただけるとありがたいわ。ティモシーの手前、覆面警官にしてちょうだいね。でないと、かんかんになって怒ると思うから」

「あなたの行為はゆすりと大差ないんですぞ！　子どもだましの落とし穴を仕掛けるとは！」

「公徳心のある市民が、とても有能で愛されているわが町の警察に協力しているだけじゃないの」

「それは詭弁《きべん》だ！」

「なら、刑事さんも《ポスト&クーリア》に作戦を仕掛けてみたらいかが？　犯人をうまくおびき出して逮捕できたら、手柄はすべて刑事さんに譲るわ。髑髏杯作戦も、逮捕劇も、なにからなにまで。わたしたちはおもてに出るつもりはない、刑事さんが手柄を独り占めしていいのよ」

ティドウェル刑事はいきりたった。不機嫌な声を出し、歯ぎしりし、怒り狂ったオスのゾウのように憤慨《ふんがい》した。しかし結局、セオドシアたちの計画にのる以外、できることはほとんどなかった。実際のところ、作戦はすでに動きはじめており、ティドウェル刑事自身もはからずも関係者のひとりになっていたのだ。

「大きな貸しですからな」刑事は怒鳴った。

「だったら、よろこんでたっぷりとお返しするわ。うちの店でテイクアウトしてもらってもいいのよ」セオドシアはくすくす笑った。「小さな覆面スコーンなどの焼き菓子とか」

「ばかばかしい」ティドウェル刑事はぼやいた。「あなたのやってることは危険な火遊びです。相手は、どんなことをしてでも髑髏杯を手に入れようと必死なのですからな！」

「こっちはそれをあてこんでいるんです」

26

ティモシー・ネヴィルはパーティを主催するのがなにより好きで、それも盛大なものほど好んだ。ガーデン・パーティ、オペラ終演後のアフター・パーティ、交響曲のゆうべ、クリスマス・パーティなどなんでもござれのティモシーは、チャールストン屈指の愛想のいい主催者のひとりとされている。

それだけではない。アーチデール・ストリートに建つイタリア様式の彼の豪邸は、それ自体がみごとな芸術品であるうえ、アンティークや工芸品、すぐれたデザインのものが多数置いてある。ここを訪れる人は、普通なら夢でしか見られない、きらびやかな生活を垣間見ることができる。

ティモシーは真っ白なディナージャケット姿で広々とした玄関広間に立ち、適度な仰々しさといかにも南部人らしい愛嬌を振りまきながら、招待客を出迎えていた。

「人をもてなすときのティモシーは、いつもにこにこと愛想がいいのよね」

ティモシーの自宅に通じる小道をドレイトンと歩いていきながら、セオドシアは言った。

「でも、ヘリテッジ協会で頭から湯気を出してるときは……要注意！」

「ティモシーはジキルとハイド症候群にかかっているからな」ドレイトンは大声で笑った。

「しかし、彼の心がしっかり正しい場所にあるのは、誰よりもきみがよく知っているはずだ」

「ファースト・ナショナル銀行の貸金庫に入ってるのよね」

セオドシアは軽口を叩き、ふたりはティモシーにあいさつしようと階段をのぼっていった。

「まったく」ドレイトンは含み笑いをした。「うまいことを言う」

ティモシーはセオドシアとドレイトンの姿を認めると、顔がくしゃくしゃになるほど口を大きくあけて笑った。

「準備万端ととのっておる」彼はしわがれた声でささやいた。「ティドウェル刑事はすでに到着しているし、裏庭に展示した髑髏杯は私服警官が油断なく見張っている」そう言ってから、今度は大きな割れた声で言った。「やあ、セオドシア、今夜はまた美しい。その淡いグリーンのシルクのドレスは、庭を飛びまわる美しいヤママユガを思わせるではないか。それに、わが友、ドレイトンはあいかわらず粋な着こなしだ」

「少し、わざとらしすぎませんか？」セオドシアはばかていねいに音だけのキスをしながら、ティモシーにささやいた。

「そんなことはない」ティモシーもキスを返した。

セオドシアとドレイトンが奥に歩を進めると、二百人ほどの客がすでに部屋を見てまわり、飲み物を口に運び、ティモシーの自宅のすばらしさに感銘を受けていた。

「おや」ドレイトンはお仕着せ姿の執事が手にしたシルバーのトレイから飲み物をふたつ取

った。「ミント・ジュレップだ。いつ飲んでもさっぱりしていていい」

セオドシアは軽く口をつけて、周囲を見まわした。「ティモシーのところの基準からしても、かなりの大人数だわ。わたしたちが出した招待メールは一部がぎりぎりになったけど、それでもかなりの効果があったようね」

「標的を罠にかけるには好都合だ」ドレイトンが言った。

「あくまで標的が現われたらの話だけど」セオドシアはいったん言葉を切り、唇を噛んだ。

「わたしたちも見に行ってみる？」彼女は騒ぎが起こるのが待ちきれず、そわそわと落ち着かなかった。

「髑髏杯が見たいのだな」ドレイトンは言った。「いいとも」

だが、言うは易《やす》し、おこなうは難《かた》し。まずは、おしゃべりに余念のない客でひしめく中央廊下を突破しなくてはならなかった。

「計画変更」ドレイトンは言って応接間に駆けこんだ。「次の間を抜けるほうが楽そうだ」

セオドシアはドレイトンのすぐあとを追いかけながら、ティモシー・ネヴィルの非の打ちどころのない趣味にあらためて感じ入った。ヘップルホワイト様式の家具、まばゆく光るクリスタルのシャンデリア、イタリアの名匠ルイジ・フルッリーニの署名入りの彫刻をほどこしたクルミ材のマントルピース。作りつけの壁面収納に並んだ磁器は本物のスポードで、壁を飾る油彩画はホラス・バンディやフランクリン・ホワイティング・ロジャーズなどのアーリー・アメリカン様式の画家のものだった。

ドレイトンは部屋を突っ切る途中、うしろを振り返った。「本当に行くのだね?」

「案内して」

ふたつめの次の間も通り抜け、中央廊下に出た。ほんの数歩で家の奥に突きあたると、そこから幅広の石造りの階段をおりて、ティモシー自慢の中国風庭園に出た。ここはもともと典型的なチャールストン風の中庭だったが、長い歳月をかけて中国趣味を帯びた空間に変えられていた。いまでは、丹念に剪定《せんてい》されて中国の盆景風に形をととのえた大きな木のほか、高くのびた竹の林、メシダの茂み、ふかふかしたベッドのようなチョウセンゴケが揃っている。細長い形の池ではアジアの水草が生い茂り、いい香りを放っている。大きな仏陀の石像や中国の獅子と犬を合わせたような動物の像が、庭の奥へとつづく道沿いに魔除けがわりに置いてあった。

「ここだ」ドレイトンは声をひそめた。「髑髏杯があるのは」

若草色の苔がびっしり生えたスレートの通路を小さく数歩進むと、目の前に髑髏杯が現われた。細長い円筒形のガラスケースには、この奇っ怪な品だけがおさまっていて、作りつけのピンポイント照明が上から照らしていた。

真上から明かりが当たっているせいか、磨きあげたシルバーはまばゆい輝きを放っているものの、髑髏の前面は影になって薄暗い。眼窩はいかにも恐ろしげで、いまにも嚙みつきそうな歯をしている。

興味を持った少なからぬ客も、セオドシアとドレイトンのあとを追って出てきていた。何人かが、もっとよく見ようと近くに寄っては、目にしたものの異様さに気圧《けお》され、そそくさとあとずさった。

「たいしたものだ」午後の短時間でこれほどのレプリカを作りあげたブルックの腕前に、ドレイトンは舌を巻いていた。

「しかも大胆だし」セオドシアの発言は、自分たちの作戦を指して言ったものだった。

「あなたたちってば、まだそんなくだらない髑髏杯なんかにこだわってるの？」

デレインの嫌味ったらしい声がした。振り返ると、ドゥーガン・グランヴィルが軽く曲げた腕に彼女がしがみついていた。今夜は黒いレースのワンピース姿で、胸元の大胆なV字カットからふくよかな胸の谷間をのぞかせている。セクシーでセンスがよく、おまけにほんのちょっぴり危険な感じだ。

グランヴィルは羨望のまなざしを隠そうともせずに、髑髏杯に目をこらした。コレクションにくわえたくてしょうがないのは見え見えなのに、洩らした言葉は皮肉たっぷりだった。

「先週の大海賊展で偽の髑髏杯を展示したとは信じがたい行為だ。仮にも継承《ヘリテッジ》を名に冠する協会のイベントで、まがいものを見せられるとは思ってもいなかったよ。まったく信義にもとる」

「でも、展示していたのがレプリカでよかったじゃありませんか」セオドシアは横から口を出した。「おかげでこうしていま、本物の髑髏杯をこの目で見られるんですから」

デレインは目を細めて、髑髏杯をのぞきこんだ。

「こうやって本物を目の前にすると、全然、くらべものにならないわね。誰が見たってこっちが本物だってわかるわよ。あのダイヤモンドをごらんなさいな――もう、美しいのひとことだわ！」

グランヴィルは渋々といった様子で髑髏杯から視線をはずした。

「きみの美しさには負けるがね」

「ああん、もっと言って」デレインは新しい恋人にすっかり惚れこんでいる様子だった。

「ナディーンの具合はどう？」セオドシアは訊いた。

「ずいぶん元気になったわ。なにしろ、今夜ここに来てるくらいだもの」

デレインはおざなりにあたりを見まわし、小さく肩をすくめた。

「どこかにいるはずよ」

「精神的な影響が残っていたりはしないのかね？」ドレイトンは言った。

けれどもデレインにとってはグランヴィルのほうが大事なようだった。彼女は彼の首に腕をまわした。

「そろそろなかに入って、パーティを楽しんだほうがよくないかしら」

グランヴィルは彼女を見てほほえんだ。

「きみがぜひにと言うなら、なんでも従おう。どんなことでも」

その言葉を合図に、デレインはほぼ空になったシャンパン・グラスを差し出し、前後に振った。

「そこまで言うなら……もっとシャンパンをいただける？」

「わたしのべっぴんさん《バブルズ》に泡《バブルズ》を」グランヴィルはそう言うと、デレインの頬に盛大にキスをし、彼女と連れだってなかに引きあげていった。

「なんだか胸がむかむかしてきた」セオドシアは言った。

ドレイトンは身震いした。「しかも、グランヴィルの着こなしときたら、えらくだらしがなかったじゃないか。サヴィル・ロウで仕立てた高級スーツも、あの男が着たら安物に見えるだろうよ」

「あのふたりの組み合わせなんて、ちょっと退屈」

「裏を返せば」とドレイトン。「デレインはグランヴィルにご執心なわけで、ということはきみは気兼ねなく……？」

「ボーイフレンドを取っ替え引っ替えできると言いたいの？」セオドシアはため息をついた。「言いたいことはわかるけど、まだそういう話をする気にはなれないわ」マックスは未知数だ。いまのところ。少なくとも当分は。

「その気にならないのか、その気がないのか、どっちだね？」

「両方よ」セオドシアは言った。

「きみの好きなようにすればいい」

ドレイトンはそう言うと、ガラスケースをまわりこんでうしろを調べた。セオドシアもあとにつづいた。「ティドウェル刑事の部下はもう配置についていると思うかね？」彼は首だけをうしろに向けて尋ねた。「竹や植え込みの陰にうずくまっているのだろうか?」

「そう願いたいわ」セオドシアは言った。

ドレイトンは灰色の目で茂みをざっと見わたした。「誰の姿も見えんぞ」

「そうでなきゃまずいでしょ?」

「なるほど。きみの言うとおりだ」

「わたしたちは、パーティをざっと見てまわりましょう。トマス・ハッセルとスカーレット・バーリンがもう来ているかたしかめなきゃ」

「来ていたらどうするのだね?」

「ふたりに目を光らせる」

すばらしいパーティだった。サンルームでは弦楽四重奏楽団が演奏し、ダイニングルームにはとても大きなビュッフェ・テーブルが用意されていた。

「これも大事よね」セオドシアはところ狭しと並んだ料理にうなずいた。「料理も」

「あそこのシーフード・コーナーを見たまえ!」

ドレイトンが声をあげた。一脚の長テーブルに氷でできた巨大な二枚貝の彫刻がのっていた。その下でクラッシュアイスの山がきらきら光り、牡蠣やカニの脚、ジューシーなピンク色をしたエビ、それに小ぶりなロブスターテイルがこれでもかと盛りつけてある。

「お昼に〈バザード・バー〉に寄れなかったから」とセオドシア。「あの牡蠣をいくつかいただきましょう」

「大賛成だ」ドレイトンは言った。

ふたりは皿とフォークを手にして列に並んだ。シーフード・コーナーのなかほどまで来たときには、セオドシアの皿は牡蠣、ホットソース、それに少量のホースラディッシュでほぼいっぱいになっていたが、とりわけおいしそうに見えるカニの爪にも手をのばした。敷き詰められた氷の上のそれをつまみあげようとしたとき、反対側からべつの手がさっと出てきてカニの爪をかっさらった。クラッシュアイスとチェリーストーン貝の山ごしに目をこらすと、バート・ティドウェル刑事の姿があった。横取りしたのは彼だった。

「いつ鉢合わせするかと気になっていました」セオドシアは言った。

「不思議なこともありますな」刑事は言った。「わたしも同じことを考えておりました」

「さっきまで裏の庭園にいたんです」セオドシアは説明した。「髑髏杯の様子を見に」

「たぐいまれな逸品ですからな」刑事は唇をゆがめた。

「刑事さんの……？」ドレイトンは言いかけ、すぐに口をつぐんだ。

「ええ、ちゃんとおりますとも」

「よかった」セオドシアは言った。

「あなたのためです」

テーブルの端まで一緒に歩いていきながら、ティドウェル刑事は怒ったように言った。

「この計画そのものが正気の沙汰ではないと、まだ思っていますのでね。あなたが疑っているほかの人物についても調べてほしいと、ティモシー・ネヴィルが頼んできたことをご存じでしたか？」

「具体的には誰のこと？」

「アーウィン・マンシーという教授です」ティドウェル刑事は親指と人差し指で牡蠣をつまんで口元まで持っていき、大きな音をたててすすった。

「ティモシーは教授のなにを知りたがったのですか？」ドレイトンが訊いた。

刑事は牡蠣をのみこみ、顔をしかめた。

「その人物が違法な骨董品やその手の品を売買しているかどうかをです」

「それで刑事さんはどんなことを突きとめたの？」セオドシアは訊いた。

「なにも」刑事は言った。「マンシー教授の前歴は、スピード違反の切符を二度切られている以外、きれいなものでした。ええ、マンシー教授についてわかったことといえば、彼が離婚していることと、チャールストン・カレッジで退職にそなえつつあること、それにワドマロウ・アイランドに住んでいることくらいでした」

「なんですって！」セオドシアは大声を出した。

「ふたりで昼間、行ったところじゃないか！」ドレイトンが言った。

「今夜、教授が来ているかご存じ？」セオドシアは訊いた。マンシーがワドマロウ・アイランドとつながっていることが気になったのだ。

「わかりませんな。本人を見たことがありませんから。それどころか、知りもしないのですよ！」

そう言うと、刑事は貝を山ほどのせた皿を持ったまま、ぷいといなくなった。

「刑事さんはご立腹のようだ」ドレイトンが言った。「われわれに利用されたと思ったのだろう」

「実際、利用してるんだもの」セオドシアは言った。「でも……ティドウェル刑事が早い段階でわたしたちをとめようとしていなければ、調査の各段階でいちいちだめ出しをしていなければ、わたしたちはいまこうしていなかったかもね」

「本気でそう思っているのかね？」ドレイトンは怖い目でにらんだ。

「ううん、そうでもない」

ふたりは皿を持って図書室に入り、ブロケード張りのシェラトンチェアにそれぞれ腰をおろした。

「この牡蠣はじつにうまい」ドレイトンは音をたてて食べそうないきおいだった。

セオドシアはうなずいた。「甘味があってジューシーよね」

「誰もがフランスのベロンという牡蠣を絶賛するが」ドレイトンは言った。「わが国の中部大西洋で獲れる貝のほうがおいしいと思えるようになってきたよ」

セオドシアはドレイトンを肘で突いた。「あそこを見て」と小声で言った。「スカーレット・バーリンがいる」

「容疑者が勢揃いしそうだな」

「トマス・ハッセルも来てるかしら？」

セオドシアはハッセルを疑っていたが、どうしてもマンシー教授に考えが戻ってしまう。なにしろワドマロウ・アイランドに住んでいるし、黒ひげにまつわるものならどんなものでもありがたがりそうだからだ。

「ああ、ハッセルは絶対に現われるとも」ドレイトンが言った。「あの男が野心家なのは異論のないところだからな。ティモシー・ネヴィルのような人物からの招待を断るはずがない」

「なら、彼を探しにいきましょう」

ドレイトンの豆知識

ミント・ジュレップ

バーボンとミントで作るカクテルの一種。

砂糖とミントの葉をよくつぶしたあと、その上にクラッシュアイスを詰め、バーボンを静かに注げば出来上がり。

アメリカの南部で好んで飲まれ、ケンタッキーダービーの公式ドリンクとしても有名。

さわやかなミントの香りで、リフレッシュ効果大。

27

五分後、セオドシアとドレイトンは人混みのなかをうろうろし、ハッセルはどこかと探していた。

「あそこにブルックがいる！」ドレイトンが言った。ふたりのウェイターと、くすくす笑い合っているパーティ好きの一団のわきをすり抜け、ブルックのもとに急いだ。

「どう？」ブルックは開口一番そう尋ねた。もちろん、偽の髑髏杯の出来のことを言っているのだ。

「最高だ」ドレイトンは言った。「まったく見事だよ」

ブルックはセオドシアに向き直り、小声で訊いた。「でも、うまく犯人をおびき寄せられるかしら？」

「そうなってくれることを祈るばかりだわ」セオドシアは言った。「ティドウェル刑事も来てるし、部下の人も配置についてる。いちばんの問題は……標的が現われるかどうかなのよね」

「もしかしたら、もう来てるかもよ」ブルックがぼそっと言った。とたんに三人はゆっくり

と振り返り、人混みを見わたした。

おしゃべりしながら人混みを進んでいくニック・ヴァン・ビューレンの姿が見え、ティドウェル刑事が怖い顔でセオドシアをにらんでいる。やれやれ。

「なにか起こるまで、じっと待つしかないようだ」ひとしきり見わたしてドレイトンが言った。彼はおざなりにほほえんだ。「セオ？　ブルック？　よかったらシャンパンでも取ってこようか？」

「お願い」ふたりはほぼ同時に言い、それを受けてドレイトンは、一分ごとに数が増え、騒がしくなっていく人混みに飛びこんだ。

「セオドシア！」

振り返ると、にこにこ顔のピーター・グレイスを引きつれたヘイリーが、ずんずん近づいてくるのが見えた。

「来てくれたのね」セオドシアは包みこむようなほほえみをピーターに向けた。それから、彼をブルックに手短に紹介した。

「ドレイトンはどこ？」ヘイリーが訊いた。今夜の彼女は丈の短いダークブルーのカクテルドレスで、とてもかわいらしい。ねじって独創的なサイドノットに結いあげた髪は新鮮でありながら、ちょっぴりルーズな感じがする。と言っても、かわいらしいルーズさだ。

「シャンパンを取りに行ってるの」セオドシアは答えた。

「外にドレイトンの誕生日プレゼントを置いてきたよ」

ったあとで。

「包んでないでしょうね？」あとで、楽しい贈呈式をするつもりだった。すべてがうまくいったあとで。

「うん」ヘイリーは言った。「剝き出しのままにしてある。庭園の門のすぐそばの壁に置いたんだ。ここぞというときに、ぱっと手に取れるように」

「裏から入ったときに、人をびっくりさせてしまいました」ピーターが言った。

セオドシアはいぶかしげな目を彼に向けた。

「例の警察の人のこと」ヘイリーが小声で説明し、セオドシアにウィンクした。「大丈夫。裏で映画『グリーン・デスティニー』よろしく隠れて見張ってる人がいることはピーターも知ってるから。彼ね、泥棒が現われたら、いつでも協力するって言うの」

セオドシアはピーターにほほえみかけ、声を出さずに唇の動きだけで〝ありがとう〟と伝えた。捕まえてみたら敬愛する教授だったなんてことにならないといいけど。

「ティーポットの様子を確認したいなら……」ヘイリーが言いかけた。

「ううん。大丈夫なのはわかってる」セオドシアはピーターにほほえんだ。「ねえ、マンシー教授はいらしてる？　あの方なら本物の髑髏杯が見たくて、いてもたってもいられないんじゃないかと思うの」

ピーターはうなずいた。「さっき鉢合わせしました」彼は首をめぐらし、困ったような顔をした。「あれ、たしかそこにいたはずなのに」

「べつにいいの。ドレイトンと一緒に少しお話をうかがいたいと思っただけだから」

セオドシアはそう言うとヘイリーに目をやった。わたしたちがマンシー教授を疑っていることをピーターに話しただろうか。すぐに、それはないと判断した。ヘイリーがそう簡単に秘密を洩らすはずがない。秘密にすべきことをちゃんと心得ている、頭のいい娘だ。

「三つ持ってきたのだが、五つなくてはいけなかったな」ドレイトンがシャンパンのグラスをセオドシアとブルックとヘイリーに渡した。

「ぼくがあとふたつ取ってきます」ピーターは買って出ると、走り去った。

「マンシー教授も容疑者なのを彼は知っているのかね？」ドレイトンは声をひそめて訊いた。

ヘイリーはシルバーのイヤリングが首を打つほど強く、頭を左右に振った。

「ううん。知るわけないわ。髑髏杯が偽物なのも知らないもん」

「よかった」セオドシアは言った。「あえて教える必要はないものね」

「誰かがマンシー教授を見張ってたほうがよくない？」ブルックが言った。

「探して、ここに連れてくる」ヘイリーは転がるように走り去った。

「いましがたトマス・ハッセルを見つけたよ」ドレイトンが言った。「シアター・ギルドのラモナ・ベンソンと立ち話をしていたが、こういう場には慣れっこだといわんばかりだった」ドレイトンは芝居がかったふうに目をぐるっとまわし、あきれた表情をした。

「ハッセルって人が今度の件に関わっていたとしても」ブルックは言った。「意外とは思わないわ。よくは知らない人だけど、なにかにおうの。とにかく……信頼できない人よ」

「じゃあ、彼にも目を光らせていないとね」セオドシアはうなずいた。

「あまりあからさまなのはまずい」とドレイトン。「だが、常に視界にとらえておくようにしよう」

「健闘を祈るわ」ブルックは言った。

しかし、セオドシアとドレイトンが一歩を踏み出すより早く、デレインが全員の注目を集めた。

「ちょっとすみません！」

デレインのキンキンした声がざわめきを凌駕《りょうが》して響きわたった。

「これより、びっくりするお知らせがあります！」

デレインはナディーンとビル・グラスにはさまれた恰好で、中央廊下に立っていた。まわりにいた人々はおしゃべりをやめ、デレインがなにを言うのかと聞き耳を立てた。

「グランヴィルさんはどこ？」セオドシアは小声で訊いた。

「知らんよ」ドレイトンが答えた。

「多くのみなさんがご存じのように」デレインは始めた。「あたしの大切な大切な姉のナディーンは、この数カ月、チャールストンで暮らしてきました。そして、多くのみなさんとお近づきになりました」

ぱらぱらと拍手があがった。

デレインはいったんすばやく息を吸いこみ、えくぼが穴のようにへこむまでほほえんだ。

「実は、ある殿方が大切な姉の心をしっかりととらえたのです」

彼女はナディーンの手を握り、さらに手をのばしてビル・グラスの手をつかんだ。

「そういうわけで、ここでみなさんに発表できますことを……」

突如としてすさまじい音が夜を切り裂き、頭上のシャンデリアが軽やかな音をたてて揺れた。

セオドシアは息をのみ、全身を警戒モードにした。ドレイトンに目をやると、彼は小さな声でつぶやいた。「罠が作動したようだ」

まわりの客は怪訝そうに、困惑の表情を浮かべている。ひとりが叫んだ。

「酒がこぼれちまうじゃないか」

デレインは大事な瞬間をだいなしにされたとばかりに、なかばあきれ、なかば怒っていた。ひきつった笑いがじょじょに洩れて室内に充満するなか、セオドシアはせかせかと人混みをかきわけ、奥の階段を駆けおり、裏の庭園へと急いだ。

まず感じたのは完全なる漆黒の闇だった。ガラスケースの明かりが消えたせい？　ええ、そうだわ。

実際、ケースはうしろにひっくり返っていた。偽の髑髏杯は見あたらず、ガラスの破片が淡い光を受けてきらきらしているばかりだ。罠はうまいこと作動したが、その際に、罠そのものが奪われてしまったのだ！

見張りの警官はどこ？　必要としてるときにティドウェル刑事はどこに行ってしまったの？

セオドシアの数歩うしろをついてきていたドレイトンが、ようやく追いついた。

「なんということだ！」

ドレイトンは像のようにぴくりとも動かず、少し残念そうな顔でパティオに立ちつくした。

「ない。もぬけの殻だ！」

「でも、どこに消えたの？」セオドシアも甲高い声をあげた。それに、見張っているはずの警察官はどこ？

その疑問に対する答えは、低いうめき声という形で返ってきた。

「なにか聞こえなかったか？」ドレイトンは声がかすれ、いまにも気を失いそうな顔をしていた。

セオドシアは狭い通路を急ぎ足で数歩進んだ。ほどなく、背の高い竹林から二本の脚が突き出ているのが見つかった。

「ドレイトン！　こっち！」

ドレイトンはつんのめるようにしてセオドシアのもとに急いだ。

「大変だ！」

彼は一対の黒い革靴を目にするなり叫んだ。それから転がるようにして鬱蒼とした竹林に入っていくと、枝に顔を叩かれながら、倒れた警官を見つけ、助け起こそうとした。

警官はドレイトンの手を借りて、ゆっくりと少しずつ身を起こした。足をふらつかせ、ぼうっとした顔で頭をしゃんとさせようとした。

「なにがあったの？」セオドシアは問いかけた。

呆然とした顔の警官は頭を振り、震えるため息をついた。

「殴られたんです……うしろから……」

警官は力なく後頭部をしめそうとしたが、すぐに腕がぱたりと落ちた。彼は負傷し、頭が朦朧としていたが、同時に自分を恥じてもいた。

「何者の仕業？　誰に殴られたの？」

警官はまたも負傷した頭部をさすろうとしつつ、懸命に正確な言葉を絞り出そうとした。

「覚えているのはブロンドの若い女性……長い髪の……」

「ヘイリーだわ！」

「男がその女性を引きずっていました」警官はもごもごと言いつつ、頭をはっきりさせよう、記憶をたどろうとしていた。「女性のほうは……ええと……男に抵抗していました」

「ああ、なんてこと」

セオドシアは顔に恐怖の表情を貼りつけ、動揺で声をかすれさせながら、ドレイトンを振り返った。

「マンシー教授は髑髏杯を盗んだうえに、ヘイリーを人質に取ったんだわ！」

「まだ遠くへは行っていないはずだ！」ドレイトンが叫んだ。

「すぐに助けに……！」

セオドシアはいきおいよく向きを変え、裏門に向かって走り出した。木でできた背の高い門にぶつかると、こわばってうまく動かない手を古い錬鉄の取っ手にかけた。力をこめて押すと、門はギシギシときしんだ。しかし、びくともしない！

セオドシアはもどかしげに取っ手をつかんだ。「ドレイトン、手を貸して！」

ドレイトンは負傷した警官から手を離し、セオドシアのもとに駆けつけた。取っ手をつかみ、なんとかこじあけようとする。

「動かない！　反対側からあかないよう細工してあるようだ」

彼の言葉を強調するように、低く絞り出すようなエンジン音が通りから聞こえてきた。

それを聞いたとたん、マンシー教授は逃走をはかるつもりだとぴんときた。セオドシアは怒りのこもった低いうなり声を発した。ぱっと向きを変え、武器になるものを探した。最初に目についたものをつかんだ。ドレイトンにプレゼントするつもりのティーポットだ。

それを体の前に抱えると、頭を低くし、ティモシーの裏庭の境界をなす、こんもりした生け垣に肩からぶつかり、強引になかに分け入った。

まるで針の壁にぶつかったも同然だった。尖った枝に顔をなぶられ、着ているものを破かれながら、前へ前へと突き進んだ。木のほうも必死に抵抗し、はね返った枝を彼女に叩きつけ、あるいはうしろへと押し戻した。それでもセオドシアは足を無理矢理前に出し、生い茂る葉をかきわけていった。痛かったし、ぎこちなくしか進めなかったが、とうとうやった！

セオドシアがドレイトンのティーポットを抱えたまま反対側に出たそのとき、黒い車が猛然と彼女のほうに向かってきた。

「マンシー!」フロントガラスの奥の、ぼやけた顔に叫んだ。

車がすぐわきをかすめると、セオドシアは反射的にティーポットを投げつけた。ポットはガシャンという大きな音をたててリアウィンドウにぶつかり、その結果、スモークガラスのウィンドウに大きな穴があいて、ひびが四方八方に走った。車はがくんとなって道をそれ、停車中の黄色いコンバーチブルのリアフェンダーをこすった。マンシーはすぐさま体勢を立て直したらしく、車の向きを直した。車は軽く横滑りしたものの、すぐにスピードをあげ、テールランプがしだいにぼやけ、しまいには赤い染みに変わった。

セオドシアは通りの真ん中で膝をつき、やり場のない思いを胸に、あらんかぎりの声で叫んだ。

「ヘイリーーーー!」

そのとき、ふいに門が大きくあいて、ドレイトンが飛び出した。彼はセオドシアの顔に苦悩の色を見てとると叫んだ。

「彼女がどうした?」

「マンシーに連れ去られたの!」セオドシアは疲れたように立ちあがり、涙に濡れた顔で遠ざかる車を見つめた。

ドレイトンはたどたどしい足取りで一歩進み出た。その顔には、なんとも言えないぽかんとした表情が浮かんでいた。それから、どうにかこうにか言葉を絞り出した。

「だが教授は……」

セオドシアがすばやく振り返ると、目の前にマンシー教授の気遣わしげな顔があった。

「ここにいる」ドレイトンが最後まで言った。

「だったら、誰がヘイリーを連れ去ったの？」セオドシアはヒステリックに叫んだ。「いったい誰が……？」憤懣やるかたなく、握ったこぶしをふるわせた。

そのとき、ラ・ブレアのタール・ピット（ロサンゼルスにあるタールの沼。植物化石や動物化石が多数発見されている）から剣歯虎《けんしこ》（漸新世後期から更新世にかけて北米西部に棲息したネコ科の食肉獣）の骨が出土するがごとく、セオドシアの頭のなかに答えが湧いて出た。ふたつの単語がかすれ声となって喉から洩れた。

「ピーター・グレイス！」

そうとしか考えられない！

マンシー教授は角材で頭を殴られでもしたように、あんぐりと口をあけて彼女を見つめた。

「ピーターですと？ とんでもない。ピーターはハエも殺さぬ男ですよ！」

うしろでタイヤの鳴る音が聞こえ、また一台、車が近づいてきた。セオドシアが縁石によけると同時に、バーガンディ色のクラウン・ヴィクトリアがすぐわきに停止した。助手席のドアがいきおいよくあき、ティドウェル刑事の大声がとどろいた。

「お乗りなさい」

しかしセオドシアは、次に取るべき行動をすでに決めていた。にわかにマンシー教授に飛びかかった。上着の襟の折り返しをつかんで激しく揺さぶった。彼の歯がカタカタ鳴り、頭が左右に大きく振れた。

「ピーターはどこに住んでるんですか?」

マンシー教授は手荒い扱いにショックを受け、焦点の合わない目でセオドシアを見つめながら、ぼそぼそと答えた。

「アパートメントだ。大学構内の」

「そこじゃありません!」セオドシアは怒鳴りつけた。「別宅があるはずです。よく考えて! 警察から逃げるとすれば、どこに行くと思いますか? 誰かかくまってくれる人はいますか?」彼女はいま一度、教授を揺さぶった。そうすれば、正しい答えが彼の口からぽんと出てくるとでもいうように。

「彼……彼は……」教授はつっかえつっかえ言った。「彼の家族が……どこだったか……ジョンズ・アイランドに釣り小屋を持っている」

「場所は?」セオドシアは三度《みたび》マンシー教授を揺さぶろうとしたが、ドレイトンの震える手が肩に置かれた。

「その手を離したまえ」ドレイトンは言った。

セオドシアは教授から手を離したものの、まだ正面から向かい合っていた。「そこの場所を教えてください!」

「ば……場所は……わたしのオフィスに行けばわかる!」怯えたマンシー教授は早口でまくしたてた。

セオドシアは教授の顔に人差し指を突きつけた。

「二十分後にオフィスに電話します。ちゃんとそこで待機していてください！」

セオドシアはくるりと向きを変えると、ティドウェル刑事の車に大急ぎで乗りこんだ。刑事がアクセルを強く踏みこむと同時に、セオドシアはどうにかドアを閉めた。急いでいる客がタクシー運転手に行き先を伝えるように、大声で指示を飛ばした。

「ジョンズ・アイランド！」

28

「ジョンズ・アイランドのどのへんですかな？」

車をとばしながらティドウェル刑事が大声で訊いた。黄色い街灯がストロボのようにまたたき、オークの巨木が暗いトンネルをなす。

「知らないわよ！」セオドシアは叫び返した。「ピーター・グレイスが車でヘイリーを連れ去ったのはたしかだけど、どこに連れて行くつもりか具体的な場所なんかわからない。あと数分したらマンシー教授に電話して、行き方を教えてもらうわ」

ふたりを乗せた車はトラッド・ストリートを飛ぶように過ぎてラトリッジ・アヴェニューに出ると、ハイウェイ三〇号線を一気に突き進んでメイバンク・ハイウェイに合流した。セオドシアは歯をカタカタいわせながら大声で道を指示した。ティドウェル刑事は道案内など必要なかったが、好きに言わせておいた。そうしていれば、過剰なアドレナリンが燃焼できると考えてのことだ。

車通りの少ない長い直線道路に出たところで刑事は言った。「血が出ていますぞ」

セオドシアは無造作に顔をぬぐった。「生け垣で切ったんだわ」

「グローブボックスに救急セットが入っています」

「必要ないわよ」セオドシアは言った。頭のなかはひとつのことでいっぱいだった。ヘイリーを見つけなくては。

「必要ありますとも」ティドウェル刑事の口調が少しやわらいだ。

セオドシアはグローブボックスをあけ、小さな金属の箱を出した。チューブ入りの消毒クリームはないかと手探りして見つけ、てのひらにべとべとした白いクリームを少し絞り出した。

「このくらいでよし、と」

それを顔に塗るあいだも、不安な気持ちが渦巻いていた。

まさかもう手遅れなんてことはないわよね？どうやってふたりを見つけたらいいの？

マンシー教授は住所を突きとめてくれるかしら？

「まったく」ティドウェル刑事は言った。「こんな無鉄砲な作戦はやめるよう、ミスタ・ネヴィルをしつこく説得したんですがね」

セオドシアは歯をギリギリと食いしばった。お説教なんて聞きたくない。

「うまくいくはずだったのよ」しばらく考えた末に言った。「餌はまいたし、罠も仕掛けた。あとはネズミが仕掛けを作動させるだけだったのに」

「実際、仕掛けは作動しました」刑事は言った。「計画どおりに運ぶことなどめったにないだけのことです」

ジョンズ・アイランドへの標識がヘッドライトに浮かびあがると、セオドシアは携帯電話にマンシー教授の電話番号を打ちこんだ。

最初の呼び出し音で電話に出た教授は、息を切らせていた。「はい！」たしかに教授につながったようだ。

「どうでしたか？」セオドシアはなんの前置きもなしに尋ねた。

「住所そのものは見つかりませんでした」

マンシー教授はもごもごと答えた。その声からは、あてがはずれてがっくりし、いまにも涙をこぼしそうな様子がうかがえる。

「しかし、ピーターのデスクを調べたところ、古い写真の束が出てきた。たぶんここに写っているのが……彼が向かっている先ではないかと」

「写真に写っているものを具体的に説明してください。もしかしたら……その場所が見つかるかもしれません」

セオドシアは自分の考えに腹をたて、かぶりを振った。そうじゃないでしょ。〝もしかしたら〟じゃなく、絶対に見つけるの！

「小さなビーチハウスだな」教授は言った。「と言うより、小屋に近い。白いペンキが剝げかけ、庭は砂地、そんな感じだ」

「もっと具体的にお願いします」セオドシアは言った。似たような特徴のビーチハウスは何百、あるいは何千とある。

「そう言われても……」とマンシー教授。

電話の向こうから切羽詰まった会話が聞こえたかと思うと、ドレイトンに変わった。

「セオ？」

「ドレイトン」セオドシアは大きな安堵のため息をついた。「くわしく説明して」

「白いビーチハウスで……」

「ビーチハウスなの、それとも釣り小屋？」

「どっちとも言えるな。砂に埋もれるように建っていて、おんぼろの三段のステップをあがっていくようになっている。平屋根に飾り気のない玄関ドア、ドアの両側に窓がふたつずつついている」

「ほかには？」セオドシアは頭のなかに絵を描きはじめた。彼女とティドウェル刑事を導いてくれる絵を。

「通りから見て右側に雨水タンクがある」

「木は植わってる？」

「いや」とドレイトン。「少なくとも、写真には一本も写っていない。ということは、かなり海に近いようだ。海岸沿いかもしれんな」

「ほかにはなにかない？」

セオドシアはティドウェル刑事に特徴のひとつひとつを繰り返して伝え、刑事はうなずきながら聞いていた。車はやがてボイケット・ロードに入った。

「なさそうだ。すまん」

「そこにいてね」セオドシアは言った。

「電話はこのまま切らないで」

「わかった」

人口の多そうなビーチ沿いの界隈まで来ると、車をゆっくり流し、つぶれかけた小さな釣り小屋はないかと目をこらした。十分がたった。そして十五分。やがて三十分が経過した。ビーチハウスも常に海岸線から目を離さないようにしながら、狭い道をのろのろと進んだ。ビーチハウスも釣り小屋もたくさんあったが、ドレイトンから告げられた特徴にぴったり一致するものはひとつもなかった。

「らちがあきそうにありませんな」ティドウェル刑事の声には苛立ちの色がくっきりと表われていた。

「探しつづけるしかないわ」セオドシアは言った。

「干し草のなかから針を一本探し出すようなものですぞ」刑事はかすれた声で言った。「まったくどうかしている。やつの車のナンバーを入手し、緊急手配をかけたほうがいい。地元警察にも連絡しましょう。手順どおりにやるべきです！」

「あと三ブロックだけ」セオドシアはせがんだ。「ねえ、お願い」

ティドウェル刑事は口を尖らせたものの、スピードをゆるめ、湾曲した海岸線に沿って建ち並ぶ小さなビーチハウス群を流しはじめた。

「目印になるようなものすらないのですぞ」刑事は不満を言った。

「お願いだから、このまま車を走らせて」

「そこでUターンします」

刑事は速度をゆるめ、車を大きくUターンさせた。ヘッドライトが建物をかすめたとき、セオドシアの体がまったく唐突にこわばった。

「あった！」

道路から二十フィートほど奥まったところに、おんぼろの古い小屋が建っていた。板壁の塗装が剝がれ、よろい戸のひとつが斜めにかしぎ、一カ所だけほの暗い明かりが灯っている。

「あれよ、きっと！」

ティドウェル刑事が無線に手をのばした。

「なにをするつもり？」セオドシアは大声でいさめた。

刑事はおずおずと答えた。「応援を呼ぶんです」

「だめ！　連絡を入れて待ってたりしたら、手遅れになっちゃう！」

ティドウェル刑事は顔をしかめた。「どうしろというんです？」

「銃は持ってる？」

「もちろんですとも」

「だったら、踏みこむのよ！」

「そういうわけにはいきません」

「いいえ、そういうわけにいくの」

セオドシアはドアをあけ、車を飛び出した。

「いけません！」ティドウェル刑事が呼びとめた。

セオドシアはくるりと体をまわした。「早く！　援護して！」

ティドウェル刑事は苦労しながら車を降り、忍び足で彼女のあとを追った。「どうかしてる！」とぼやいたが、その声は波の音でかき消され、ほとんど聞こえなかった。

セオドシアは口の前で指を一本立てた。静かにと言うように。

ふたりは足音を忍ばせ、玄関に向かった。

「裏にまわったほうがいいかもしれない」セオドシアは声を落として言った。「窓からなかをのぞきこむわ」

ティドウェル刑事は首を振った。「それよりも――」

甲高い悲鳴が夜の闇を切り裂いた。声は高くなり、背筋も凍る泣き声に変わった。

「大変！」セオドシアは叫んだ。「ヘイリーが殺されちゃう！」

ティドウェル刑事は玄関に向かってどたどたと全力疾走し、銃の床尾でドアを叩いた。

「あけろ！」大きくて威厳のある声で言った。「警察だ！」

玄関の明かりがついた。

「出てくるわ！」セオドシアは言った。ヘイリーの悲鳴でピーターも正気に返ったのだろう。

これで一件落着となりそうだ。とりあえずは。

ドアがきしみながらあき、中年男性が頭を出した。無精ひげがのび、眠そうな顔をしている。身につけているのは細身のTシャツとサーフパンツ。

「はあ？　なんの用？」男は面食らった声で訊いた。

「グレイスか？」ティドウェル刑事は尋ねた。「ピーター・グレイスか？」

男はまだ、突然の来訪に呆然としていた。「え？　ちがうよ」それから彼は頰をかき、考えこむような顔をした。「ええと……この先だよ、たしか」そう言いながら、いいかげんに指差した。

「さっきの悲鳴はなんだったの？」セオドシアは詰め寄った。

「クジャクだよ」男は答えた。「かみさんが裏の小屋で飼ってんだ。まいっちゃうぜ」

29

大きく弧を描いて海から遠ざかる道路に、月の光がまだらな影を落としていた。しっかり戸締まりした二棟のおんぼろ木造倉庫の前を通りすぎ、駐車場に置かれた木の船台にのせられたボート数台の前を通りすぎた。

「こっちにはなにもなさそうですな」ティドウェル刑事がつぶやいた。

「もう一ブロック行って」セオドシアは歯を食いしばってせがんだ。

ここまで来ると海岸線は塩湿地に変わっていた。耐塩性の植物が、塩を含んだ水と〝ズボズボ泥〟という通称で知られるぐしょぐしょした土に生えている。ズボズボ泥は潮の流れによって一日に一回あふれては引くを繰り返し、そのため、カニや巻き貝を始めとする多様な生物の宝庫となっている。

「ひょっとして……あれかしら？」

セオドシアは指差した。塩湿地のほとりに小さな木造の小屋が建っていた。正面に起伏する砂地とマーシュグラス、それに砕いた貝殻を敷き詰めた小さな車まわしが見える。

「車が一台ある」そろそろと近づいていく車のなかでセオドシアは小さな声で言った。「黒っぽい車だわ」

「グレイスのものですかな？」ティドウェル刑事は訊いた。「確認できますか？」

「リアウィンドウが粉々に割れていれば彼の車なんだけど」セオドシアは目をこらした。

「割れてるかしら？　わかる？」

ティドウェル刑事は車を静かに走らせながら、頭を潜望鏡のように旋回させた。

「割れています」

セオドシアはシートにすわったまま向きを変え、掘っ立て小屋のような家をじっと見つめた。狭苦しい家は、砂地とマーシュグラスのあいだをくねくねのびる長いボードウォークの突端《とったん》に建っていた。

「なにか見えますかな？」ティドウェル刑事が訊いた。

「ううん。でもヘイリーはあのなかよ。わかるの」

「ですが、そこのボードウォークを忍び足で近づくわけにはいきません。あそこにいるのが誰にせよ、一マイル手前からでも近づいていくのがばれてしまいますからな」

「でもあそこにヘイリーがいるのよ！」

セオドシアは車のドアを押しあけ、外に出ようとした。

「助け出さなきゃ！」

ティドウェル刑事は大きな手をさっとあげた。「お待ちなさい！」

「待てですって？　なにを待つの？」

「今度こそ、応援を要請しなくてはなりません。無鉄砲に押しかけるわけには……」

セオドシアはふいに身をかがめ、地面からなにか拾いあげた。

「車に戻りなさい」ティドウェル刑事が命令口調で言った。

セオドシアは片手をあげた。シルバーのブレスレットを指に引っかけている。

「ヘイリーのチャーム付きブレスレットだわ」

そう言うと顔をくしゃくしゃにした。

「なにかの拍子に落ちたのよ。でなければ、手がかりとしてわざと置いたのかも。すぐそこの砂に落ちてたの」

「でしたらよけいに、保安官事務所に応援を要請する必要があります。ここは管轄《かんかつ》外で手の出しようがありませんからな」

「管轄なんか関係ない」セオドシアは顎を引いた。「ピーター・グレイスはヘイリーを拉致したのよ。だったら、彼女を助けに飛びこんでもいいはずでしょ」

「そんなことをしたら殺されます！　やつはすでにひとりを殺し、もうひとりもこてんぱんにのしているのです」

「警官を大勢召集したら、ピーターはヘイリーを盾に逃走をはかるだけよ」

セオドシアはビーチハウスのほうに目をやった。層になった雲に月が隠れたせいで、建物がだんだんと見えなくなっていく。

「動いてはいけません！」ティドウェル刑事が小声で警告した。

「わかったわよ」セオドシアは車の横に立ったまま、こっそりと靴を脱いだ。「応援を呼んで」

「やっと聞き分けてくれましたな」

ティドウェル刑事は無線に手をのばし、いくつかボタンを押した。雑音が一気に押し寄せ、応答の声があった。

「警察です」

ティドウェル刑事が早口で説明を始めると同時に、セオドシアはこっそり駆け出した。

足音をたてないよう、ボードウォークを小走りに進んだ。髪を通り抜けていく塩っぽくて冷たい風を感じながら、ざらついた板の上を裸足で走っていく。月が分厚い雲の陰に隠れているかぎり、姿を見られる心配はない。つまり、状況を見きわめるのに有利だ。救出方法をひねり出すのにも。

セオドシアはドアノブに手をかける直前でためらった。ピーター・グレイスがなかで待ち伏せしているかもしれない。暗闇に身をひそめ、銃を玄関ドアに向けて。

そう言えば、彼は銃を持ってるのかしら？　わからないが、賭けに出るつもりはない。

手を引っこめ、玄関から下におりた。熱を帯びた砂を踏みしめながら、忍び足で小屋をまわりこんだ。

ドレイトンが写真を見て説明してくれたとおり、わきに雨水タンクのような樽がある。ということは……やっぱりここだわ！

風が吹きはじめ、近くから塩気を含んだ淡海水のにおいがただよってくる。ナディーンが逃げるときに苦労して渡ったのも、この淡海水だったのだろうか？

足音を忍ばせて樽をまわりこみ、ほかにドアだか窓だか、なんでもいいからないかと探した。奥の小さな窓が半分あけっぱなしで、網戸もついていなかった。

さて、どうしよう？

忍びこむ？　ヘイリーの名前を大声で呼ぶ？　引き返してティドウェル刑事を連れてくる？

どれかひとつに決めなくてはならない。それも迅速に！

セオドシアは唇を引き結び、低く口笛を鳴らした。それから息を詰めて待った。

なにも起こらない。ピーター・グレイスの頭がさっと出てくることも、腕がにゅっと出てきて発砲してくることもなかった。

ということは……なかには誰もいないのかしら？

ピーターはいったん来たものの、どこかへ行ったのだろうか。車をここに乗り捨てて、逃げたとか？　だとしたら、ヘイリーはどこ？

セオドシアは指先を窓の下枠にかけた。それから、これ以上ないほどゆっくりと、窓が目の高さになるまでのびあがった。暗い屋内に目が慣れるまで辛抱強く待ってから、すばやくなかを見まわした。見えたのは居間兼キッチンだった。ドアの向こうの奥には寝室と浴室があるのだろう。

人っ子ひとり見あたらなかった。

ピーターはべつの場所に逃げたにちがいない。ひょっとしたら車がもう一台あるか、ボートを持っていたのだろう。この周辺は、複雑に入り組んだ塩湿地を何百という小さな川や入江が通っている。ほんの数秒で姿を消すことは可能だ。

セオドシアはこれ以上ないほど慎重に、片足を窓の下枠にかけ、両手で枠をつかんで窓をくぐった。

すり切れたカーペットに素足が触れると同時に、コーヒー、カビ、それに魚のにおいが鼻を突いた。

さてどうしよう？　なかには入れたが、次の一手をどう打てばいいのか？

忍び足で奥の寝室に向かった。たぶん警察ドラマだったと思うが、警官が現場の確認をするのを見たことがある。それをやるのよ。慎重に調べて、誰もどこにも隠れていないことを確認するの。

誰も隠れていなかった。とりあえずよかった。

じゃあ、次は……ヘイリーの居場所だ。

「ヘイリー！」ひそめたしゃがれ声で呼びかけた。「いるの？」手前のクローゼットを確認し、たわんだ古いソファのうしろを調べた。

「ヘイリー！」今度はもう少し大きな声で呼んだ。

頭の上でなにか音がした。叩くような音。つづいて声。

「セオドシア！」

セオドシアは顔を仰向け、天井に目を這わせた。天井裏だ。天井裏から聞こえる。

「ヘイリー？　そこにいるの？」

「助けて！」ヘイリーの弱々しい声が聞こえた。「ここから出して！」

「ヘイリー」セオドシアは呼びかけた。「ピーターはどこ？　あなたとそこにいるの？」

「外よ！」ヘイリーが叫び返した。「外に出てったみたい」

「大事なことから先にやらなきゃ」セオドシアは言った。「いまおろしてあげる」

つま先立ちになって両腕で手探りした。手はしばらく宙をかいたが、ロープが前腕をかすめた。セオドシアはカミツキガメのようないきおいでロープをつかむと、力いっぱい引っぱった。細い階段が天井からゆっくりおりてきた。

セオドシアはすぐさま階段をあがった。

ヘイリーは両腕を背中で縛られ、薄汚れたマットレスの上で丸くなっていた。全身をがたがた震わせ、か細い泣き声を洩らしていたが、自分では泣いていることにも気づいていない様子だった。

「手を縛ってるものをほどかなきゃ」

セオドシアは力まかせにほどきにかかった。しかし、ヘイリーを縛るのに使われていたのは普通のロープではなく、ビニールひもの一種だった。つまり、結び目がきつく、ひも自体も滑りやすいのだ。

「早く！」ヘイリーがせかした。

「これでも精一杯やってるのよ、ハニー」

セオドシアはピーター・グレイスのことを気にしつつ、ティドウェル刑事はどうしたのかといぶかりながら、結び目と格闘した。暗闇のなか、苛立ち、あせりながら必死に手を動かした。

「作戦変更。まずはここを出ましょう」

セオドシアはヘイリーに手を貸して立たせ、まだ背中で手を縛られたままの彼女を連れて階段をおりた。まずやるべきなのは、外に出て、ティドウェル刑事の目に見えるところまで行くことだ。そうすればなにかあっても、彼が助けてくれる。

「ピーターはどこ？」最後の段に足がかかったところでセオドシアは訊いた。

「わからない」ヘイリーは泣きべそをかきながら言った。「五分くらい前に駆け出していったの。裏にボートがあるみたい。エビ釣り漁船だと思う。天井裏の窓まで這っていって、外をのぞいてみたの。大きな索具だの網だのをのせた船が見えたわ」

ピーターはボートで逃げたの？　そう考えてまちがいないだろう。いま頃は、流れに乗って、海岸線を滑るように航行中か、もっと内陸を目指し、よどんだ黒い水たまりのような沼に向かっているかもしれない。

セオドシアは足音を忍ばせて、あいた窓に近寄り、外をうかがった。まったく、ティドウ

なんでこんなに時間がかかってるの？　応援を要請したのか、それとも応援を待っているのか。

待って。ヘイリーを連れて正面ドアから出るより、彼女をどこかに隠すほうがいいかもしれない。テイドウェル刑事の居場所がわかるまでは、当面、彼女の安全が最優先だ。

「さらに作戦変更」セオドシアは言うと、ヘイリーをキッチンのドアの奥の小さなスペースに押しこんだ。「そこにいて。なにがあっても絶対に音をさせちゃだめよ」

足音を忍ばせてあいた窓に近づき、外をうかがった。すでに目は暗闇にすっかり慣れ、夜間視力はほぼ完璧な状態だった。

ティドウェル刑事は、二十フィートと離れていないところに立ち、携帯電話でひそひそ話していた。セオドシアは声をかけようと口をあけた。舌が丸まって〝テ〟の音が出かかったとき、人影がさっと動いたのが目に入った。

セオドシアはまばたきをした。いまのは本当になにかが見えたのだろうか。それとも月と雲のいたずらだったのか。

そのとき、ピーター・グレイスの姿が目に入った。垂らした右手に拳銃を握った彼が、ティドウェル刑事の背後からゆっくり近づいていく。

セオドシアは、ひっと空気を吸いこんだ。どうしよう？　大声で叫んだりしたら、ピーターは振り返ってわたしに発砲するだろう。それから、またくるりと向きを変えて、ティドウエル刑事を撃つに決まっている。

だけど、なんとか——どんなことでもして、やめさせなくては。

壁に陳列した錆びた銛《もり》に目がとまった。武器になるわ。つづいて、隣の書棚へと移る。ふたつの髑髏杯が隣合って並んでいる！　でも、どっちが本物で、どっちが偽物？

どっちだっていいわ。セオドシアは手前のをつかむと、ほんの一瞬だけ、てのひらに乗せた。それからメジャーリーグの投手のように体をひねり、剛速球を放った。

髑髏杯はくるくると回転し、不気味な目でセオドシアにウィンクしながら、ものすごいスピードで窓から出ていった。

ピーター・グレイスがティドウェル刑事の頭の高さまで銃を持ちあげた瞬間……彼が引き金を絞ろうとした瞬間、髑髏杯が彼の側頭部にぶつかった。

ゴツン！

そして、粉々に砕け散った。

ピーターは驚いて顎をゆがめ、右手をまっすぐ高々とあげた。そして無駄な一発を放つと、ジャガイモ袋のようにばったり倒れこんだ。

30

セオドシアは手錠をかけられたピーター・グレイスの顔をのぞきこんだ。

「あんたなんか地獄に落ちればいいのよ」

彼女は猛犬のごとくいきりたち、怯えたウサギのように体を震わせていた。

「カミラとロブにしたことをたっぷり償《つぐな》わせてやる」

「おやめなさい」ティドウエル刑事が割って入った。「もう終わったんです」

「終わってないわ。終わってるわけないでしょ！」

セオドシアははらわたが煮え返るほどの怒りを感じ、いつなんどき、体内で溶けたマグマが爆発するかわからない状態だった。必要とあらば、切れないバターナイフをつかんで、ピーター・グレイスの内臓をえぐってやる覚悟だった。

その必要はなかった。

ティドウエル刑事が現場をうまく取り仕切っていた。ジョンズ・アイランド保安官事務所から駆けつけた青い制服組の助けを借りて。

五台ほどの警察車両が赤と青のライトを点滅させるなか、手錠がカチャカチャいい、ショットガンのポンプがガシャンと鳴る。ピーターは何事かもごもごつぶやき、うめき声をあげながら、ストレッチャーに手錠でしっかりとつながれた状態で、とまっている救急車に運ばれていった。救急車は静かに走り去った。

かくして、警官同士が握手し合い、背中を叩き合って、一件落着となった。

ふう。セオドシアは細いボードウォークにヘイリーと立ち、体力も気力もすべて使い果たしたように感じていた。

十分後、一行はチャールストンに向かう車に揺られていた。セオドシア、ヘイリー、ティドウェル刑事の三人だ。帰路はろくに会話もなかったが、セオドシアとヘイリーは後部座席で手を握り合っていた。

けっきょく、ほとんどなにもしゃべらないまま、ティモシー・ネヴィルの大邸宅の脇玄関に到着した。

セオドシアは眠い目をこすりながら外を見やった。

「どうしてここに寄るの？」

精も根も尽き果てていたせいで、スローモーションでしゃべっている気がした。

「顔見せに呼ばれたんですよ」ティドウェル刑事が説明した。隣の助手席には段ボール箱がひとつ置いてある。中身は髑髏杯が一個と、粉々になった髑髏杯の破片だ。

「ここに呼ばれたの？」ヘイリーもまた、困惑顔だった。

「あなたがたの身を案じている人たちがいるようです。心配している人たちが」

刑事は、副鼻腔炎ともティドウェル流の非難ともとれる鼻息を小さく洩らした。

そのとき、ドレイトンが車のドアをあけ、ヘイリーに手を貸して降ろしてやった。彼はヘイリーをきつく抱き締めてから、ブルックに引き渡した。ブルックもまた、すぐさまヘイリーを胸にかき抱いた。次にドレイトンはセオドシアを助け降ろそうと、手を差しのべた。

セオドシアは這うようにしてゆっくりと車を降りた。

「無傷で元気に戻ってこられてよかった」ドレイトンは気が高ぶっているように見えたが、心の底から安堵していた。

「無傷なのはたしかだ」ティモシー・ネヴィルはぼうっとしているヘイリーをまじまじと見つめた。「元気かどうかはなんとも言えんが」

「あたしは大丈夫」ヘイリーはそう言うと、いきなりわっと泣き出した。

「気の毒に」ティモシーは言った。「わたしの主治医を呼んでやろうか？」

ヘイリーは盛大に洟をすすりあげ、目をぬぐってかぶりを振った。「往診してくれるお医者様をご存じなんですか？」としわがれた声で訊いた。まだ動揺はおさまっていないようだが、いたく感激していた。

「往診してほしいなら、そのように手配しよう」ティモシーは気遣うようにヘイリーの顔をのぞきこんだ。「そうしてほしいかね？」

「ううん」ヘイリーは消え入りそうな声で答えた。

「ならば、なかに入ろう」ティモシーはそう言うと、躍起になって全員を屋敷のなかに移動させようとした。

「誕生日プレゼントのことは、ごめんなさいね」セオドシアはドレイトンに謝った。「フィッツ&フロイドのティーポットだったのに」

「また、いいのが見つかるとも」ドレイトンは言った。

「パーティは終わったみたいね」なかに入るとセオドシアは言った。まだ気が高ぶっているうえ、猛烈ないきおいで疲労感が押し寄せていた。

「きみのパーティはまだ終わっていない」ドレイトンがぼそぼそと言った。

セオドシアは倒れそうになりながら中央廊下を進み、同じ疑問を頭のなかで何度も繰り返していた。あれだけいた人たちはどこに行ったの？　みんなどうしたの？　どう見てもパーティは終わっていて、数人のケータリング業者が忙しそうにあとかたづけをしているだけだ。

「どうしてもきみに会いたいという人がいてね」ドレイトンは言った。

セオドシアはぴたりと足をとめた。

「まさか、ニック・ヴァン・ビューレンの取材じゃないでしょうね？」

それだけはごめんだ。

「セオドシア！」小さいながらも切羽詰まった声が聞こえた。つづいてハンサムな風貌の男性が控えの間から現われた。

セオドシアはうれしい驚きをおぼえ、すぐさまぴんときた。

「マックス?」

首をすくめ、ドレイトンを見あげた。

「どうしてマックスがここに?」

ドレイトンはにこにこ顔で肩をすくめた。

セオドシアは視線をマックスに戻した。「どうしてあなたがここに?」

「ドレイトンが電話をくれてね」

マックスは難なくセオドシアの腰に腕をまわし、そろそろと客間に連れていった。彼はささやくように声をかけ、値のつけようのないドレスデン人形のように彼女を扱った。

「家まで付き添う人が必要だと思ったんだ」

ドレイトンがふたりのあとから入ってきて説明した。他意はないと言わんばかりの顔をしているが、声にはうれしさがにじんでいた。

マックスはダマスク地のソファにセオドシアをすわらせ、自分もその隣に腰をおろし、いとおしげでありながら心配そうなまなざしで彼女を見つめた。

「ドレイトンが電話をかけてきて」彼はセオドシアの手を握った。「きみが大変な目に遭ったと言ったときには……言葉を失ったよ。だから駆けつけないでは……」彼は思いつめた表情になった。「きみが本当に無事か、この目でたしかめずにはいられなかった」

セオドシアは慈愛に満ちた目で彼を見つめた。「ありがとう。なんともないわ」

「おお」ティドウェル刑事が段ボール箱をかかえて大股で部屋に入ってくると、ティモシーが大きな声を出した。「行方不明の品が戻ってきた」

「どっちだったの？」ヘイリーがあくびを嚙み殺しながら言った。「セオがピーター・グレイスに投げつけた髑髏杯は？　本物のほう？　それとも偽物のほうだったの？」

「わたしも知りたいわ」ティドウェル刑事から一部始終を直接聞いたブルックが言った。「どっちだったの？」

ティモシーはティドウェル刑事の手から箱をさっと取りあげ、痩せこけた手で抱えると、小さな頭をかしげた。

「それほど大事なことかね？　どうせすぐに、全部を収蔵室に戻すのだぞ」

「全部？」ヘイリーが訊き返した。

ティモシーはうなずいた。「そのとおり。明日の朝いちばんに戻す」

「なにもかも？」ブルックが口のなかでもごもご言った。

「小さな破片ひとつにいたるまでだ」ティモシーは冷ややかにほほえんだ。

「では、髑髏杯はもう世に出ないのかね？」ドレイトンが訊いた。彼はティモシーの決断に当惑していた。

「今後四十年か五十年はな。わたしの子孫の誰かがある日この箱をあけ、中身の頭蓋骨はなんだろうかと首をひねる、そのときまでは」

ティモシーはこれが最終決定だと強調するように、箱の上部をこぶしで軽く叩いた。

「では財宝はどうなるのだね？」ドレイトンはこのまま闇に葬る気にはなれなかった。

「おそらくは、行方がわからないままになる。何世代にもわたって」

「それでいいと思っているのか？　すべてをなかったことにするつもりかね？」

「もちろん、これでいいんです」ティドウェル刑事がネコ科の大型動物のようなうなり声を出した。「これで一件落着ではありませんか」彼は満悦至極の様子で、おなかの前で手を組み合わせた。「殺人事件が解決したのですから」

「どう思う？」ドレイトンはセオドシアに訊いた。「ふたつの髑髏杯を収蔵室に葬ってもいいものだろうか？」

「そうねえ」

セオドシアはマックスにぴったりと寄り添った。

「昔ながらの良質なミステリが生まれるもとになるんじゃない？」

インディゴ・ティーショップ特製
ショウガ入りの桃の冷製スープ

＊用意するもの＊

桃……1.5kg

ショウガのすりおろし……小さじ1

ヘビークリーム
（乳脂肪36%以上の生クリーム）……1⅓カップ

＊作り方＊

1　桃は皮を剥いて種を取って刻んでおく。

2　**1**の桃とショウガのすりおろしをフードプロセッサーでピューレ状にする。

3　**2**にヘビークリームを少しずつくわえ、よく冷やす。

※米国の１カップは約240ml

トマトとバジルのディップ

＊用意するもの＊

生のバジル……1 ½ カップ

トマト……2個

パン粉（細かいもの）……2カップ

ニンニク……2かけ

オリーブオイル……½ カップ

塩コショウ……適宜

＊作り方＊

1 バジルとトマトは細かく刻み、ニンニクはつぶしておく。

2 中くらいのボウルにバジル、トマト、パン粉、ニンニク、オリーブオイル、塩コショウを入れて混ぜ、覆いをして冷蔵庫でひと晩寝かせる。

3 必要ならば**2**にオリーブオイルを足してとろりとさせ、好みのチップスやクラッカーと一緒に出す。

＊作り方＊

1　オーブンをあらかじめ200℃に温める。バターはさいの目切りにしておく。中力粉、ベーキングパウダー、重曹、食塩は大きなボウルにふるっておく。

2　べつのボウルにレモンの皮のすりおろしと砂糖を入れて、スプーンでよくかき混ぜる。これを**1**でふるった粉のボウルに入れ、よく混ぜる。

3　**2**にバターを切りながら混ぜこみ、全体がポロポロした状態にする。ナッツを混ぜたら、バターミルクをくわえて全体がむっちりするまでよくこねる。

4　**3**の生地をてきとうに取り、あまり力を入れずに三角形にする。クッキングシートにのせ、残りの生地も同じように三角形にしていく。

5　溶き卵と水を混ぜたものをスコーンの表面に塗る。キツネ色になるまでオーブンで15分～20分焼く。

ヘイリー自慢の

レモン・スコーン

＊用意するもの＊

無漂白の中力粉……3カップ

ベーキングパウダー……大さじ1

重曹……小さじ½

食塩……小さじ¼

レモンの皮のすりおろし……1個分

砂糖……½カップ

無塩バター……170g

クルミまたはペカン……½カップ（なくてもよい）

バターミルク……1カップ

卵……1個

水……大さじ1

＊作り方＊

1 オーブンは190℃に温めておく。バターは溶かしておく。卵は割って軽くほぐしておく。レモンは皮をすりおろし、果汁をしぼる。

2 砂糖、バター、卵、牛乳、小麦粉、コーンミール、レモンの皮のすりおろしと果汁を混ぜ、パイ生地に流し入れる。

3 オーブンで30分焼いたら、いったん出し、パイ地のへりが焼けすぎないよう覆いをし、さらに15分ほど、フィリングがしっかり固まるまで焼く。

レモンのチェスパイ

（焼き菓子名人のキャロル・ペレグリネッリのご好意による）

＊用意するもの＊

砂糖……2カップ

バター……¼カップ

卵……5個

牛乳……1カップ

小麦粉……大さじ1

コーンミール……大さじ1

レモン……3個

直径23センチのパイ生地……1枚

ゴートチーズのトリュフ

＊用意するもの＊

ゴートチーズ……170g

アーモンドのみじん切り……¼カップ

ナツメヤシのみじん切り……¼カップ

生のバジルのみじん切り……¼カップ

＊作り方＊

1 メロン用くり抜き器を使って直径2センチのチーズボールを36個つくる。

2 **1**のうち12個にアーモンドをまぶし、べつの12個にはナツメヤシを、残りの12個にはバジルをまぶす。

3 ティーサンドイッチやミニキッシュのつけ合わせに最適。

MEMO

やわらかいタイプのチーズならクリームチーズ、ロンデーレなどなんでもよく、また、アーモンドのかわりにペカンのみじん切りでも代用できる。

チーズたっぷりのブルスケッタ

＊用意するもの＊

オリーブオイル……大さじ3
トマト……4個
生のバジルのみじん切り………大さじ3
クリームチーズ……226g
ハーブとガーリック入りフェタチーズ……113g
サワードウ・ブレッドまたはイタリアン・ブレッド……1斤
刻んだモツァレラチーズ………226g

＊作り方＊

1 トマトは種を取って刻んでおく。サワードウ・ブレッドは厚めにスライスしておく。
2 ソースパンにオリーブオイルを熱し、トマトとバジルを入れ、少しやわらかくなるまで炒める。
3 小さなボウルでクリームチーズとフェタチーズを混ぜる。
4 クッキングシートにサワードウ・ブレッドをのせ、グリルで軽くトーストする。グリルから出して、**3**のチーズを塗り、上に**2**をのせる。
5 **4**にモツァレラチーズを振りかけ、チーズがぐつぐついうまで、再度グリルでトーストし、熱いうちに出す

＊作り方＊

1　キュウリはみじん切りに、トマトはさいの目切りにする。フェタチーズは崩しておく。

2　キュウリ、タマネギ、ワインビネガーをボウルに混ぜ、20分ほどマリネする。

3　べつのボウルにクスクスと鶏ガラスープを入れて湯を注ぎ入れ、よく混ぜて冷ます。

4　**3**が冷めたら**2**とトマト、それにオリーブオイルをくわえる。フェタチーズもくわえてそっと混ぜ、塩コショウで味をととのえる。

クスクス・サラダ

＊用意するもの＊

キュウリ……½本
紫タマネギのみじん切り……⅓カップ
白ワインビネガー……¼カップ
湯……1カップ
クスクス……1カップ
鶏ガラスープ……大さじ1
ローマトマト……2個
オリーブオイル……¼カップ
フェタチーズ……½カップ
塩コショウ……適宜

昔ながらのクランペット

＊用意するもの＊

蜂蜜……小さじ2
ぬるま湯……½カップ
ドライイースト……大さじ1
中力粉……2½カップ
食塩……小さじ1
重曹……小さじ½
牛乳……1½カップ

＊作り方＊

1 大きめのボウルにぬるま湯と蜂蜜を入れてよく混ぜ、そこへドライイーストを振り入れ、約5分、ぶくぶく泡がたつまで放置する。

2 中力粉、塩、重曹、牛乳をくわえて混ぜ、覆いをして、暖かいところに30分ほど置いておく。

3 フライパンおよび丸いクッキー型やビスケット型に油を塗り、抜き型をフライパンに並べて加熱する。ひとつの抜き型につき、小さじ2～4程度の生地を流し入れ、10分ほど弱めの中火で固まるまで焼く。表面が穴だらけになったときがクランペットをひっくり返すタイミング。ていねいにクランペットをひっくり返し、1分ほどかけて片側を焼きあげるように。

4 バターとジャムと一緒に出すか、クランペットをスライスしてなかにチキン・サラダをはさむかする。この分量で14個ほどできる。

MEMO
これはグリドル・スコーンという名でも知られている。

ミス・ティンプルお気に入りの
ティー・ケーキ

＊用意するもの＊

砂糖……1¾カップ
バター……1カップ
卵……2個
中力粉……3カップ
重曹……小さじ½
食塩……小さじ¼
バニラ・エッセンス……小さじ1

＊作り方＊

1 オーブンはあらかじめ160℃に温めておく。

2 砂糖とバターをくわえてクリーム状になるまでよく練り、卵を1個ずつくわえてよく混ぜる。

3 **2**に中力粉、重曹、食塩、バニラ・エッセンスをくわえて生地にする。

4 粉をふった板の上で**3**の生地をこね、1.2センチほどの厚さにのばす。

5 **4**をクッキー型やコップで型抜きし、クッキングシートに並べてオーブンで8分間焼く。

6 熱いうちにバターとジャムを添えて出す。

＊作り方＊

1　ミキサーにオレンジ果汁、バニラ・ヨーグルト、牛乳、グラニュー糖、バニラ・エッセンスを入れ、全体がなめらかなクリーム状になるまで低回転で混ぜる。

2　高回転に切り替え、角氷を一個ずつ落とす。このとき、ミキサーのふたを完全には外さないように。

3　角氷が細かくなるまで攪拌し、できたものをパフェグラスに流し入れ、オレンジのスライスと好みのクッキーを飾る。

クリームたっぷり夢見るパフェ

＊用意するもの＊

冷凍オレンジ果汁（濃縮タイプ）……1缶（180cc）

バニラ・ヨーグルト……226g

牛乳……1カップ

グラニュー糖……大さじ1

バニラ・エッセンス……小さじ½

角氷……3個

スライスしたオレンジおよびクッキー（飾り用）

＊作り方＊

1 クリームチーズは室温でやわらかくしておく。

2 コンデンスミルク、プリン・ミックス、水を混ぜ、30分冷やし、**1**のクリームチーズをくわえて強くかき混ぜ、ホイップ済み生クリームもくわえて混ぜる。

3 チャイティーとカルーアを混ぜ合わせる。

4 パウンドケーキを1.2cmほどの厚さに切って、大きなガラスのボウルに敷き詰める。そこへ**3**のチャイティーとカルーアの混合液を流し、**2**をのせ、上から無糖のココアをまぶす。同じことを繰り返したら、覆いをして最低でも6時間冷やす。

簡単チャイ・ティラミス

＊用意するもの＊

コンデンスミルク……397g入りのもの1缶

インスタントのホワイトチョコプリン・ミックス

……1箱(93g入り)

冷水……1カップ

クリームチーズ……226g

ホイップ済み生クリーム……226g

チャイティー……1¼カップ

カルーア……¼カップ

〈サラ・リー〉のパウンドケーキ……1個

ココア(無糖)……¼カップ

column and recipe illustration by GOTO Takashi
artwork by KAMIMURA Tatsuya (l'autonomie!)

訳者あとがき

〈お茶と探偵〉シリーズ第十二弾、『オーガニック・ティーと黒ひげの杯』をお届けします。この巻よりコージーブックスからの刊行となりました。心機一転、あらたな気持ちでがんばってまいりますので、これまでと変わらぬご声援をお願いいたします。

春のある日曜日、ヘリテッジ協会では大海賊展と銘打ったイベントがひらかれていました。ダブロン金貨や宝の地図、海賊旗など海賊にまつわる品々が展示された、たいへん興味深い展覧会です。主人公のセオドシアも頼りになる相棒ドレイトンとともに訪れ、海賊が活躍した時代に思いを馳せながら、見応えのある展示を堪能します。なかでも目玉は本物の人間の頭蓋骨で作ったという髑髏杯。前面が網目状の銀で覆われ、顎の部分に十カラットはありそうなダイヤモンドが埋めこまれたその杯は、おどろおどろしくも見事な逸品なのですが、驚くなかれ、その頭蓋骨の主はかの有名な海賊、黒ひげだったというのです。

そんな展覧会のさなか、事件は起こります。黒ひげの髑髏杯が盗み出され、おまけに現場に居合わせた研修生が殺され、ヘリテッジ協会の事務局長であり秘書であり会員募集担当のカミラ・ホッジズも大怪我を負ってしまうのです。

この事態に、ヘリテッジ協会理事長のティモシー・ネヴィルは大きなショックを受けます。逼迫した経済状況のなか、ただでさえ寄付が減ってきているというのに、イベント開催中の殺人事件はティモシーにとって命取りになりかねません。長年にわたって心血を注いできた理事長の職を追われるかもしれないのです。不安に駆られ、なかば取り乱したティモシーの姿に同情したセオドシアは、調べてみてほしいという彼の願いに、首をたてに振ってしまいます。

セオドシアは事件の鍵を握るのは髑髏杯とにらみ、来歴を調べ、くわしい人から話を聞き、といくつかのアプローチを試みますが、なかなか犯人像は浮かばず、無駄に時間が過ぎるばかり。おまけに気になる男性の登場でボーイフレンドのパーカーとの仲もぎくしゃくしはじめ、私生活のほうもうまくいきません。髑髏杯を盗んだ犯人はいったい誰なのか、そしてセオドシアの恋の行方はどうなるのか。最後まで気の抜けない展開を、存分にお楽しみください。

チャールストンの歴史を語るうえで海賊による襲撃は欠かせません。それだけこの町が昔から裕福で、重要な港町であったということなのでしょう。今回はその海賊の代表格である黒ひげの髑髏杯の謎に迫るという設定で、『ダ・ヴィンチ・コード』で有名なダン・ブラウン風の歴史ミステリをちょっぴり思わせる内容に仕上がっています。実際の歴史をうまくからめているところも、暗号解読のシーンが盛りこまれているところも、ダン・ブラウンの小説を彷彿とさせませんか？

　黒ひげはイングランドのブリストルで生まれたとされていますが、生い立ちについてはほとんど知られておらず、本当の名前すらわかっていません。本書中で本名とされる名前も、実際には偽名であったのではと言われています。

　しかし、彼の最期はかなりくわしくわかっています。一七一八年十一月、ロバート・メイナード大尉を艦長とするイギリスの軍艦パール号によってノース・カロライナ州のオラコーク湾に追いつめられ、激しい戦闘ののちに命を落とすのです。五発の銃弾を浴び、二十カ所以上も刺されながら、なかなか倒れなかったと言われています。メイナード艦長は黒ひげの首を切り落とし、船首に吊るしてさらしものにしたそうです。その首がひょっとして……？と、あとはみなさんの想像におまかせしましょう。ちなみに胴体はそのときに海に投げ捨てられ、いまも首を求めてさまよい出るのだとか。

　黒ひげがらみでもうひとつ。本書中にも何度か名前が出てくるアン女王の復讐号という船についても説明しておきますね。二〇一一年公開の『パイレーツ・オブ・カリビアン／生命の泉』に黒ひげともども登場したのを覚えておいでの方もいらっしゃるかもしれません。この船は、奴隷を搬送中だったフランスのラ・コンコルド号という大型貨物船を黒ひげが奪い、四十門の大砲を備えつけたものです。黒ひげ一味はこの大型船で、一年以上にわたって略奪をおこなうことになります。

その後、船はボーフォートの入江で座礁、沈没しますが、一九九六年に発見され、二〇一一年からは、本書にも説明があるように、引きあげ作業がおこなわれています。二〇一三年には引きあげが完了する予定とのこと。どこかに展示されるのでしょうか。興味がわきますね。

最後に次作の予告を少し。*Agony Of Leaves* すなわち〝茶葉の苦悶〟とは、おだやかならざるタイトルですが、たしかに、胸を痛める事件で、びっくりされる方も多いかと思います。

水族館のオープニングイベントのさなか、水槽で男性が死んでいるのが見つかります。死因は溺死で警察は事故と判断しますが、男性の手に防御創があるのに気づいたセオドシアは、他殺を疑います。しかし、警察はセオドシアの意見に耳を貸しません。となれば、独自に調査するしかありません。セオドシアがそこまでその男性の死にこだわるのにはわけがあって……おっと、これ以上書いてはみなさんの興をそいでしまいますね。刊行は二〇一四年の秋を予定しています。お楽しみに。

二〇一三年八月

コージーブックス

お茶《ちゃ》と探偵《たんてい》⑫
オーガニック・ティーと黒《くろ》ひげの杯《さかずき》

著者　ローラ・チャイルズ
訳者　東野《ひがしの》さやか

2013年　8月20日　初版第1刷発行

発行人　成瀬雅人
発行所　株式会社　原書房
〒160-0022 東京都新宿区新宿1-25-13
電話・代表　03-3354-0685
振替・00150-6-151594
http://www.harashobo.co.jp
ブックデザイン　川村哲司(atmosphere ltd.)
印刷所　株式会社東京印書館

落丁・乱丁本はお取り替えいたします。
定価は、カバーに表示してあります。
 ISBN978-4-562-06018-4 Printed in Japan